Chris

Sabine Korsukéwitz wurde 1953 in Berlin geboren. Sie lebt und arbeitet dort als Radiomoderatorin und hat bereits mehrere Kinder- und Drehbücher geschrieben. ›Koalamond‹ ist ihr erster Roman (1996 unter dem Titel ›Traumspuren‹ zuerst publiziert). 1997 erschien ihr zweiter Roman, ›Das Lied der Zikaden‹, im Krüger Verlag.

Koalamond Gabriel, genannt Gaby – wer einssechsundneunzig groß ist und fünfundachtzig gut trainierte Kilo wiegt, den stört dieser Name nicht –, ein junger Literaturstudent aus einer deutschen Großstadt, erfüllt sich mit einer kleinen Erbschaft einen Traum.
Mit seiner chromblitzenden Harley Davidson kreuzt er durch die Weiten Australiens, ein moderner Glücksritter auf der Suche nach Abenteuern. Bei einem Stopp irgendwo in Queensland nimmt seine Reise eine plötzliche Wendung. Er lernt das Mädchen Rhonda kennen und verliebt sich in die Farmerstochter. Rhonda weiht ihn ein in die Geheimnisse Australiens. Sie zeigt ihm die Koalas bei Mondschein und macht ihn mit den Aborigines bekannt. Gemeinsam kommen sie der Legende um einen Goldgräber auf die Spur. Gabriel will selbst sein Glück versuchen. Doch aus der arglosen Goldsuche wird bald ein gefährliches Spiel. Ein zwielichtiges Pärchen heftet sich an seine Fersen, und er begegnet einem uralten Aborigine mit ungeahnter Macht …
Ein Roman – »Abenteuerroman, Krimi und Liebesgeschichte zugleich« (Berliner Morgenpost) –, der den Leser teilhaben läßt an der Faszination des Kontinents Australien und ihm den Blick öffnet für die Kultur und die Probleme der Aborigines.

Sabine Korsukéwitz

Koalamond

Roman

Fischer Taschenbuch Verlag

Die Erstausgabe erschien 1996 unter dem Titel ›Traumspuren‹
im Verlag Rütten & Loening Berlin GmbH, Berlin.
Auf Wunsch der Autorin wurde der Titel
für die Taschenbuchausgabe geändert.

Veröffentlicht im Fischer Taschenbuch Verlag GmbH,
Frankfurt am Main, Juni 1998

Lizenzausgabe mit freundlicher Genehmigung des Verlags
Rütten & Loening Berlin GmbH, Berlin

Gesamtherstellung: Clausen & Bosse, Leck
Printed in Germany
ISBN 3-596-14024-2

☞ GOLDSUCHER ERMORDET

Er nahm sein Geheimnis mit ins Grab

☞ ☞

Brisbane Evening Star 17. April 1928. Ein 39jähriger Goldsucher wurde heute in den frühen Morgenstunden nahe der Stadt Birds Nest in der Gemeinde Toowoomba erschlagen aufgefunden.
Nach Zeugenaussagen kam Andrzej Dudek am gestrigen Abend in den Pub von Birds Nest, um dort einen größeren Goldfund zu begießen. Er soll einen Teekessel voller Nuggets bei sich gehabt haben.
Dudek betrank sich schnell und wollte den Fundort nicht preisgeben. Gegen Mitternacht verließ er den Pub allein. Wenige Stunden später fand man seine Leiche nahe einer Sägemühle außerhalb der Stadt, vom Teekessel mit dem Gold keine Spur.
Sergeant George Brady, der die Ermittlungen führt, vermutet Raubmord, äußerte aber wenig Hoffnung, den oder die Täter zu finden, da es keine Zeugen gibt. Da Andrzej Dudek von hinten erschlagen wurde und sofort tot war, ist anzunehmen, daß auch die Mörder sein Geheimnis nicht erfahren haben. Dudeks Goldader scheint verloren.
Der polnische Einwanderer hatte sich seit langem aus der zivilisierten menschlichen Gesellschaft zurückgezogen. Er lebte völlig allein draußen im Busch. Kleidung, Tee, Tabak und andere gelegentliche Bedürfnisse ließ er sich von Schwarzen besorgen und mit Goldstaub bezahlen.
Sergeant Brady sagt, daß Dudek mindestens sieben Jahre nicht mehr in der Stadt gewesen sei und bis zu diesem Abend mit keinem weißen Mitbürger mehr gesprochen habe.

Eins

Als ich aufwachte, hörte ich das unendlich weite, grasig gefleckte Land und einen Himmel so hoch, daß er Geräusche zu verschlucken schien.

Ich hörte keinen Wind, kein Auto, keine Tiere, bis auf das metallische Anschlagen der schwarzweißen Vögel, von denen man mir gesagt hatte, daß sie *magpies* hießen. Sie sitzen gern auf den Zäunen der Viehweiden, etwas weniger als elsterngroß, und tun so, als hätten sie kaputte Uhrfedern im Hals statt Stimmbändern oder was immer Vögel da haben.

Welch ultimativer Luxus: Stille.

Nicht die Abwesenheit von Geräuschen im physikalischen Sinn, eher ein gleichmäßig strömender großer Fluß, eine Summe von Dämpfungen, nicht *wall of sound*, sondern *wall of quiet*, kompakt, fast bedrückend.

Dabei gibt es so verschiedene *walls of quiet*, wie es Tapeten gibt (ich stelle mir Stille gern vor als eine Art Seelentapete): die relative Stille der Großstadt, aus der ich komme, sagen wir morgens zwischen drei und vier Uhr, ein fernes Brausen, gelegentlich eine einzelne klappende Autotür; Stille auf einem großen See, wo Geräusche über die spiegelnde ölige Fläche gleiten, wie Vögel segeln, schnell und weit; Stille in der Aschenebene unterhalb eines Vulkans; wie ein erstickender Sack über dem Kopf, stumpf, taub, in die Ohren dringend wie das schwefelgelbe und fleischfarbene Pulver, auf dem man sich lautlos und ameisenhaft voranquält.

Die Luft, die durch die weit geöffnete Verandatür übers Bett strich, war weich und roch nach Sonne auf Eukalyptusblättern. Ein Quietschen und Schnarren unterbrach meine Träumereien. Ich öffnete die Augen, um einem *rainbow-lorakeet* zuzuschauen, einem herrlich bunten kleinen Papagei, grün, blau und rot hauptsächlich, ganz versessen auf jede Art von süßen Früchten.

Er hockte auf der Veranda, sein Schnabel und die Federn drumherum mit dem Fleisch einer überreifen *rockmelon* bematscht. Bald kam ein zweiter, ein dritter hängte sich kopfunter in den nächsten Baum und krakeelte und schimpfte, wie es alle Feiglinge tun. Er wollte gern, aber traute sich nicht, und darüber ärgerte er sich. Jemand hatte eine Scheibe Melone mit einem Draht an die Brüstung geklemmt, um die Vögel zu locken.

Ich war in Australien. Schon seit drei Monaten. Mein Name ist Gabriel Bernardi, »Gaby« für Freunde. Nein, das macht mir nichts: mit einssechsundneunzig und fünfundachtzig gut trainierten Kilos kann mann ruhig »Gaby« heißen. Mann kann sogar Literatur studieren, Spezialgebiet: frühmittelalterliche Minnedichtung. Allenfalls mag ich noch Schwarze Romantik. Existentialismus und alles Verwandte geht mir aufs Gemüt. Über die neue deutsche Literatur wollen wir am besten überhaupt nicht reden.

Was ich in Australien suchte? Ganz klar: Aventüre – Abenteuer. Und das auf einem zeitgemäßen Streitroß: einer Harley Davidson, chromblitzend und majestätisch; mit schwarzem Ledersattel und Dreitaler-Arsch, überhaupt ziemlich ausladend und respektgebietend in jeder Hinsicht, nicht so wie der kleine Heißbrenner, den ich zu Hause gefahren habe. Diese Maschine verwandelte mich gewissermaßen in einen Galahad der Neuzeit.

Lange, bevor ich den Führerschein hatte, habe ich schon auf ein Motorrad gespart, hatte dann auch schließlich eine Honda, bin gebraten wie ein Irrer, habe Geschwindigkeit gesoffen wie der Bayer das Bier auf dem Oktoberfest.

Und dann war da diese Erbschaft. Als sie es mir gesagt haben, hatte ich plötzlich so ein schwebendes Gefühl im Kopf – so was gibt's doch nur im Film, in den schwachsinnigsten 50er-Jahre-Schnulzen, wo's die Autoren dem lieben Gott mal richtig zeigten: So wird Schicksal gemacht, siehste, ratsch-patsch eine Erbschaft von der reichen Tante aus Amerika, die genau dann stirbt, wenn das Geld am dringendsten gebraucht wird. Nett von ihr.

Vorher sieht man zwei Stunden lang irgendeinen Biedermann maßlos schuftend und leidend seine moralische Wertigkeit beweisen, bevor er eine ebenso biedere Schönheit dank Tantes Geld zum Altar führen darf, weil er ihr ja nun was bieten kann.

In meinem Fall hatte ein fauler Kerl ganz unverdientermaßen seine Harley gekriegt, und es reichte noch für circa ein Vierteljahr Australien, vielleicht ein halbes, wenn das verwöhnte Gör seinen Appetit auf Hummer, Champagner und weniger harmlose Genüsse beherrschen würde.

Warum gerade Australien, kann ich nicht sagen, aber es war eine fixe Idee; es mußte sein. Für die Vereinigten Staaten bietet Harley Davidson einen Rundreise-Deal an: Man ordert die Maschine hier und holt sie in den Staaten in einer x-beliebigen Stadt ab, je nachdem, von wo aus man starten möchte, Versicherung für drei Wochen inclusive, und los geht's. Anschließend gibt man die Maschine wieder da ab, wo man sie geholt hat, und die kümmern sich um die Einschiffung nach Europa.

Mit Australien war das komplizierter, weil ich ja auch mit dem Dreiwochen-Turn nicht zufrieden war, aber nach einigem Hin und Her per Fax vom Büro meines Vaters, nicht zu vergessen einem heftigen Aufpreis, war dann alles klar. Mein Baby stand bei einem Händler in Sydney für mich bereit.

Als ich nach zwanzig Stunden Flug mit jetlag-wackligen Beinen wieder auf die Erde dippte, konnte ich es nicht abwarten. Statt mich erst mal auszuschlafen, nahm ich ein Taxi und fuhr direkt bei der australischen Harley-Vertretung vor, und da stand sie in vollster klassischer Schönheit im Fenster: herrlich geschwungene Formen. Es gibt keine Maschine, die ihr da gleichkommt (annäherungsweise Motoguzzi in der unteren Preisklasse); cremeweiß und schwarz lackiert war sie und mit weinroten Streifen zu den Chromteilen hin abgesetzt. Am liebsten hätte ich ihr einen Strauß Rosen überreicht.

Statt dessen kaufte ich ihr einige zusätzliche Ersatzteile und Werkzeuge zu dem, was serienmäßig mitgeliefert wird: Ersatzkette, Bowdenzüge, Ersatzgenerator für die Lichtmaschine, Unterbrecherkontakte, Sicherungen und einigen Kleinkram, mit dem man sich unterwegs behelfen kann. Ich hatte mir im Flieger die Zeit damit vertrieben, eine Liste zusammenzustellen. Ein Reparaturhandbuch hatte ich von zu Hause mitgebracht und gründlich studiert.

Der Verkäufer strahlte mich an mit seinem schönsten Crocodile-Dundee-Gesicht, warnte mich vor Zusammenstößen mit Känguruhs, Riesenschlangen und Termitenhügeln und überredete mich, mir ein

Paar Handschuhe gegen Sonnenbrand zuzulegen, wofür ich ihm später sehr dankbar war.

In Sydney bin ich nicht lange geblieben – die Bars und die Kneipen, die Rock-Konzerte und die Galerien, das habe ich auch zu Hause, dafür hatte ich den weiten Weg nicht gemacht. Mein Baby wollte Asphalt unter die Räder und Luft in den Vergaser und den weiten blauen Himmel als Garagendach.

Wir haben uns viel Zeit gelassen. Auf einer Harley rast man nicht, man reist, man sieht jeden Stein am Wegesrand, man genießt das Draußensein, mitten in der Natur, mitten drin, ein Teil von ihr; nicht bloß den rechteckigen Ausschnitt durch ein Wagenfenster. Ich hätte es nie für möglich gehalten, wie schnell mich dieses Harley-Gefühl erwischte, sie ist ja gar nicht auf Rasen eingestellt, schon wie man sitzt; nicht gehetzt und auf Stromlinie getrimmt mit der Nase nach unten. Eher wie in einem Kinosessel, in dem man sich zurücklehnt und den Film passieren läßt, und der Film ist rund um dich herum. Das ist nicht Fortbewegung – das ist Philosophie.

Die Maschine erregte Aufsehen. Je weiter weg von den größeren Städten ich war, desto häufiger wurde ich auf einen *drink* eingeladen und manchmal auch über Nacht. Wo es mir gefiel, da blieb ich ein paar Tage, und wenn ich kribbelig wurde, ging es weiter.

Von Sydney nach Adelaide, dann weg von der Küste, durchs Weinland Barossa-Valley, wo deutsche Siedler in den 1830ern südafrikanische Reben angepflanzt haben. Weinfelder, Palmen und am Straßenrand kleine, weiße Lilien. Es gab auch blau blühende Bäume und solche mit faustgroßen lachsfarbenen Blütentrauben.

Am Tag scheuchten wir Galahs aus dem Schatten der Blätterkronen, einen ganzen Schwarm grauer und rosa schwirrender Federn auf einmal, Graupapageien; und am Abend habe ich dann meine ersten wildlebenden Känguruhs gesehen. Ich stand am Straßenrand und rauchte und war schon etwas fassungslos über einen Sonnenuntergangshimmel, den ich mich zu fotografieren und zu Hause vorzuzeigen nicht getraut hätte. (Ich fotografiere aber sowieso nie unterwegs, weil es mich vom Sehen ablenkt und die Perspektive allzu schnell gewohnheitsmäßig auf dieses kleine Rechteck eingrenzt, das nachher das Foto sein wird). Dann hörte ich ein Geräusch wie einen gigantischen Fußball, der aufgetippt wird – bopp, bopp, bopp, bopp –, aber ganz langsam, ein schwerer satter Aufprall. Ich drehte mich um und sah brusthohe graubraune Känguruhs weghüpfen, gar nicht leicht, wie ich es mir immer vorgestellt hatte, sondern ein bißchen plump und voller roher Kraft, weniger Akrobaten als hüpfende Sumo-Ringer.

Übernachtet habe ich auf einem alten, ehemals deutschen Weingut bei Mr. Gottlieb, der gern die Gelegenheit nutzte, sein knarrendes, altmodisches bißchen Deutsch anzubringen und mir einen Vortrag über Unwesen und Ende der Reblaus zu halten. Er war fett und jovial, aber doch ein typischer australischer Kumpel-Pionier; er wäre nie auf die Idee gekommen, sich in einem Benz mit Fahrer durch die Gegend schaukeln zu lassen, auch wenn er sich's dreimal leisten konnte. Er war Herr über die besten Weinberge von Oz, schätzungsweise mehrfacher Millionär, und doch hatte er nichts Besseres vor, als sich in Filzpantoffeln und Flanellhemd mit einem Kerl wie mir vor den Kamin zu hocken und zu schwatzen wie mit Kalle über'n Gartenzaun.

Danach fuhr ich geruhsam weiter Richtung Red Center; red gleich rot gleich red hot; glühend heiß und schön auf eine höllische Weise. Und nachts sind da am Ayers Rock immer Massen von diesen kleinen schwarzen Rennmäusen im Scheinwerferlicht über die Straße geflitzt, völlig absurd sahen sie aus; wie Zeichentrickfiguren, wenn man sie so schnell laufen läßt, daß ihre Beine sich wie Räder drehen; zum Brüllen.

Bei stundenlangen Fahrten auf einsamen endlosen Straßen verfiel ich oft in einen Zustand, der Meditation gleichkommt; mir war gar nicht mehr bewußt, daß ich fuhr, ich glitt einfach nur noch über den Boden, wie ein großer Vogel, die starken Flügel weit ausgebreitet.

Auf dem Weg nach Darwin wurde aus der schönen breiten Straße streckenweise ein Pfad aus gestampftem Dreck mit dicken Kieseln, die nur so hochfliegen, wenn ein *road train* vorbeidonnert. Da ist es am besten: runter von der Straße und warten, bis er vorbei ist, bis die Staubfahne sich gesetzt hat und man wieder sehen kann.

Im Norden war allerdings noch Regenzeit; Schlamm, Dreck, Straßen unter Wasser, die Cutta-Cutta-Caves in den Fluten versunken, ich fuhr also wieder zur Küste, zur Ostküste, und immer vor dem Regen her: Townsville – Brisbane. Da wurde das Wetter langsam besser.

Brisbane hat mir von allen australischen Städten, die ich gesehen habe, am besten gefallen. Darwin fand ich tropisch-entspannt, aber kleinstädtisch, trotz Busbahnhof mit einem herrlichen kleinen Platz davor, auf dem an einer langen Reihe von Marktbuden Gerichte aus allen Gegenden der Welt angeboten wurden: Eis und Obstsalate, Health food, bretonische Crepes, chinesischer *fried rice, sate* – malaysische Fleischspießchen mit scharfer Erdnußsauce –, englische Früchtekuchen, italienische Spaghetti, und es gab sogar Würstchen mit Sauerkraut. Ein kulinarisches Babylon, in dem Rucksackreisende in allen Sprachen durcheinanderschnattern, sich mit in braunen Packpapiertüten mitgebrachtem Barossawein besaufen und in der warmen tropischen Nacht noch lange sitzen bleiben, nachdem die Buden zugemacht haben und man ihnen die Beleuchtung abgedreht hat. Brisbane ist die perfekte Mischung zwischen tropischem laisser faire und europäischer Geschäftigkeit. Es ist für eine Kleinstadt viel zu groß, für eine Großstadt zu überschaubar. Das gesellschaftliche Leben spielt sich ab zwischen Malls und Clubs, man entdeckt versteckte Perlen in Straßen, wo man so was nie vermuten würde: Kunstbuchantiquariate, kleine Galerien und staubige Läden voller Ethnokitsch aus Indien neben hellen Auslagen mit australischem Aborigine-Kunsthandwerk, die auf der anderen Seite der glitzernden Mall liegen, gegenüber einer Hertz-Agentur. Jeder auf Konsequenz und innere Überzeugung pochende europäische Baumeister wäre empört gewesen angesichts dieser unbekümmert aneinandergeklebten Variationen aus viktorianischer Zuckerbäckerei, Wildem Westen, Glas und Chrom. Und aus allem und über allem röhrten und röchelten altersschwache Klimaanlagen und mischten Büromief mit der Brise vom Meer.

Ein kleines Stück den schlammigen Brisbane River aufwärts beginnt der Dschungel, und man sieht die *fruitbats*, früchtestehlende Flughunde, schläfrig in den Baumkronen hängen.

Ich hatte langsam meine innere Unruhe überwunden und wollte australischen Alltag kennenlernen. Im Vorbeifahren geht das nicht. Also ging ich ins staatliche Fremdenverkehrsbüro und ließ mich auf einer Farm einquartieren: »Cedar Glen«, wo es Stille en gros gibt und morgens Regenbogenloris statt Wecker und Straßenlärm.

Alles schön und gut. Zu essen gibt es hoffentlich auch bald was, fiel mir ein.

Ich sprang aus dem Bett und machte mich Farm-fein, oder was ich dafür hielt: kurze Hosen sowieso, aber dann: kariertes Flanellhemd,

Stiefel, Akubra-Hut, nagelneu; hatte ich in Brisbane in der Mall erstanden. Akubras – das sind diese braunen Filzhüte, ohne die man in Australien keinen anständigen *drover*, keinen Viehtreiber, keinen Ranger, keinen Farmer sieht; nur daß die ihre Hüte offensichtlich gebraucht kaufen oder erben. Ich habe nie einen neuen oder auch nur halbwegs ansehnlichen Hut gesehen, außer dem auf einem Touristen. Wie mir.

Ich stapfte ein bißchen um das Haus im Garten herum. Es lag auf einer kleinen Anhöhe und bot eine Traumaussicht auf eine weiter entfernte Bergkette, die im blauen Dunst lag. Ich staunte über die zierlichen weißlackierten Gartenmöbel in der sonst doch recht rustikalen Umgebung und dachte mir ganz richtig, daß hier die Hausfrau einen vergeblichen Versuch der Kultivierung städtischen Geschmacks unternommen hatte.

Mein Magen knurrte, und ich fand die Küche – immer dem Geruch nach, obwohl dieser Geruch nicht unbedingt appetitlich war. Auch da war kein Mensch, nur jede Menge Flora und Fauna. Ich bin keineswegs ordentlich, zum Hausmann völlig ungeeignet, aber das hier schockierte selbst mich: Drei von diesen Herd-Ersatz-Pfannen mit Elektrokabel waren um die Spüle herum arrangiert oder vielleicht ausrangiert. Die Spüle randvoll mit dreckigem Geschirr und Speiseresten; in den Pfannen dicke Fettschichten, die ranzig rochen.

Auf einem rundumlaufenden Bord stapelten sich Nahrungsmittel in verschiedenen Stadien der Verderbnis: Obst und Gemüse, teilweise angefault und schimmelig, dazwischen Käfer und Fliegen. Auf einem runden Tisch in der Mitte des Raums war in aller Eile gefrühstückt worden; aber nicht nur heute, sondern seit etwa hundert Jahren, ohne daß man je zwischendurch gewischt hätte. Da lagen und standen angerissene Toasttüten, Kekse, ein offenes Butterpaket, verschmierte Messer, Gläser mit Marmelade und Erdnußbutter (offen), Zuckerstücke (lose), Mehl (im Glas); eine Dose klumpiger Instantkaffee war auch da.

Mein Magen machte eine heftige Fahrstuhlbewegung in Richtung Zäpfchen.

Ich stürzte zum Fenster und ließ frische Gartenluft herein, blieb einen Moment lang hyperventilierend am Fenster stehen und drehte mich dann entschlossen wieder um. Sei ein Mann! Schließlich hast du Vollpension bezahlt.

Ich fand eine Blechkanne und einen Tauchsieder, machte mir Kaffee, ließ einige Scheiben vom Toaster schwarz desinfizieren, entschied mich für die relativ vertrauenerweckend wirkende Erdnußbutter und bedauerte, in Brisbane keine Vitamintabletten gekauft zu haben.

»Frühstückst du immer mit Hut?« fragte eine Stimme hinter mir. Ich riß mir den Akubra vom Kopf und drehte mich um. Ich schwör's: Es traf mich wie ein Hammer; ein Blick und ich war hinüber. Die drekkige Küche, das Geräusch des bubbelnden Tauchsieders, der faulig-süßliche Gestank von verdorbenem Obst, »Cedar Glen« und die ganze Welt drumherum wurden von der großen bluebox im Himmel ausgeblendet. Nichts existierte außer der Frau, die da vor mir stand.

Wenn ich sage, sie war wunderschön oder sexy, umwerfend, traumhaft, atemberaubend, sagenhaft – was heißt das schon. Es sind nicht die Maße, der Abstand zwischen den Augen oder deren Neigungswinkel im Verhältnis zu den Backenknochen, die Länge der Beine (obwohl die durchaus beträchtlich war), nicht der feste runde Hintern oder steile Titten, was einen so trifft.

Wenn ich sage: einsfünfundsiebzig, honigblonde lange Haare, schlank, drahtig, dann klingt das wie die Beschreibung eines gesuchten Verbrechers im Polizeibericht.

Asiaten glauben an persönliche Ausstrahlung, eine Aura – manche haben eine stärkere, manche eine schwache, und nicht alle Kombinationen zünden oder passen zusammen. Aber das hier hatte mich gezündet wie ein verirrter Funken einen ganzen Karton Raketen am chinesischen Neujahrstag. In mir feuerwerkte es ganz fürchterlich – und sie sprach von Rührei und Speck.

Ihre Augen waren türkisblau, hell und strahlend wie Aquamarin, mit einem dunkel-grauen Rand, ihre Augenlider leicht hängend; und darunter sandten diese unglaublichen Augen wahre Laserstrahlen aus. Ihr Gesicht würden viele wahrscheinlich als ein wenig kantig bezeichnen; ich sage: eigensinnig. Der Mund war nicht allzu voll, aber die Mundwinkel gingen in einem wundervoll optimistischen Schmetterlingsschwung nach oben.

Das alles klingt sicher ekelhaft kitschig, aber ich war nun mal verliebt und sah sie so und nicht anders.

Letzte Nacht war ich ziemlich spät angekommen, von der Familie war nichts mehr zu sehen, alles dunkel, alles dicht, bis auf eine Funzel auf der Veranda, wo Mutter Janet Stephens im Schaukelstuhl saß und mich erwartete, in Empfang nahm und, mit einem Teller Sandwiches und einem Korb Obst versorgt, in meinem Gästezimmer ablieferte.

Allmählich lichtete sich der Nebel – zeitweise wolkig – in meinem Kopf; ich muß mich vorgestellt haben. Sie sagte: »Ich bin Rhonda, *hi*«, und daß sie die ältere von zwei Töchtern im Haus sei, die kleinere sei acht, heiße Cindy und sei jetzt in der Schule, ich würde sie am Mittag kennenlernen. Außerdem halte sie verbrannten Toast mit Erdnußbutter für ein sehr unzureichendes Frühstück, sie habe auch Hunger und würde uns jetzt was Richtiges machen.

Okay, Baby, alles, was du willst.

Sie erhitzte eine von den Pfannen mit dem ranzigen Fett, fügte noch etwas Butter hinzu – es war mir egal, sie war Chef im Ritz –, brutzelte Eier und grünlichen Speck, begoß alles mit reichlich Ketchup und riß eine neue Plastiktüte mit lappenartigen Toastscheiben auf. Serviert wurde auf dem riesiegen, klebrigen Teakholztisch in der guten Stube, einem düsteren Raum voller Nippes, mit einem Ölschinken an der Wand, auf dem vor einer Hund-von-Baskerville-Kulisse eine gespensterhaft weiße und durchscheinende Gestalt sich auf einem Pferd mit mindestens drei falschherum angeschraubten Beinen dahinschleppte, Unterschrift: *drover's deathdream* (»Viehtreibers Todestraum«).

Ich hatte wenigstens meine Fassung soweit wiedergefunden, daß ich in der Lage war, Konversation zu machen. Sie redete von den Pferden, die sie zu züchten hoffte, ich über die Harley. Das Gespenst des toten Treibers an der Wand zwinkerte mir zu. Ihre kräftigen Finger mit den schmutzigen, abgebrochenen Fingernägeln spielten an den Fransen der Tischdecke herum, und ich stellte mir vor, wie es wäre, wenn sie woanders herumspielen würden.

Plötzlich sprang sie auf, fuchtelte wild mit den Armen, schrie: »Raus, raus, raus!« Was denn – konnte sie Gedanken lesen? Aber sie rannte um den Tisch herum an mir vorbei in die Küche. Mittendrin standen zwei pummelige schwarzbraune Schafe und bedienten sich von dem, was da reichlich herumlag. Rhonda schwenkte ein Handtuch, brüllte und trat die Biester abwechselnd in die breiten Hinterteile, während die Schafe empört blökend und ohne Eile den Rückzug antraten. Unwillig trabten sie durchs Wohnzimmer und – klippediklapp – die Holzstufen der Veranda zum Garten hinunter.

»Du warst im Garten und hast die Tür nicht zugemacht«, beschuldigte mich Rhonda, »das nutzen sie natürlich gleich aus. Na ja, das sind unsere beiden Ausstellungsschafe. Sie kommen gerade von der Landwirtschaftsausstellung in Brisbane. Da werden sie von den Kindern den ganzen Tag gestreichelt und gefüttert, und dann glauben sie immer, daß sie jetzt was Besseres sind als die anderen Schafe. Die Weide ist nicht mehr gut genug für sie. Du müßtest sie da draußen sehen, sie benehmen sich wie zwei versnobte alte Damen in einer Herde von Proleten.« Rhonda lachte und zog mich an der Hand nach draußen. »Komm, ich zeig dir unser Haus.«

Es war über hundertfünfzig Jahre alt, erklärte sie stolz, im traditionellen Queensland-Stil erbaut, also ganz aus Holz (Zedernholz – damit hatten sie den Zedern in Cedar Glen den Garaus gemacht; heute gab es keine einzige mehr; auf dem Klo hingen alte Schwarzweiß-Fotos, auf denen die ganze Gegend noch dicht bewaldet war), mit rundumlaufenden, breiten Veranden und zwei Z-förmig aufeinandertreffenden offenen Gängen mitten hindurch, die das Haus praktisch in drei Teile teilten. Die Räume waren hoch. Unter den weißgestrichenen Decken und durch die offenen Flure wehte ein kühlender Luftzug.

»Wir brauchen keine Klimaanlage. Das Haus ist so angelegt, daß es drinnen auch im Sommer schön kühl ist«, erklärte Rhonda.

Die Planken waren ausgetreten, von Sonne und Alter gebleicht; Korbstühle standen herum und ein Teetisch, darauf eine Schale mit bunt geäderten Steinen und Fossilien. Ich entdeckte das massive Blatt einer Steinaxt und nahm es in die Hand. Es war glatt und perfekt ausgewogen.

»Von den Aborigines«, sagte Rhonda. »Hat mein Urgroßvater geschenkt bekommen oder eingetauscht, das weiß ich nicht genau.«

»Ist das nicht sehr alt, Steinzeit oder so?« fragte ich.

»Nein, vielleicht zweihundert Jahre alt. Sie haben gelebt wie in der Steinzeit, als wir kamen. Es gab viele Aborigines hier in der Gegend. Jetzt nicht mehr.« Sie nahm die Axt aus meiner Hand und ließ sie achtlos zurück in die Schale fallen. »Okay, Gaby, du hast Ferien; ich muß an die Arbeit. Ich sehe dich heute abend.«

Sie stapfte von der Veranda zur Auffahrt, schwang sich in einen zerbeulten alten Kleinlaster und ließ ihn an, lehnte sich noch einmal aus dem Wagenfenster und überbrüllte den Motor: »Wenn du willst, machen wir heute abend *coala spotting.*«

Den Rest des Tages bin ich durch die Umgebung gekurvt, hab mal hier und da angehalten, bin abgestiegen und habe mich in den Schatten an irgendeinen ausgetrockneten *creek*, einen kleinen Bach, gesetzt. Ich wollte lesen, ich hatte mir in Sydney ein paar Taschenbücher australischer Autoren gekauft; Peter Carey, Mrs. Aeneas Gunns Klassiker »We of the Never Never«, einige Inspektor-Boney-Krimis, aber es fiel mir schwer, mich zu konzentrieren. Meine Augen folgten den Wellenbewegungen der grünen Hügel und den Wolken, und in Gedanken entwarf ich die raffiniertesten Strategien, ein gewisses Mädchen mit Laseraugen und honigfarbenen Haaren flachzulegen.

Später fuhr ich nach Birds Nest, eine Auto-Viertelstunde von der Farm entfernt.

Queensland ist für australische Verhältnisse fast überbevölkert; der nächste Nachbar wohnt immerhin nur sechzehn Kilometer entfernt. In Birds Nest gab es eine Schule, ein modernes Schwimmbad, Tankstelle, Post Office (in dem eine alte Dame saß, die alle Postkarten sorgfältig durchlas, bevor sie sie in die Fächer der jeweiligen Adressaten sortierte); es gab eine Teestube für die *ladies*, eine sehr zivilisierte Angelegenheit mit den farbenfrohen Aquarellen lokaler Künstler an den Wänden, und eine Kneipe für die Jungs (von der ich noch erzählen werde), einen Trödelladen und einen sehr kleinen Supermarkt. Eine weitere Autostunde entfernt Richtung Küste liegt Toowoomba, eine Art Kreisstadt. Dort hält sogar der Greyhoundbus, und damit ist es eine Stadt von Bedeutung.

Nach ein paar Wochen im outback kommt einem Queensland vor wie die Schweiz, mit dem saftigen Grün und den Kühen auf den Wiesen. Was es von der Schweiz unterscheidet, sind die duftenden Eukalyptuswälder, die Wärme und die Tatsache, daß Ananas, Bananen, *rockmelons* und Kiwis am Straßenrand verkauft werden, zu Preisen, die in mir eine fast triumphale Gier erweckten.

Ich kaufte mir eine Ananas, verzehrte sie unter einem riesigen alten *ghostgum*, dem Eukalyptus mit dem weißen Stamm. In seiner Krone kakelten ein paar schläfrige Wellensittiche, ich leckte mir den klebrigen Ananassaft von den Fingern und war so glücklich, daß es mich erwischt hätte, wäre ich Doktor Faust gewesen.

Am Abend lernte ich den Rest der Familie Stephens kennen. Mutter Janet stand in der Küche, als ich kam, pfiff und sang und war ziemlich gesprächig; eine charmante Schlampe, klein und auseinandergegangen, trocken-kräuslige Hausfrauendauerwelle, der verblühte Mund schrill bemalt, das Frotteekleid über dem Busen bekleckert.

Sie war die Seele der Familie, soviel wurde mir nach den ersten zehn Minuten klar. Stolz erzählte sie, wie sie einmal zur »Miss Frühling« gewählt worden war, und dann war sie mit Greg tanzen, und dann und dann ... Sie glühte dabei vor wiedererlebter Liebe und Begeisterung, wie es alle Leute tun, die von der Gegenwart nicht mehr erwarten als vielleicht ein gutes Essen oder einen Urlaub am Meer. Aber sie machte keinen unzufriedenen Eindruck. Sie war nicht der Typ, der jammert, und sie hatte keine Zeit zum Jammern.

Dann kam Greg. Großer Auftritt. Er schimpfte und fluchte schon, als er die Treppe hochgepoltert kam. In der Küche riß er sich seinen speckigen Hut – gut durchtränkt mit Sonne, Schweiß und Känguruhschmalz – vom Kopf und warf ihn auf den Fußboden. Der Hut hatte sogar vorn am Kniff, wo er immer angefaßt wird, ein Loch, weil dort der Filz mürbe geworden war.

»Egal was du sagst, Janet. Jetzt fliegen sie raus! Und vorher drehe ich dem verdammten Hippie den Hals um. Ich hatte meine Schrotflinte dabei, aber sie hatten Glück. Ausgeflogen!«

»Ah – Greg!« murmelte Janet. Sie hob den Hut auf und legte ihn irgendwo ab.

Jetzt nahm er mich wahr. »*Sorry*, hatte ein bißchen Ärger unten bei der Molkerei. Du bist ...?«

»Gabriel«, sagte ich und hielt ihm die Hand entgegen. Er schüttelte sie, gab ein kurzes meckerndes Gelächter von sich: »Wie der Racheengel mit dem Schwert. Könnte einen von der Sorte gebrauchen hier unten; *bleedin'suckers*!«

Die »suckers«, das war ein junges Pärchen aus der Stadt – und mit der Stadt war Brisbane gemeint. Ein Stück weit hügelabwärts hatten sich die Stephens' eine kleine Molkerei gebaut, ein Flachbau mit ein paar automatischen Melkmaschinen und einem Kühlbehälter, wo die Milch aufbewahrt wurde, bis die Kooperative aus Toowoomba sie einsammeln kam. Nahe dieser Molkerei stand das erste kleine Haus von Gregs Großeltern, nicht komfortabel, aber eben ein typisches Pionierhaus, und das hatten sie an ein Hippiepärchen aus der City vermietet.

»Am Anfang waren sie ganz nett«, sagte Janet, »und sie haben ihre Miete pünktlich bezahlt.«

Gregory brummte.

»Na komm schon, Greg, du weißt, wir brauchen jeden Dollar.« Zu mir: »Aber jetzt haben sie schon über drei Monate nichts mehr gezahlt.«

»Du läßt dich jedesmal erweichen von seinem Hundeblick, Janet, und sie lacht über dich, das weißt du genau!«

»Er hat gesagt, sie sind in Schwierigkeiten. Und sie zahlen, sobald er einen Job hat.«

»Arbeiten – der! Wenn's in der Hölle friert!« schnaubte Greg. »Und Schwierigkeiten kriegt er jetzt allerdings! Weißt du überhaupt, was die dreckigen Schweine gemacht haben? Sie haben Schulkindern in Birds Nest Rauschgift angeboten! Sie haben unserer Cindy Rauschgift angeboten, Janet!«

Cindy nickte bestätigend und wichtig vom Fernseher her. »Ja! Sie haben an der Haltestelle vom Schulbus rumgehangen, und sie haben gesagt, sie wollen uns was schenken. Joints und Pillen.«

»Ach Cindy! Du weißt doch gar nicht, wie so was aussieht.«

»Ich weiß sehr wohl, wie *Joints* aussehen, Rhonda«, sagte Cindy laut und warf einen vielsagenden Blick auf ihre große Schwester, die in der Tür stand; die Haare verschwitzt und Pferdemist an den Stiefeln. Die Laseraugen blitzten kurz auf, und Cindy verstummte.

»Pa! Hör auf, mit der Flinte rumzufuchteln! Überlaß das der Polizei. Dafür sind die da!«

»Und denk dran«, erinnerte ihn seine Frau, »wie du ausgesehen hast, als du dich das letztemal geprügelt hast, Greg!«

Der Alte grinste zufrieden: »Yeah! Aber ich habe gewonnen!«

Zwei

Am nächsten Morgen hatte ich lange vom Bett aus in den Himmel gestarrt, genau durch den schmalen Ausschnitt der hohen, offenen Tür zur Veranda. Im Zimmer herrschte kühles Halbdunkel, draußen begann schon die Sonne die Luft aufzuheizen und zum Flimmern zu bringen. Da hörte ich Janet und Greg von ihrer morgendlichen Arbeit in der Molkerei zurückkommen.

Aus irgendeinem Grund hatten sie beide Wagen genommen. Erst röhrte Janets klappriger Toyota die Einfahrt hoch. Außen sah dieses Auto aus wie die Sorte, die verarmte amerikanische Privatdetektive fahren: verrostet, zerbeult, hängende Türen; der Lack bis auf eine dünne, rauhe, matte Schicht von Wetter und schlechter Behandlung abgetragen. Dann hörte ich den etwas tieferen und gesünderen Ton des Kleinlasters, von dessen Ladefläche ein Hund herunterkläffte.

Während Greg und Janet ins Haus gingen und in der Küche rumorten, schwang ich mich, in der Hoffnung auf ein Frühstück, in aller Eile in meine Kleidung.

Als ich in das düstere Speisezimmer kam, war mein Platz schon gedeckt. Ich setzte mich gegenüber von Greg, der nach einem gebrummten *»g'day son«* schweigend seinen Porridge löffelte, eine graue, schleimige Pampe mit Rosinen und einem Haufen Zucker drauf …, Porridge, … lehnte ich dankend ab und stieg erst beim zweiten Gang ein: Spiegeleier mit Speck. Dazu gab es die üblichen lappigen Toastscheiben, allerdings mit einigen dunkleren Körnchen durchsetzt; Vollkorntoast, wie mir Janet erklärte, die mitbekommen hatte, daß ich mich nach Vollwertnahrung sehnte. Das sei doch sicher das richtige. Ja sicher – (würg!). Wo die *girls* seien? Wo die kleine Cindy war, konnte mir herzlich egal sein, aber Rhonda hatte ich weder gestern abend noch heute morgen gesehen. Cindy sei in der Schule und Rhonda schon vor Stunden abgeholt worden. (Abgeholt? Von wem?)

Wir Männer schwiegen und widmeten uns der Nahrungsaufnahme,

während Janet in der Küche *greensleeves* trällerte und anschließend ein Elton-John-Medley.

Schließlich schob Greg seinen Teller mit einem zufriedenen Seufzer von sich.

»Findest du, daß ich viel esse?« fragte er mich grinsend. Gregory Stephens war ein kleiner Mann, sie waren beide so viel kleiner als Rhonda; sie klein und rund, er so etwa einssiebzig, aber zäh und drahtig. Er konnte nicht älter als Mitte oder Ende Vierzig gewesen sein, sein Alter war schwer zu schätzen. Die harte Arbeit auf dem Land, der tägliche Kampf um essentielle Dinge, die gesamte Lebensorganisation, das alles zehrt nicht nur an den Muskeln, es verändert auch die Gesichter.

Schon immer fand ich die Gesichter von Menschen auf dem Land ausgeprägter, interessanter als Gesichter in der Stadt, von Ausnahmen abgesehen.

Gregs Gesicht war ledrig, ein bißchen eingefallen. Gemessen an dem Hochzeitsfoto, das auf der Anrichte stand, waren nur seine Ohren gewachsen und hatten sich nach vorn aufgestellt, wie von ständigem, konzentriertem Lauschen. Von der Linie an aufwärts, wo er draußen den ganzen Tag seinen Hut in die Stirn gedrückt trug, war die Kopfhaut weiß, darunter sonnenverbrannt. Ein gutaussehender Mann war er niemals gewesen, aber jetzt mußte ich an einen Gnom aus einem meiner alten Märchenbücher denken. Trotzdem war es ein Gesicht, dem man instinktiv vertraute. »Ich muß nach Birds Nest«, sagte er, »*you comin'?* Kommst Du mit? Ich muß mit dem *Sergeant* reden. Auf dem Rückweg kann ich dir vielleicht ein paar Tiere zeigen.«

»Gern, danke.«

Außer meinen ersten drei Känguruhs im Barossa Valley hatte ich hauptsächlich überfahrene Tiere am Rand der *highways* gesehen und ein paar Raubvögel, die sich von dort ihre Mahlzeiten aufklaubten.

Greg ging sich von Miss Frühling verabschieden. Und da wurde mir bewußt, daß Liebe keine Sache von Jugend oder Schönheit ist, so wie es einem im Fernsehen immer suggeriert wird. Nein, die Art, wie Gregory Stephens seine dicke, kleine Frau mit der teigigen Haut und dem spärlichen, dauergewellten, rötlichen Haar in den Arm nahm, gebot mir, mich umzudrehen. Die beiden waren keine Zweckgemeinschaft, kein staatlich sanktioniertes Häuslebau- und Rentenbeschaffungsunternehmen.

»*Lets go!*«

Wir gingen durch die Fliegengittertür und durch den offenen langen Gang nach draußen. Mein Motorrad stand unter dem Vordach, und Greg strich bewundernd mit den Händen über den schwarzen Sattel.

»Tolle Maschine«, sagte er, »hab noch nie in meinem Leben eine echte Harley gesehen, nur im Film! Muß ein Vermögen gekostet haben ...«

»Ja«, sagte ich, und es war mir ein wenig unangenehm, so viel Geld gehabt zu haben. »Ich habe unerwartet geerbt und beschlossen, es nicht auf die Kante zu legen, sondern mir diesen Wunsch zu erfüllen ...«

Aber er grinste ohne eine Spur von Neid. »Der Teufel soll morgen holen? Na ja – solange du keine Kinder hast ...«

Er machte nicht den Eindruck, als würde er mit mir tauschen wollen, selbst wenn er die Wahl gehabt hätte. Wäre ihm eine gute Fee erschienen und hätte ihm drei Wünsche freigestellt, er hätte wahrscheinlich gesagt: »Einen erstklassigen Droughtmaster-Zuchtbullen, einen neuen Pickup, und hexe mal schnell das Finanzamt auf den Mond!«

Wir stiegen in den alten klapprigen Kleinlaster; ich verbrannte mir fast den Hintern auf den von der Sonne durchglühten Polstern. Greg zuckte nicht einmal, als er sich niederließ; sein Hintern war vermutlich bis zur totalen Empfindungslosigkeit hartgeritten.

Auf der kurzen Fahrt nach Birds Nest wurde nicht geredet, dafür war der Motor zu laut. Nur einmal erschreckte mich der Alte, als er urplötzlich einen mörderisch schrillen, langgezogenen Schrei ausstieß, abgehackt, ein irres Gelächter:

»U! U! U! A! A! A! Aaaaaarghhh!«

Ich dachte einen Moment: Jetzt dreht er durch. Dann zeigte er aus dem Fenster. »Hörst du? Kookaburra!«

Jetzt hörte ich ihn auch, den Kookaburra, die australische Entsprechung zu unserem Kuckuck – die sogenannte Spottdrossel. Wenn man ihn das erste Mal bemerkt, glaubt man, da sitzt einer im Baum und macht sich einen Spaß. Das Geräusch ähnelt mehr dem Geschnatter eines Affen oder menschlichem Gelächter als einem Vogelschrei.

Greg freute sich über den Schrecken, den er mir eingejagt hatte.

Kichernd brachte er den Laster am Straßenrand zum Halten. »Da drüben sitzt er, siehst du? Auf dem einzelnen Baum dort, zweiter Ast von unten!«

Ein unscheinbarer Bursche; weißer Bauch, gräulichbräunlicher Rücken mit Schwarz, nicht viel größer als ein Specht, aber mit einer weit schallenden Stimme. Sie nennen ihn auch Froschmaul. Der breite, unverhältnismäßig große Schnabel sieht beinahe unecht aus, eine Faschingsmaske. Das gibt dem Vogelgesicht etwas Froschartiges.

Birds Nest ist ein winziges Kaff, die wenigen Häuser und Lagerhäuser um einen parkartigen Platz angeordnet; eine Reißbrettstadt, wie viele in Australien. In der Mitte stand ein uralter, riesiger Baum, ein Zwischending zwischen einer Korkeiche und einem gestrandeten Wal, das Maul weit aufgerissen und mit Hilfe einer Eisenstange offengehalten.

»Da hat Jimmy Bird drin gewohnt, als er zuerst hier ankam«, erzählte Greg.

»1838 bis 44. Sechs Jahre hat er in dem Baum gelebt. Drei davon sogar mit Frau und Kind. Zum Hausbau hatten sie einfach keine Zeit. Erst mußte Essen rangeschafft, gerodet und der Boden bestellt werden. Danach erst kam das Haus. Viele Pioniere haben das so gemacht. Jimmy Bird war hier der erste – darum Birds Nest.«

»He, Ben! Wo ist der Sergeant?« brüllte er über die Straße einem Mann zu.

»Wo er immer ist um die Zeit!« lautete die Antwort.

Greg parkte den Wagen im Schatten einer Casuarina. Wir stiegen aus, und ich setzte meinen lächerlich makellos aussehenden Akubra auf. Mein Begleiter grinste spöttisch, sagte aber nichts. Er zog mich in die einzige Kneipe am Ort, wo Frauen zwar seit ein paar Jahren zugelassen sind, aber außer Touristinnen trifft man hier vor der Theke so gut wie nie welche.

Buschkneipen sind dunkel, aber nicht verräuchert, weil sie nach dem alten System gebaut werden, das eine ständige Durchlüftung ermöglicht. Sie riechen sogar meist recht angenehm. Meist sind sie voller mehr oder weniger patriotischer Andenken.

Es gibt ein paar Standards wie die flachen braunen Haufen, die an die Wand genagelt sind mit einem Zettel darunter – »*genuine Northern Territory bullshit*«, Staatsnamen austauschbar. Entlang der großen Straßen hängen auch zerdonnerte Autofelgen an den Kneipenwänden, dazu die mit dem Platten gefahrene Kilometerzahl und die Kommentare der ehemaligen Besitzer, wenn sie endlich gemerkt hatten, was los war: »Ich hatte das Radio so laut« oder: »Ich dachte, die Straße sei ziemlich holprig.«

Und dann sammeln die meisten Barbesitzer auch noch irgendwas Spezielles, das gelangweilte Reisende sich anschauen können, das Gespräche in Gang bringt und Geschmack und Interessen des Besitzers zur Schau stellt: Flugzeugpropeller, Motoren, verrostete Maschinenteile; die eisernen Skelette des Fortschritts, der das Innere des australischen Kontinents niemals hat erobern können. Einer hatte vorm Eingang Hunderte von alten Medizin-, Schnaps- und Sodaflaschen aufgehängt, dicke, schlanke, runde und rechteckige, alle mit der Seifenblasenpatina der vielen Jahre, die sie irgendwo im Sand gelegen hatten. Der Barkeeper erzählte mir, daß er sie alle aus einem trockenen Bachbett ausgegraben hatte; in der Nähe mußte einmal eine Glasfabrik gewesen sein. Vielleicht hatte man hier aber auch nur den Wagen eines Quacksalbers angehalten, den Mann aufgehängt für irgendeine vermeintliche oder tatsächliche Schandtat und die Ladung von seinem Wagen in den Fluß gekippt, all die Mittel gegen Husten, für Haarwuchs und leichte Geburten.

Dieser Pub hier war mit Geldscheinen tapeziert, mit Geldscheinen aus England, Frankreich, Schweden, Holland, vielen aus Japan, amerikanischen Dollars und Deutschen Mark (Ost und West, wobei das Ostgeld als interessanter empfunden wurde), außerdem hübsch buntes Papiergeld von den Philippinen, aus dem Königreich Tonga und von einigen Orten, von denen ich noch nie was gehört hatte.

»Hallo, Jungs! Das ist Gabriel. Er kommt aus Deutschland und studiert Literatur!« rief Greg beim Eintreten.

»*No problem* – macht nichts«, war die prompte Antwort.

»Ah! Das ist unser Polizeichef. Wie ich sehe, hat er schon ein paar *drinks* verhaftet. Mike Stark – das ist Gabriel aus Deutschland, wohnt bei uns. Gabriel – das ist Mike, und das hier ist sein Assistent, heißt Snakes. Den kannst du alles über Reptilien fragen, stimmt's, Snakes?!«

Constable »Snakes« bestellte mir ein Bier und begann sofort, freundlich Konversation zu machen; mein Kindermädchen, während die Männer ernste Sachen zu besprechen hatten.

Er war ein komischer Kauz, Anfang Zwanzig, schlaksig, und in seinem Gesicht waren Ohren, Nase, Mund und Augen in ständiger Bewegung. Er gestikulierte beim Sprechen mit dem Gesicht, so wie es andere Leute mit Händen und Füßen tun. Ich war fasziniert.

Er wertete meine Faszination als Interesse für sein besonderes Fachgebiet und stürzte sich nun ernstlich in den Vortrag: »Du kommst doch gerade aus dem Norden, stimmt's? Da ist doch gerade Regenzeit, stimmt's? Jede Menge Wasser, oben, unten, überall, stimmt's? Und hast du diese großen, giftgrünen Frösche gesehen? Ja? Weißt du, die tauchen gern in Klos in den Häusern auf. Wirklich wahr, ich bin da oben aufgewachsen, in den Kimberleys. Und eine Regenzeit lang hatten wir mal viel Spaß mit den Fröschen. Wir haben sie rausgeangelt und markiert, ihnen Buchstaben auf die Rücken gemalt, um zu sehen, wo sie wieder auftauchen, und sie dann runtergespült. Hey, zwei Monate lang, wenn sich die Leute auf der Straße getroffen haben, hieß es nur: ›Wen hast du heute gesehen? A? Ich hatte D oder F oder K.‹ Oder: ›Tut mir leid, meine Katze hat heute B gefressen.‹«

In der Zwischenheit hatten Greg und Sergeant Stark ihre geschäftliche Besprechung beendet und gesellten sich zu uns. Greg zwinkerte mir zu und sagte: »Wißt ihr Jungs eigentlich, daß Gabriel hier ein Goldgräber ist?«

So war Greg, redete nicht viel, sah aber eine ganze Menge. Er hatte bei meinem Gepäck wohl auch die Pfanne zum Goldwaschen entdeckt. Ich dachte eben, ich versuche es mal.

Man kann immer noch Gold finden in Australien, nicht viel, nicht wie beim großen Goldrausch; aber man hört immer wieder, daß einer Glück gehabt und für ein paar tausend Dollar *nuggets* gefunden hat.

Die Geschichte vom Goldrausch in Australien ist auch eine Geschichte von technischem Fortschritt und Umweltzerstörung. Anfangs hat man mit einfachsten mechanischen Hilfsmitteln, mit Picke, Schaufel und Sieb oder Pfanne die gröberen Stücke aus der Erde geklaubt. Wenn man keine *nuggets* mehr fand, wurden die Minen und Schächte aufgegeben, und die Natur hatte Zeit, sich zu regenerieren. Aber dann kamen die großen Minengesellschaften. Sie rechnen in Gramm per Tonne Erde, durchwühlen ganze Berge mit ihren Bulldozern und filtern noch das kleinste Stäubchen chemisch heraus. Was sie hinterlassen, sind Mondlandschaften, in denen für zehn oder vielleicht sogar hundert Jahre nichts mehr wächst. Ich habe Bilder von Boulder und Calgoorlie gesehen, wo Gold im Tagebau gewonnen wird, und ich habe mich gefragt: Ist es das wert? So viele Arbeitsplätze bringt diese Buddelei nicht. Und soviel zerstörtes, verletztes Land, nur damit ein paar Barren Metall in irgendeinem Banksafe lagern und einen Fettsack im Armani-Anzug ruhig schlafen lassen?

Was Leute wie ich machen, hinterläßt kaum Spuren. Man wäscht Pfanne für Pfanne den Flußsand durch, und wenn man irgendwo ein Loch gräbt, buddelt man es hinterher wieder zu. Der Buckel, den Australien in die Sonne hält, ist erdgeschichtlich gesehen schon sehr alt. Es hat kaum geologische Aktivitäten gegeben; die Macdonnell Ranges im Northern Territory etwa sind seit vierhundert Millionen Jahren nur von Wind und Regen bearbeitet worden. Deshalb findet man in Australien besonders viel sogenanntes alluviales Gold, ausgewaschen, bereits vom umgebenden Gestein getrennt und je nach Länge des zurückgelegten Wegs zu *nuggets*, Flocken oder Staub zermahlen. Die großen Fundorte gehören alle den großen Minengesellschaften oder sind so ausgequetscht, daß es sich für die Profis schon lange nicht mehr lohnt; aber ein Freizeit-*digger* kann sich hier immer noch ein paar Dollars und ein bißchen Spaß verschaffen. Gegen eine geringe Gebühr kriegt jeder im örtlichen *Mining-Department* eine Schürfgenehmigung, und damit darf man überall auf staatlichem Land buddeln, vorausgesetzt, man arbeitet nur mit einfachen mechanischen Hilfsmitteln, reißt keine Bäume aus oder ruiniert die Landschaft nicht übermäßig. Das darf man nur im großen Stil.

Gold- und Edelsteinsuche ist immer ein gutes Gesprächsthema in Oz, und ich habe kaum einen getroffen, der es noch nicht wenigstens einmal versucht hätte. So war es hier auch. Kaum hatte Greg mein kleines Hobby erwähnt, da waren wir auch schon mitten im Fachsimpeln über die besten Geräte, die Technik des Schwenkens und Siebens, die vielversprechendsten Fundorte und woran man sie erkennt.

»Ich habe zwar noch nie Gold gefunden, aber wenn ich losziehe, fange ich jedesmal mindestens eine interessante Schlange, einen neuen Frosch oder einen Goanna«, sagte Snakes. »Für mich lohnt es sich also immer.«

»He, Greg! Erzähl doch mal von deinem Wahnsinns-Fund!« dröhnte Stark, und alles brach in wieherndes Gelächter aus. Greg wand sich ein bißchen *for show*, aber dann rückte er auch schon mit seiner Goldgeschichte heraus: »Okay, Jungs, ihr wißt ja, daß wir nicht gerade reich sind. Es kommt gerade so hin, um die Bankzinsen und die Steuern zahlen zu können, und ich beklag mich nicht, aber manchmal hängt mir die Schufterei schon zum Hals raus!«

Zustimmendes Grunzen rundum. »Scheißbanken!«, *»Bloody G'vment«, »God damn the taxman!«* – Scheißregierung, der Herr verdamme den Steuereintreiber ... darauf eine neue Runde.

»Gut – und eines Tages«, machte Greg weiter, »da kommt meine *missus* zu mir auf die Weide gerannt und schreit schon von weitem. Ich höre immer bloß: Reiiich, Greg, wir sind reich, reich, reich! Und sie schwenkt etwas in ihrer Schürze. Wir steigen ab, sie kniet sich hin und öffnet die Schürze. Ein Windstoß, und die Luft flimmert und glitzert von goldenem Staub. Na – ich muß zugeben, daß es mich in dem Moment ganz schön gepackt hat. Wir springen in den Wagen, ab nach Toowoomba zur Bank, und Mike: Hätt'st du versucht, mich zu stoppen, ich hätte dich über den Haufen gefahren. Völlig verrückt waren wir! Wir legen die Schürze in der Bank in Toowoomba auf den Tresen und strahlen und plappern beide wie zwei Idioten. Bob, der Bankdirektor, kommt angerannt und beugt sich über das Zeug. Er zerdrückt ein Bröckchen davon mit dem Taschenmesser auf dem Tisch und sagt ...«

Hier legte Greg seine Kunstpause ein, um einen langen Zug Bier zu nehmen. Ich schaute in die Runde, und mir wurde klar, daß die anderen die Geschichte schon auswendig kannten und sie genossen wie einen liebgewonnenen alten Film.

»Tja, Jungs, und dann sagt Bob: ›Tut mir leid, ich hätt's euch gegönnt, Leute, aber das hier ist kein Gold. Das ist Katzengold, gelber Glimmer. Macht euch nichts draus. Darauf sind schon viele reingefallen. Was glaubst du, wie viele Kilo von dem Dreckszeug wir schon auf dem Tresen hatten. Tut mir ehrlich leid.‹ Und wie wir dann nach Hause geschlichen sind, wißt ihr, was meine Janet zu mir sagt?«

Wußten sie, aber den Gesichtern nach zu schließen, schätzten sie diesen Teil der Geschichte besonders.

»Nachdem sie ihr Taschentuch vollgeheult hat, sagt Janet zu mir: ›Ach weißt du, Greg, was soll's – unser Reichtum sind unsere Kinder‹.«

Alles zeigte sich mächtig gerührt, Greg rutschte anschließend wortlos vom Hocker, klebte sich seinen Speckhut auf den Gnomenkopf und latschte zur Tür. Fabelhaft! Welch ein Abgang!

Als wir aus dem kühlen dunklen Pub auf die Straße traten, traf mich die volle Mittagshitze wie ein Faustschlag in den Magen. Ich bedauerte augenblicklich, Bier getrunken zu haben, und tastete halbblind nach meiner Sonnenbrille.

Greg legte den Kopf in den Nacken und blinzelte in den Himmel: »Wir könnten ein bißchen Regen gebrauchen, aber es sieht nicht danach aus. Oben in Townsville schüttet es seit Tagen.«

Wir kletterten wieder in den Laster. Am Ortsausgang hielt Greg vor einem kleinen rosa gestrichenen Haus, das neben dem Eingang ein Schaufenster hatte. In der Auslage entdeckte ich Fossilien, Gesteinsbrocken und polierte Kiesel. Vor dem Haus stand ein großer, hagerer Mann unter einem schattenspendenden Unterstand, nichts weiter als vier Pfosten mit einem Dach aus Palmenwedeln, und bearbeitete einen Stein mit einer Fußpedal-betriebenen Schleifmaschine.

Greg mußte mehrmals hupen, bis der Alte uns wahrnahm und von seiner Arbeit hochschaute. Greg winkte ihm zu, und er kam zum Wagen, tippte sich an den Hut – wieder so ein ausstellungsreifes zeitgegerbtes Stück – und nickte freundlich.

»Heathrow, sieh mal, das ist unser Gast. Gabriel – kommt aus Deutschland.«

Ich sagte brav: »Guten Tag, Sir«.

»Er interessiert sich für Gold!«

Ein kurzes hustendes Lachen.

»Heathrow ist der letzte echte Goldsucher hier in der Gegend. Du kannst ihn jederzeit besuchen. Er kann dir ein paar gute Tips geben!«

Kann er überhaupt sprechen, war ich versucht zu fragen. Da gab er Laut, brummte, nickte wieder und ließ uns stehen.

Greg ließ den Motor wieder an, winkte noch einmal und fuhr weiter. »Geh ruhig mal hin. Er freut sich über Besuch.«

Okay, ich nahm mir also vor, es in den nächsten Tagen mal zu versuchen. Vielleicht gab es ein Zauberwort, um ihn zum Sprechen zu bringen. Ich hatte genug Zeit, das herauszufinden. Schließlich war ich nicht im Streß und mußte nicht effektiv sein und mir jedes Stückchen einteilen.

Greg fuhr ein Stück Straße entlang und bog dann ab auf einen Sandweg, der über die Weiden führte. Nach ein paar Metern kam ein Gatter, und Greg zeigte mir, wie es zu öffnen war. Es hatte statt Schloß oder Angel Aufhängungen aus Drahtschlingen und einen raffinierten Öffnungsmechanismus, der ebenfalls nur aus den einfachsten Mitteln bestand: Draht und Holzstangen, aber so angelegt, daß der Mechanismus für einen Fremden nicht ohne weiteres zu durchschauen war. Ich klemmte mir den Daumen, ließ mir einen schweren Balken auf den Fuß fallen, aber dann hatte ich es kapiert.

Das, erklärte Greg, sei eine Sache, auf die australische Farmer stolz sind; aus nichts etwas machen, auskommen mit dem, was da ist, früher eine Notwendigkeit bei den Wegen, die zurückzulegen gewesen wären, um ein fehlendes Teil zu besorgen. Heute gibt es zwar alles, aber es ist eine Tradition, auf die man stolz ist und die man deshalb weiter pflegt: *make do*.

Von da an, wenn ich mit Janet oder Greg fuhr, war es meine Aufgabe auszusteigen, die Tore zu öffnen und zu schließen und auf den anfahrenden Wagen aufzuspringen, und es gab mir ein wenig das Gefühl dazuzugehören.

Während wir über die Weiden fuhren, erklärte er mir ausführlich die unterschiedlichen Rinderrassen, die da herumstanden, aber ich hörte nicht so recht zu.

Für mich ist eine Kuh eine Kuh – sie gibt Milch. Und ich hasse Milch.

Noch ein Gatter, und wir kamen in einen hellen, duftenden Eukalyptuswald, in dem das Licht ungehindert durch die beinahe senkrecht hängenden lanzettförmigen Blätter fällt, ein Sturzbach aus Licht und Schatten, der auf dem Boden Tropfen und Lachen von Silber, Hellblau und sanften Brauntönen zurückläßt. An manchen Stellen war der Boden mit abgefallenen Blättern und Rindenschalen bedeckt, aber dann kam ein Stück, das sah ganz anders aus: die Rinde der Bäume vom Boden bis zu einem Drittel Höhe schwarz verkohlt, das Unterholz sauber weggebrannt. Statt dessen hob sich gegen die geschwärzten Stämme frisches junges Gras ab, ein hellgrüner Teppich.

»Buschbrand?« fragte ich, der ich die wildesten Geschichten über mordsgefährliche Buschbrände und explodierende Baumkronen gelesen hatte.

»Nein«, erklärte Greg lachend, »das war ich. Wir haben von den Aborigines gelernt: An einem Tag, wo der Wind richtig steht, ein Streichholz hineingeworfen, und das ganze trockene alte Zeug geht hoch und frisches Grün kann wachsen. Wenn man das zur richtigen Zeit und beim richtigen Wetter macht, dann hilft es, richtig böse Brände zu verhindern.«

»Und die Tiere?«

»Oh – die meisten kommen rechtzeitig weg. Sogar die Frösche. Du müßtest sie mal hüpfen sehen! Sie klettern einfach ein Stück die Bäume hoch und warten ab. Und hinterher kommen die Emus und die Känguruhs und fressen sich an dem frischen Gras satt.«

Er hielt den Wagen an und stellte den Motor aus. »Das ist die Stelle. Da drüben, bei den Felsen, da sind sie immer um die Zeit und dösen, solange es heiß ist.«

Wir stiegen aus und schlichen langsam und geduckt auf eine Gruppe von Riesen-Findlingen zu, die am Fuß eines glatzenhaft abgerundeten Felsens lagen. Als ich auf einen trockenen Ast trat, zischte mein *guide* mich an. Vorsichtiger kletterte ich hinter ihm her die glatten Steine hinauf. Oben, auf gleicher Höhe mit den Baumkronen, legten wir uns flach auf den Bauch. Die harten Eukalyptusblätter rieben trocken gegeneinander, und von weitem war wieder das irrsinnige Gelächter eines Koobaburra zu hören. Lichtflecken tanzten vor meinen Augen, und ich sog tief und genüßlich den würzigen Geruch der Myrrhensträucher ein.

Und dann sah ich sie: eine ganze Gruppe, fünf oder sechs von ihnen, graubraun, aber viel kleiner als die Känguruhs, die ich bisher gesehen hatte. Es waren Felsenkänguruhs, *rockwallabies*, die ich dann eigentlich noch hübscher fand als ihre großen Verwandten. Sie stinken nicht so und haben große feuchte Rehaugen – Bambi auf australisch. Eines kaute träge und mit halbgeschlossenen Augen, eines verlagerte sein Gewicht auf seinen muskulösen Schwanz, richtete sich auf und schnupperte prüfend, konnte uns aber nicht wahrnehmen.

Als wir uns aufrichteten, hopsten sie zwar los, schienen uns aber nicht recht ernst zu nehmen, denn nach zwanzig Metern hielten sie an und sahen sich nach uns um. Nachdem sie sich vergewissert hatten, daß wir keine Anstalten machten, hinterherzukommen, kauerten sie sich wieder hin und setzten ihren Mittagsschlaf fort.

»*Too bloody hot to run.*« Greg kicherte.

Er setzte mich am Farmhaus ab. Es gab einen schnellen Lunch aus kaltem Fleisch, Brot und Wassermelone. Rhonda war nirgends zu sehen. So vertrödelte ich den Nachmittag im Schwimmbad von Birds Nest, aß noch einen Hamburger im Pub und verbrachte den Rest des Tages damit, meine Harley zu warten, eine Sache, die ich ungern anderen überlasse, schon gar nicht irgendeinem Dorfmechaniker. Ich mache mir lieber selber die Finger dreckig, dann weiß ich wenigstens, was Sache ist. Ich kann nicht behaupten, daß mir die Fummelei Spaß macht, aber es ist ein gutes Gefühl, in jeder Hinsicht unabhängig zu sein. Auf langen, einsamen Strecken wie hier ist es sowieso ratsam, sein eigener Mechaniker zu sein und außer den üblichen Werkzeugen auch noch Reifenmontiereisen, Schlosserhammer, Kaltmeißel, Kontaktfeile, Fühlerlehre und Prüflampe dabei zu haben. Die Maschine war gut eingefahren. Es war nicht viel dran zu machen, nur ein bißchen putzen, durchpusten und schmieren, und sie lief wieder wie eine Eins.

Drei

Als ich von meiner Probefahrt zurückkam, stand in der Auffahrt ein schwarzer Holden Pickup. Auf der Ladefläche hockten vier Männer und rauchten. Mike Stark, Snakes, Greg und Janet standen am Fuß der Treppe zusammen. Cindy hüpfte um sie herum wie ein aufgeregter kleiner Hund und war sichtlich wütend.

»Das waren keine Bonbons! Das waren keine Bonbons!« schrie sie. »Ich bin doch nicht bescheuert! Ich weiß, wie Bonbons aussehen!«

»Cindy!« mahnte Janet.

»Mike, Mike!« Cindy zupfte Mr. Stark am Hemdsärmel. »Sie haben gesagt, wir würden hübsche Träume davon kriegen, tolle Sachen sehen, besser als im Kino. Und das waren Pillen und keine Bonbons. Und Päckchen mit weißem Pulver hatten sie auch. Und sie wollten sie uns schenken – nicht verkaufen!«

»Okay, wir glauben dir ja«, sagte jemand, aber es klang herablassend.

»Fakt ist, Greg: Wir waren da, wir haben die Bude auf den Kopf gestellt, und wir haben nichts gefunden, kein Pulver, keine Pillen, keine Zigaretten – nicht mal Kaugummis!« Der Sergeant trat den Stumpen aus, auf dem er gekaut hatte, und tätschelte Cindy den Kopf (als ich sechs war, habe ich dafür einem Kerl fast den Finger abgebissen). »Wir haben auch ihren Wagen gründlich untersucht, Janet! Ich nehme an, sie sind ziemlich sauer auf euch. Ich weiß nicht, vielleicht war alles nur ein dummer Scherz. Ein Mißverständnis. Ihr wißt doch, wie Kinder manchmal sind ...«

Greg zuckte die Achseln, aber nicht Janet. Janet schwoll der Kamm. »Mike Stark! Wenn meine Tochter sagt, sie haben ihr Pillen angeboten, dann haben sie ihr Pillen angeboten! Meine Tochter ist nicht dumm, und sie lügt niemals.«

»Ja, Janet, ist ja gut...«

»Komm mir bloß nicht so!«

»Okay, also war es vielleicht Rauschgift. Aber dann haben sie's nicht im Haus oder unterm Haus oder irgendwo in der Nähe versteckt. Was sollen wir machen? Ihnen auf Verdacht die Rübe abhauen?«

Janet schnaubte verächtlich. Greg versuchte, die Stimmung in den Griff zu kriegen: »Mike, Snakes, danke, daß ihr nach dem Rechten gesehen habt. Ich denke, wir sollten alle diese Leute im Auge behalten.«

Mike Stark reagierte sichtlich erleichtert – eine erboste Mutter kann gefährlicher werden als ein halbes Dutzend hungriger Dingos. »Sicher, Greg. Ich sag meinen Leuten Bescheid, daß sie auch den Schulhof und die Bushaltestelle ein bißchen im Auge behalten, und wenn sie Ärger machen, dann ruft an. Jederzeit!« Er tippte sich an den Hut – ein geringfügig ansehnlicheres Exemplar als üblich, ein offizieller Hut eben.

Sie fuhren ab. Die Männer auf der Ladefläche winkten im Vorbeifahren Cindy zu und lachten. Die Kleine stampfte stinkwütend die Treppe hoch und knallte sich vor den Fernseher. Janet verschwand in ihre chaotische Küche, und wir hörten sie von dort schimpfen: »... Steuern zahlen ... wenn man ... braucht ... zu blöd ...«

Dann steckte sie ihren Kopf aus der Tür: »Wahrscheinlich hat Mike die Durchsuchung schriftlich angekündigt!« brüllte sie und verschwand wieder.

»Janet! Gib Ruhe! Was hätte Mike denn tun sollen?«

Keine Antwort.

»Verbrenn mein Steak nicht, hörst du?!«

Dann kam Rhonda. Mir fiel fast der Unterkiefer runter: Steigt aus einem neuen Auto und läßt sich von einem Kerl umarmen. Arm in Arm kamen sie die Auffahrt hoch, ich konnt's nicht glauben. Mit so einem Affen geht sie? Von so einem läßt sie sich begrapschen? Es muß der Dorftrottel gewesen sein, zehn Zentimeter kleiner als sie, trug den Bauch über der Hose und hatte ein Gesicht wie eine pelzige Kartoffel.

Nein! Rhonda! Und dabei war ich der Meinung, so gut auszusehen wie nie: sonnengebräunt und total fit. Ich war fassungslos. (Später hat sie mir gesagt, daß es mein waidwunder Blick in diesem Augenblick war, der den Funken überspringen ließ.) Aber sie verabschiedete sich von der Kartoffel unsentimental vor der Türschwelle, *»Hi Gaby!«*, und ging zu ihrer Mutter in die Küche. Das Monster wechselte ein paar höfliche Worte mit Greg und verschwand.

Der Ärger mußte Janets Kochkünste beflügelt haben. Es gab einen wunderbaren Eintopf aus Lammfleisch, Möhren, Süßkartoffeln und dicken Stücken orangefarbenem Kürbis. »Ich habe Sandwiches gemacht für nachher, für's *coala spotting*«, sagte Janet.

O yeah, dachte ich.

»Das hattest du doch vor, Greg?«

O no, dachte ich.

Greg verzog das Gesicht. »Ja eigentlich, aber ich habe wieder solche Kopfschmerzen ...«

»Oh, wenn es Ihnen nicht gutgeht, Mr. Stephens, es ist durchaus nicht nötig. Sie haben mir doch schon heute früh die Känguruhs gezeigt. Bitte keine Umstände meinetwegen.«

Aber Janet bestand darauf: »Aber nicht doch, Gabriel, das machen wir immer mit unseren Gästen. Das steht auch in unserem Werbeblatt.«

Rhonda, das Biest, hatte die ganze Zeit über mit amüsiertem Gesichtsausdruck zugehört; jetzt schaltete sie sich endlich ein. »Kein Problem, Pa. Geh ruhig ins Bett. Ich übernehme das. Ich hab's Gaby schon vorgestern versprochen, stimmt's?«

Ma Stephens war noch nicht überzeugt. »Aber, Rhonda, das wär nicht freundlich, wenn wir unseren Gast allein losschicken würden. Und wenn ich mitkomme?«

Mrs. Stephens, es könnte nichts Freundlicheres auf der Welt geben, als mich allein mit Ihrer Tochter loszuschicken. Ich versuchte, Janet zu hypnotisieren: Müde – müde – du wirst jetzt wahnsinnig müde ... die Arme werden schwer ... die Beine werden schwer ...

»Kommt nicht in Frage, Ma. Du und Pa, ihr ruht euch schön aus. Ich kann das übernehmen.«

Cindy sah uns beide sehr aufmerksam an, mit diesem fiesen Grinsen, das kleine Geschwister so an sich haben, und fragte dann: »Darf ich mitgehen, Ma?«

Rhonda muß sie unter dem Tisch getreten haben, sie schrie kurz auf, aber sie beharrte darauf: »Ma, darf ich? Ich kenn die besten Stellen für Koalas! Ma?«

»Kommt nicht in Frage. Du hast morgen früh Schule.«

Und so zogen Rhonda und ich allein los, in eine samtweiche, sternenglitzernde australische Nacht; mit Stablampen, Sandwiches und

Decken. Rhonda lief mit wehenden Haaren vor mir her, leuchtete in die Kronen alter Eukalyptusbäume und behauptete bei jedem grauen Klumpen, der da oben irgendwo am Stamm klebte, das dort (!) sei ein Koala.

»Da oben, siehst du?!«

Ich sah – sie! »Süß!« sagte ich und hatte eine Latte in der Hose, daß ich kaum noch laufen konnte.

Schließlich muß sie es gemerkt haben, denn sie machte die verdammte Stablampe aus und drehte sich zu mir um. Ihre Zähne schimmerten im Mondlicht, sie kam näher, roch nach Pferden und Moschus. Ich nahm ihr Lächeln für ein Ja, ließ alles aus der Hand fallen und packte sie wie ein Oktopus.

Wir küßten uns, sie öffnete ihre Lippen sofort und steckte mir ihre Zunge in den Mund, biß mich in die Lippen, ich fand den Reißverschluß ihrer Jeans, sie zerrte bereits an meinem.

Mein Verstand muß komplett ausgeschaltet gewesen sein, ich weiß nicht, wie die Decken auf den Boden und wir auf die Decken gekommen sind, wir waren ein verschlungenes Gewirr von tastenden Händen und Armen. Ich hielt kurz ein, um sicherzugehen, daß sie auch wollte, was hier passierte; aber sie zog mich über sich. Wir kamen schnell und gleichzeitig, alle Nervenbahnen in Flammen, und in meinem Kopf ging ein ganzer Meteoritenschwarm nieder. In zwei Minuten war alles vorbei.

»*Sorry*«, sagte ich heiser, als ich wieder Luft bekam. Schließlich habe ich beigebracht bekommen, daß Frauen es sanft und langsam wollen, mit Vorspiel und Nachspiel und was noch alles.

»Wofür?« fragte meine Königin und lachte leise. »Für die komplizierteren Sachen haben wir noch die ganze Nacht.«

Sie hatte ihre eigene kleine Wohnung in einem Anbau am Farmhaus, und das war nur ein Glück, denn es war Herbst in Queensland, das heißt: sengende Sonne am Tag, aber empfindlich kalt in der Nacht.

Mein Bauch glühte, und mein Rücken war durchgefroren.

Wir stiegen hastig in unsere Jeans, rollten die Decken zusammen, überließen die Sandwiches den Koalas und rannten fast zurück; zwischendurch immer wieder Pausen, um uns zu küssen, zu streicheln und neu anzuheizen.

Als wir ankamen, waren alle Fenster dunkel. Wir schlichen uns in

Rhondas Zimmer und fielen von neuem übereinander her. Diesmal hielt ich länger durch. Sie zerkratzte mir den Rücken und fauchte wie eine Katze, wenn ich mich mittendrin zurückzog, stöhnte – warte, warte, beweg dich nicht –, um das Spiel zu verlängern, weinte, als sie wieder kam, und ich leckte die Tränen von ihrem Gesicht und den Schweiß zwischen ihren Brüsten auf.

Als ich dachte, daß ich leergepumpt sei und zu kaputt, um noch einen Muskel, geschweige denn den Muskel zu regen, brachte sie meinen Zauberstab mit ein paar geübten Griffen wieder zum Stehen. Sie hatte offenbar vor, alles aus der einen Nacht rauszuholen, was möglich war. Ich konnte es kaum glauben. Und alles in Stummfilmqualität – diese Holzhäuser sind so hellhörig …

Sie weckte mich im Morgengrauen.

»He! Wach auf! Es wär besser, wenn Pa dich nachher aus deinem Zimmer kommen sieht.«

Ich küßte sie und murmelte: »Verwandele dich nicht in einen Frosch, wenn der Morgen kommt.« Dann schlich ich in mein Gästezimmer und muß geschlafen haben wie ein Toter; keine Chance, daß mich ihr Vater oder sonstwer aus irgendeinem Zimmer kommen sah, weil sie alle längst bei der Arbeit waren, als mich das Gepolter von kleinen Hufen auf der Vordertreppe endlich weckte.

Mein Zimmer lag direkt neben dem Haupteingang, und ich konnte hören, wie die zwei Schafe wieder in die Küche trabten. Es war niemand da, um sie an ihrem Raubzug zu hindern. Ich grinste, räkelte mich unter der Decke und dachte: Sollen sie doch auch ihren Spaß haben.

Cindy erwischte mich, als sie von der Schule nach Hause kam. Vielleicht hatten ihr Pa und ihre Ma keine Augen im Kopf, aber sie hatte, das ließ sie mich wissen.

»Habt ihr gestern nacht viele Koalas gesehen?« fragte sie schlau.

»Jede Menge«, sagte ich.

Sie grinste unverschämt. Dann zeigte sie mir ihren privaten Zoo, »… damit du wenigstens ein paar Tiere zu sehen kriegst in Australien.«

Sie hatte im Garten einige Reptilien, zwei Schlangen, bunt und, wie sie mir versicherte, sehr, sehr giftig, einen kleinen Waran und zwei seltsame schwarze Echsen, die aussahen wie Tannenzapfen mit Beinen. Und ein halbzahmes Opossum, das tagsüber im Geräteschuppen schlief.

Während des Rundgangs feuerte sie ihre hinterlistigen kleinen Fragen ab: »Liebst du Rhonda?«. »Findest du sie hübsch?« »Ich werd mal viel hübscher, sagt Ma.«

Sie nahm tatsächlich meine Hand, sah mir in die Augen und sagte: »Ich mag große dunkelhaarige Jungs wie dich.«

Eifersüchtig war sie. Ich fand sie richtig niedlich.

Liebte ich Rhonda? Ich weiß es nicht. Das war nicht die Frage, ganz sicher nicht für sie. Tagsüber sahen wir uns kaum, aber Nacht für Nacht trieben wir es in ihrem kleinen Schlafzimmer, daß die Laken rauchten. Anschließend: zufriedene Leere, Watte im Kopf, weißes Rauschen auf dem Sender. Meine Maschine flog mich an einen schattigen Ort, wo ich den Tag verdösen konnte, morgen gab's nicht, nur immer die nächste Nacht. Ich war glücklich und dachte, sie wäre es auch.

Jemand in der näheren Umgebung war aber ganz und gar nicht glücklich. Die »Hippies« hatten sich auf unnachweisbare Art für den Tip gerächt; sie brauchten nichts weiter zu tun, als am frühen Morgen bei der Molkerei den Hund von der Leine zu lassen. Die sogenannte Molkerei bestand aus einem flachen Gebäude, einer Kühlanlage und ein paar Viehboxen, in denen die Kühe festgebunden und an die Schläuche und Saugnäpfe des Melkautomaten angepfropft werden konnten. Außen am Gebäude waren zwei schmale Koppeln, eine für noch nicht und eine für fertig gemolkene Kühe.

Ich war einmal dabei, und es hat meine Abneigung gegen Milch nicht beheben können.

Ganz sicher haben die Stephens' hier alles vorschriftsmäßig und hygienisch einwandfrei aufgezogen, aber am Ende war der Raum eben bis unters Dach vollgeschissen, es stank süßlich und warm, ein Schwein war eingedrungen und hatte einen Milcheimer umgeworfen; es schlabberte grunzend die Mischung aus Sahne und Scheiße vom Boden. Kein Zweifel: Was in den Kühlbehälter gelangte, war sauber und genießbar, aber nicht für mich.

Draußen grenzten an die Molkerei und die Koppeln noch ein paar Schweinekoben und Schuppen, und in dem dazwischen entstandenen Innenhof liefen eine Menge Hühner und ein paar Pfauen herum. Ein gefleckter Hirtenhund war ständig an den einzigen schattenspendenden Baum gebunden, wenn er nicht gerade von Greg zum Viehtreiben mitgenommen wurde.

Diesen Hund hatte jemand einfach von der Leine befreit, und dann brauchte der Jemand nur noch wegzusehen und wegzuhören. Der Hund, an sich nicht bösartig, begann nun ein bißchen zum Spaß das Federvieh zu jagen, und als es lärmend und flatternd vor ihm herlief, da bekam er Lust, mal zuzuzwicken, und als er Blut schmeckte, da erwachte in ihm das alte Fieber. Am Ende, als er sich müde in den Schatten unter seinem Baum sinken ließ, lagen drei kopflose Pfauen im Staub, sechs gute Legehühner hatten ihr Herzblut quer über den Hof verkleckert, und die friedliebenden Kühe hatten vor dem Gemetzel erschreckt das Weite gesucht. Greg brauchte einen halben Tag, um sie alle wieder einzufangen. Janet heulte wegen der guten Hühner, die so zugerichtet waren, daß man sie nicht einmal mehr kochen konnte.

Selbst der Hund hatte Schaden genommen: Er war von einem der Schweine, vermutlich einer Muttersau, lahmgebissen worden und würde ein paar Wochen zum Viehtreiben nicht zu gebrauchen sein. Er winselte, über seinen Blutrausch zerknirscht, aber niemand schimpfte mit ihm.

Wer dieses Gemetzel auf dem Gewissen hatte, war nicht nachzuweisen, aber ziemlich klar. Im Umkreis von sechzehn Kilometern wohnte kein Mensch, und wer außer den Untermietern hätte Grund und Lust gehabt, mitten in der Nacht aufzustehen und so weit zu fahren, nur um Greg Stephens' Hund sauber von der Leine und auf die Hühner loszulassen?

Ich war dabei, als Greg den beiden Schuldigen die Kündigung überreichte. Bei der Gelegenheit bekam ich sie das erste Mal zu sehen. Er hieß Jim, er war etwas kleiner noch als Rhonda, ein schmales Hemd und irgendwie schmierig mit seinen glänzenden schwarzen Locken, der Lederhose, dem Hawaiihemd und einem silbernen Kreuz, das ihm vom linken Ohrläppchen baumelte. Sie hieß Holly und sah verdammt gut aus, aber sie war die Art von Frau, die mich, wenn's drauf ankommt, doch mehr abstößt als anzieht: raffiniert, mit dem gewissen Glitzern in den Augen und dem Hey-sieh-mich-an-Hüftschwung; kurze hennagefärbte Haare, Igelschnitt, schwarze Leggins, knappes Mieder und kiloweise Afroschmuck.

Janet muß wirklich tiefste Ebbe in der Kasse gehabt haben, um sich so was als Untermieter in den Pelz zu setzen. Da, wo ich herkomme, laufen solche Typen zwar zu Hunderten rum, und die meisten sind völlig in Ordnung, aber diese zwei sahen schon von weitem nach Ärger aus.

Die beiden saßen auf der offenen Veranda; er die Arschpiekerstiefeletten auf der Brüstung, sie lackierte sich die Fingernägel. Sie machten sich nicht die Mühe aufzustehen, als wir herankamen. Er nahm lässig den Brief entgegen und knüllte das Papier in die Hosentasche, ohne es zu lesen. Sie schaukelte auf zwei Stuhlbeinen und sah Greg herausfordernd an.

»Die Kündigung, ja? Ordnungsgemäß und schriftlich? Warum wolln Sie uns rausschmeißen, Mister, wir könns nich gewesen sein, wir warn nämlich gar nicht da. Warn in Brisbane, sind heute mittag erst wiedergekommen.«

»Was gewesen?« fragte Greg.

»Na, das mit Ihren Hühnern, warn wir nich, ehrlich. Gehört ham wir schon davon, weiß ja jeder.«

»Genau«, sagte dieser Jim, »aber wenn irgendwas is, dann müssen es ja wir gewesen sein. Wir sind anders. Ein Kerl mit langen Haaren und 'nem Kreuz am Ohr und 'ne Stadt-Tussi mit Punkerfrisur. Wenn irgendwas kocht, dann warns die, so denkt ihr doch.«

»Ihre kleine Tochter hat wohln bißchen viel Fantasie«, sagte Holly noch.

Greg lief rot an: »Meine Tochter lügt nicht.«

»Klar, Ihre Tochter ist ein kleiner Goldengel. Und wir sind die bösen Kinderverderber. Wir stehlen, wir dealen, das sieht doch jeder. Okay, Opa, reg dich ab, wir ziehen aus.«

Holly stand auf und lehnte sich über das Geländer, so daß ihre Titten richtig schön zur Geltung kamen. Sie sah Greg direkt in die Augen und gurrte: »Aber wir müssen nicht auf der Straße schlafen, oder? Wir dürfen uns doch wenigstens erst ne andere Bleibe suchen?«

Greg fühlte sich sichtlich unwohl unter dem Blick und mit der Aussicht. Er drehte sich brüsk um und stiefelte davon. »Laßt euch nicht zu lange Zeit!« knurrte er über die Schulter.

»Jawohl, Sir!« Sie lachten.

Greg sagte nichts mehr, bis wir oben an der Farm waren; dann meinte er nur: »Danke, daß du mitgekommen bist, *son*, ich brauchte einen unabhängigen Zeugen.«

Ich hatte ihn richtig gern. Ich hätte vieles für ihn getan, wenn er auf diese Art *son* zu mir sagte, und ich hoffte inständig, daß er nicht wußte, daß ich jede Nacht seine Tochter fickte.

Der Hund, die Hühner und der dämliche Polizeichef waren zwei Tage lang das Gesprächsthema, dann ging es normal weiter. Bei mir hatte der ganze große Schub an Sexualhormonen etwas nachgelassen, und ich begann mich wieder mehr für meine weitere Umgebung zu interessieren. Eines Nachmittags erinnerte ich mich an den alten Goldgräber Heathrow. Ich beschloß, ihm einen Besuch abzustatten.

Unterwegs bekam ich Hunger und kaufte in der Teestube eine Tüte Kringel mit Zimt. Dann fuhr ich langsam rüber zu dem kleinen rosa Haus, parkte meine Maschine im Schatten unter dem Unterstand mit dem Schleifstein und klopfte an.

»Kommen Sie rein!« rief er von drinnen. Ich öffnete die Tür, trat ein und befand mich in einem Raum mit gestampftem Lehmboden, einer kurzen Ladentheke, Regalen voller Steine, Tischen und Tischchen voller Steine und Körben mit Steinen. Der Alte stand an der Theke und polierte etwas mit einem weichen Tuch. Er hielt es mir entgegen: ein flaches Stück Achat, weiß, blond und rötlich-braun gemasert, Rhondas Farben; es erinnerte mich sofort an sie.

»Schön – verkaufen Sie ihn mir?«

Heathrow lachte freundlich: »So war das nicht gemeint; du mußt nichts kaufen. Schau dich erst mal um.«

Aber als ich darauf bestand, knöpfte er mir mit zufriedenem Grinsen fünf Dollar ab. Er nahm mir die Tüte mit dem Gebäck ab und setzte auf einem Kanonenofen Kaffee auf.

Während das Wasser heiß wurde, führte er mich durch sein Haus, was schnell ging, denn es hatte nur zwei Räume: den Verkaufsraum und ein Schlafzimmer. Danach zeigte er mir seine Steinesammlung, was erheblich länger dauerte.

»Davon lebe ich jetzt«, sagte er, als wir auf einer Bank saßen und Kaffee schlürften und fettige Kringel aßen. »Ich bekomme eine kleine Rente für die Zeit, in der ich bei der Minengesellschaft gearbeitet habe. Dazu verkaufe ich Steine an Touristen. Wenn man sein Leben lang Gold gesucht hat, dann lernt man einiges über Mineralien.«

»Haben Sie denn viel Gold gefunden, Mr. Heathrow?« wollte ich wissen.

Eine Mischung aus Husten und Lachen schüttelte ihn. »Nenn mich Tom, Junge. Mein Name ist nicht Heathrow. So nennen sie mich bloß, weil ich mir nur einmal in den sechzig Jahren, die ich jetzt in Australien lebe, einen Flug nach Hause leisten konnte. London – Heathrow, verstehst du jetzt?«

Er hustete und lachte und freute sich wie über einen richtig guten Witz. »Und das beantwortet auch schon deine Frage. Mehr war nicht drin: ein Flug in die Heimat und zurück.«

Mit dreiundzwanzig, so erzählte er, hatte er seine Lehrerausbildung abgebrochen und war nach Australien ausgewandert, 1933. Er war quer durch die Halbwüsten des Großen Südlands gezogen, hatte eine Zeitlang am Goldrausch von Gympie teilgenommen und später in Coolgardie als Minenarbeiter geschuftet. Die Westküste sei inzwischen völlig versaut, meinte er. Die Landschaft verwüstet vom Tagebau, und ein einfacher kleiner *digger* müsse bis in die Great Sandy Desert laufen, um noch ein Stück Land zu finden, wo er auf eigene Rechnung schürfen könne. Es hatte ihn immer wieder zurückgezogen nach Queensland, dessen grüne Weiden ihn an den guten Teil von England erinnerten.

»Es gibt ein bißchen von allem hier in Oz und eine Menge mehr obendrauf.« Er begutachtete meine Goldpfanne und ließ sich in einem Trog im Garten meine Technik vorführen. »Nicht schlecht, gar nicht übel – jetzt mußt du nur noch Gold finden.« Er gab wieder ein hustendes Altmännerlachen von sich. »Am besten, du streichst die Pfanne innen schwarz an, dann siehst du die Goldstäubchen besser und kannst sie mit der Pinzette herausangeln.«

Na ja, ich hatte mehr in *nuggets* gedacht als in Stäubchen, aber das war in Ordnung. Die Hauptsache war für mich der Spaß, ein bißchen Nervenkitzel, obwohl ich nichts dagegen gehabt hätte, schnell reich zu werden.

»Die Zeiten sind vorbei«, sagte Tom. »Obwohl… haben sie dir eigentlich erzählt, daß man hier in der Gegend wirklich einmal Gold gefunden hat? Nicht? Dachte ich mir!«

Er hustete und lächelte boshaft. »Sie hoffen alle, daß doch noch mal einer von ihnen herausfindet, wo's her war. Sie haben das arme Schwein erschlagen, bevor er was sagen konnte. Ja – aber wenn es von hier gewesen wäre, dann hätte ich es gefunden. Ich kenne jeden Quadratmeter im Umkreis von zehn Tagesmärschen in der Umgebung von Birds Nest.«

Wir aßen jeder noch einen Kringel und tranken Kaffee, und er erzählte mir eine abenteuerliche Geschichte.

»Es muß in den Zwanzigern gewesen sein, da lebte da draußen im Busch ein alter Kauz, ein richtiger Buschmann, Andrzej Dudek, ursprünglich ein Pole. Er war am Ende so scheu, daß er überhaupt nicht mehr in den Ort gekommen ist. Wollte keinen Menschen sehen. Außer den Aborigines. Mit den Schwarzen hat er sich prächtig verstanden. Er hatte eine Rindenhütte, da, wo jetzt das Reservat anfängt. Vor knapp zwanzig Jahren hat Canberra den Schwarzen ein Stück von ihrem eigenen Land großzügig zurückgegeben. Das hat der Andrzej nicht mehr erlebt. Schade, hätte ihn gefreut.

Die Aborigines haben ihm aus dem Ort mitgebracht, was er brauchte, oder ein Ranger hat ihm was besorgt. Er hatte so eine eigene Art klarzumachen, was er wollte. Wenn er eine neue Hose wollte, dann hat er einfach die alte in den Strauch vor seiner Hütte gehängt; oder seine Teekanne – das hieß dann, daß er Tee haben wollte. Und er hat immer einen kleinen Beutel mit Goldstaub dazugelegt. Damit sollte bezahlt werden. Eines Tages ist er dann plötzlich doch noch mal in die Stadt gekommen. War ganz außer sich. Ist schnurstracks in den Pub gerannt, hat seinen *teabilly* auf die Theke geknallt, und der Kessel war randvoll mit *nuggets*. So hat man's mir erzählt. Ich war ja noch nicht in Australien, als das passiert ist.

Ja, und dann hat er sich planmäßig zugesoffen, hat gar keinen frohen Eindruck gemacht, wie man's erwarten sollte von einem, der gerade reich geworden ist. Er soll auch reichlich zugeknöpft gewesen sein, hat keinem gesagt, wo er das Gold gefunden hat. Vielleicht hätten sie ihn ja doch zum Sprechen gekriegt. Aber er ist wieder gegangen. Und als er nach Hause gewankt ist, aus dem Pub, da hat ihn irgendeiner überfallen, ihm sein Gold weggenommen und ihn erschlagen. Armes Schwein!«

»Vielleicht haben die, die ihn erschlagen haben, vorher aus ihm rausgeprügelt, wo das Gold her war?«

»Glaube ich nicht. Sie haben gesagt, er wäre nicht verprügelt oder gefoltert worden. Einfach nur von hinten der Schädel eingeschlagen.«

Tom schwieg eine Weile.

»Nein, er hat sein Geheimnis mit ins Grab genommen. Jahrelang hinterher haben hier alle fieberhaft gesucht. Jeder hat gehofft, er würde derjenige sein, der es findet.«

»Und?«

»Nichts bis heute. Das heißt: Etwas Merkwürdiges ist passiert. Eine Weile haben plötzlich alle Gold gefunden – hier ein paar Krümel, dort ein, zwei *nuggets*, da welche … an völlig verrückten Stellen, wo's nie hätte welches geben dürfen. Fast so, als ob einer die Leute an der Nase herumführen wollte. Aber wer macht so was? Wer findet Gold und verteilt es dann, wirft es in die Gegend, als wären *nuggets* Samen und könnten mehr Gold wachsen lassen?«

»Vielleicht Andrzej Dudeks Geist.« Ich fand meine Bemerkung komisch, Tom nicht.

»Geist! Du hast keinen Respekt, junger Mann!« Er ließ mich sitzen, wo ich war, und ging wieder an seine Arbeit.

Als ich eingesehen hatte, daß ich ihm keine weiteren Informationen mehr entlocken konnte, bedankte ich mich für seine Ratschläge und ging. Er winkte mir ganz freundlich zu, schien aber in Gedanken ganz woanders zu sein.

Vier

1793. Die zierliche schwarze Frau kletterte von den Felsen ins Flußbett und stocherte mit ihrem Grabstock in der noch weichen Erde. Die Regenzeit war erst kurze Zeit vorbei und die Aussicht gut, im Schlamm eßbare Tiere zu finden, die sich vor der hereinbrechenden Hitze und der Trockenheit eingegraben hatten, vielleicht einen Fisch, der vom sich zurückziehenden Wasser abgeschnitten worden war. Sie summte fröhlich vor sich hin und dachte an das Korroborree, den Tanz, der für den Abend geplant war, als etwas Glänzendes ihren Blick anzog.

Zuerst dachte sie, es seien Fischschuppen, die einen Sonnenstrahl eingefangen hatten. Sie lief hin und bückte sich danach. Ihre Zunge fuhr über die Lippen in Erwartung eines leckeren Weißfisches. Aber es war nur ein Stein, einer von diesen gelben Steinen, die zu nichts zu gebrauchen waren. Ärgerlich warf sie ihn fort. Sie waren zu weich, um Werkzeug daraus zu machen, und für Schmuck nicht schön genug. Sie zog glattgeschliffene, durchscheinende Kiesel mit leuchtenden Farben vor oder Ketten aus getrockneten Beeren; solche Beeren ließen sich leicht und schnell auf geflochtenen Haaren aufziehen, und sie hatten die Farben von allem, was gut war: die Farben von Essen und die Farben der heiligen roten Felsen und die Farbe der Menschen ihres Clans.

Ihr Gesicht hellte sich auf, als sie einige Kakadufedern fand. Sie sammelte sie sorgfältig auf und steckte sie in ihr Haar. Jetzt war sie wunderschön. Alle Männer würden ihr nachsehen, und der Mann, dem sie versprochen war, würde stolz auf sie sein. Er würde es ihr nicht sagen, aber sie würde es wissen, an der Art, wie er verstohlen zu ihr hinschaute, wenn er mit den anderen Männern tanzte.

Ja, er war ein guter und freundlicher Mann. Hatte er ihr nicht erst vor kurzem die seltenen und begehrten Honigwaben der wilden Bienen gebracht, obwohl er selber allzugern Süßes aß? Bald würde die Zeit kommen, und sie würde ihm gern folgen. Voller Vorfreude machte sie ein paar Tanzschritte im Sand.

Aber sie mußte weitersuchen, um etwas Gutes zum Fest beizusteuern. Damit würde sie beweisen, daß sie etwas wert war, daß sie für eine Familie sorgen konnte. Die Männer gingen auf die Jagd, die Frauen wußten, wo in der Erde etwas Leckeres zu finden war. Sie kannten die Bäume und Sträucher und die Gräser mit den süßesten Samen.

Jetzt fiel es ihr ein. Sie würde zu dem kleinen Teich gehen und ein paar Lilienwurzeln ausgraben, vielleicht eine Schildkröte fangen. Sie drehte sich um und wollte die Böschung wieder hinaufklettern, aber dann überlegte sie es sich, ging zurück, hob den gelben Stein auf und steckte ihn in ihre Basttasche.

Heute abend würde sie auch die Frauen vom Gapirri-Clan treffen. Sie erzählten seltsame Geschichten, die Verwandten von der Küste, behaupteten, es gäbe dort Menschen mit weißer Haut. Sie bauten angeblich riesige Hütten aus Stein und hatten Tiere in ihren Camps, die nicht richtig waren. Es mußte wohl wahr sein, denn einige vom Gapirri-Clan hatten Decken aus einem Material, das man nie zuvor gesehen oder gefühlt hatte. Angeblich konnte man so etwas von den Fremden gegen die gelben Steine eintauschen. So waren sie doch zu etwas nütze.

»Hee, hee!« Sie lachte laut auf. Die mußten sehr dumm sein, diese Geistermenschen.

Fünf

Ich hatte mir eine topographische Karte von der Umgebung besorgt, und Janet hatte mir genau eingezeichnet, wo Privatbesitz endete und wo das Land der Krone begann, auf dem ich ungehindert suchen durfte.

»Du kannst auch gern auf unserem Land suchen, dann mußt du uns allerdings die Hälfte abgeben«, sagte sie, aber wo die Stephens' in den letzten hundertsechzig Jahren nichts rausgeholt hatten außer Gras und Kürbissen, da würde ich wohl kaum mehr finden.

Es blieb nicht viel übrig an Land, das nicht irgend jemandem gehörte, praktisch nur einige Meter rechts und links von der Straße, zwei kleinere Berge und ein Naturschutzgebiet von circa zweihundert Hektar nördlich von Birds Nest. Die direkte Umgebung von der Stelle, an der Andrzej Dudek gehaust hatte, kam auch nicht in Frage. Laut Heathrow hatten sie hier natürlich alle zuerst gesucht, das ganze Gebiet rauf und runter, und im übrigen hätte die Regierung den Aborigines wohl kaum Land überlassen, auf dem etwas von Wert zu finden war. Das kam zwar gelegentlich vor, aber ganz sicher war es dann ein Versehen, das man nach Möglichkeit schnellstens korrigierte.

Heathrow riet mir, meine Anstrengungen auf ein Gebiet rund um den Mount Pyke zu konzentrieren, dort sei wenigstens die Sorte Gestein, die normalerweise Gold führte; aber ich könne genausogut jeden Bach in der Umgebung von Birds Nest samplen, da sei es hübscher und schattiger und die Chancen genauso groß, nämlich Null, seiner Ansicht nach.

Ich wußte schon, daß ein Laie wie ich an kleineren Gewässern mehr Glück haben kann als an den großen ruhig dahinströmenden Flüssen, weil hier die Erosion ziemlich stetig war. Durch diese kleinen *creeks*, die die längste Zeit des Jahres ausgetrocknet daliegen, schießen in der Regenzeit oft ganz plötzlich große Wassermengen und reißen dann einiges vom Ufer weg. Sie tragen Geröll und Schlamm ab; gut möglich, daß etwas freigelegt wird, das vorher niemand gefunden haben kann, weil es eben unter Metern von Sand und Steinen verborgen war.

Ich bin ein Optimist und war auch irgendwie immer schon der Meinung, daß es mir einfach zustünde, eines Tages einen Schatz zu finden. Also packte ich Janets reichhaltiges Lunchpaket ein und einen *sixpack* Foster's gegen Durst und mögliche Enttäuschungen und fuhr los.

Unterhalb einer Kette von sanften grünen Hügeln fand ich einen hübschen schattigen *creek*, der mir sympathisch war. Ich stieg ab, stellte die Maschine unter einen Baum, kletterte die Felsen hinunter zum Bachbett, das zu dieser Jahreszeit noch ein wenig Wasser führte, setzte mich erst mal hin, trank ein Bier und rauchte eine Zigarette. Ich mag das australische Bier; es ist hell und leicht, man kann bei der Hitze viel davon trinken; es erfrischt, ohne daß man gleich einen dikken Kopf kriegt.

Ich schloß die Augen. Nichts zu hören als das trockene Rascheln der Eukalyptusblätter und ab und zu das schwirrende Geräusch, wenn ein kleiner Vogel von einem Ast zum nächsten flog. Schweigen. Ruhe.

Ich hatte sie nicht kommen hören. Plötzlich verdeckte etwas die Sonne vor meinem Gesicht, und jemand lachte spöttisch.

»Die beste Art, Gold zu finden!«

Rhonda. Sie mußte abgestiegen sein und hatte ihr Pferd behutsam durch den weichen Sand bis zum Abhang geführt. Es stand irgendwo da oben angebunden. Jetzt nahm ich sein Schnauben und das Schweifwedeln wahr. Mit einer blitzschnellen Bewegung griff ich sie und zog sie zu mir herunter. Da lag sie auf den warmen, glatten Felsen, den Kopf in meinem Schoß, die Bluse gerade so weit offen, daß ich ihren Brustansatz sehen konnte.

Ich konnte es kaum glauben, daß sie mich schon wieder erregte. Ich hatte keine Ahnung, wie lange man so was durchhalten konnte, aber ich wollte sie. Ich wollte sie jedesmal, wenn ich sie sah. Ihr Duft und ihre Art, sich zu bewegen, machten mich ganz scharf.

Ich beugte mein Gesicht über ihres, begann sie langsam zu küssen; unsere Zungenspitzen berührten sich, ohne daß die Lippen aufeinandertrafen. Ich schob meine Hand in ihre Bluse, umschloß eine ihrer muskulösen kleinen Apfelbrüste, spürte ihre Brustwarzen hart werden und ihr Herz schneller schlagen.

»Worauf wartest du?« gurrte sie leise. »Keiner da, der uns stört – um die Zeit sind sie alle brav zu Hause beim Lunch.«

»Nur du nicht.«

»Ich hatte Hunger auf was anderes.«

»Das freut mich.«

Obwohl oder gerade weil hellichter Tag war, zogen wir uns ganz aus. Die Gefahr, entdeckt zu werden, machte es noch besser. Sie kniete vor mir, nahm meinen Schwanz in den Mund, saugte an ihm und ließ die Zunge um seine Kuppe kreisen, bis ich es nicht mehr aushalten konnte. Ich zog sie auf mich und ließ mich von ihr reiten. Es kommt mir so armselig und fantasielos vor, wenn meine Geschlechtsgenossen immer so überheblich davon reden, daß sie eine Frau gefickt, gevögelt, genagelt haben, als sei es eine einseitige und außerordentlich bestaunenswerte Leistung. Die armen blöden Kerle wissen gar nicht, was ihnen entgeht.

Sie fickte mich, und ich liebte jede Minute davon.

Als es vorbei war, mußte sie mich leider fragen: »Denkst du an mich, wenn du kommst?«

»Nein«, sagte ich.

»An wen denn?«

»An niemanden. Ich denke überhaupt nicht.«

Für eine halbe Ewigkeit lagen wir zufrieden nebeneinander auf diesen Felsen; zum Glück war der Schatten weit genug gewandert, um uns vor dem Ärgsten zu bewahren. Trotzdem war ihr Rücken ganz schön rot, und meine Knie, die Arme und das Gesicht hatten auch reichlich was abgekriegt.

Wir lagen schweigend beieinander, jeder mit seinen Gedanken beschäftigt, rauchten und tranken Bier aus der Dose. Später, als wir uns das Lunchpaket teilten, sagte sie: »Weißt du, es ist albern, aber ...« Sie brach ab und schüttelte den Kopf.

»Was ist albern? Komm, erzähl's mir. Für mich kann nichts albern sein, wenn du es denkst oder sagst.«

Sie gab mir einen nachlässigen kleinen Schmatzer. »Du sagst nette Sachen. Nein, weißt du, ich denke manchmal dran, wie es wäre, wenn man Andrzej Dudeks Gold finden würde. Du siehst ja, wie *Mum* und *Dad* schuften. Von allem ein bißchen und nichts richtig: ein bißchen Milchwirtschaft, ein paar Schlachtrinder, ein paar Angoraziegen,

Hühner, ein paar Bauernpferde, Schweine, Gemüse. Aber was bringt das?«

»Was würdest du machen?«

»Ich würde gern Polopferde züchten, vielleicht sogar Rennpferde. Ich habe zwei ziemlich gute Stuten auf der Meyers-Farm stehen. Da arbeite ich, wenn *Dad* mich nicht braucht. Aber ich müßte erstklassiges Zuchtmaterial haben, um weiterzukommen, und Geld, um die Stuten von den richtigen Hengsten decken zu lassen. Geld. Das ist leider alles, worauf es ankommt. Und wir haben keins und werden nie welches haben.«

»Willst du weg von der Farm?«

»Nein, nein!« Ihre Augen funkelten fast zornig. »Ich möchte bloß eine Chance, was daraus zu machen.«

Ich nahm sie fest in die Arme und fühlte, wie ihre Anspannung verflog. Aber dann stand sie auf und begann sich anzuziehen. »Ich gehe lieber. Jetzt sind die Leute wieder unterwegs, und wir wollen doch keinen Skandal, oder?« Sie sah aus, als ob ein kleiner Skandal ihr gerade recht gewesen wäre. »Und ich muß zurück an die Arbeit!«

Ich stieg in meine Jeans, zog den Reißverschluß hoch und fand, daß sie ihn in ihrer Hast ruiniert hatte. Okay, würde ich das T-Shirt eben drüber tragen.

Sie kletterte den Abhang hoch, machte ihr Pferd los, stieg auf und winkte. »Gib dir Mühe, finde Gold!« Sie lachte.

Ich winkte zurück.

Keiner kann sagen, ich hätte es nicht versucht. Ich suchte mir eine gute Stelle in einer Biegung, später in einer anderen, wo zur Regenzeit ein kleiner Wasserfall gewesen sein mußte. Gut möglich, daß sich dort etwas gefangen und abgelagert haben könnte.

Dann hieß es buddeln. Gold ist schwer, sinkt so tief, wie Untergrund und Wasserbewegung es zulassen.

Ich mußte zur Mitte des *creeks* waten, wo das Wasser noch tief genug war, um die Pfanne auszuwaschen. Ich schwenkte sie mit kreisenden Bewegungen, las zwischendurch die Kiesel aus und schob mit dem Handrücken den Sand über die äußeren Ränder, je weniger Inhalt in der Pfanne war, desto sorgfältiger spülte und beobachtete ich; immer wieder mußte Wasser nachgefüllt werden, bis schließlich nur noch eine feine Schicht Sand und Glimmer sich an den geriffelten Seitenwänden festgesetzt hatte. Ich hielt die Pfanne in die Sonne und kniff die Augen zusammen, studierte den Restbestand gründlich.

Manche Leute benutzten Quecksilber, um das Gold zu binden. Sie brechen einfach Fieberthermometer auf und nehmen daraus das Quecksilber, aber das finde ich verantwortungslos und ziemlich bescheuert. Bei dieser Methode verliert man immer wieder etwas von dem Quecksilber, es gerät in den Nahrungskreislauf und landet am Ende wieder bei uns. Ich möchte keine quecksilbervergifteten Fische serviert kriegen und mute das auch keinem anderen zu. Davon abgesehen, daß man das Quecksilber auch wieder von dem bißchen Gold trennen muß; meist verdampfen sie es in einem Löffel über einem Lagerfeuer, und das ist auch nicht eben ungefährlich.

Ich habe also immer brav mit der Pinzette gesucht und herausgepickt, was da glänzte. Viel war es nicht, aber es hat mir Nervenkitzel bereitet. Ich hatte meine Funde bis dahin in einer kleinen durchsichtigen Plastikhülle aufbewahrt. Tom hatte mir ein Glasröhrchen mit Glyzerin gegeben, darin waren die Stäubchen besser aufgehoben, die vier oder fünf Gramm; sie zu verkaufen, hätte nicht gelohnt.

Am Ende des langen Nachmittags tat mir jeder einzelne Muskel weh. Ich hatte kalte Füße vom Stehen und Waten im Schlamm und im Wasser. Obwohl ich mich mit einem *sunblocker* eingeschmiert hatte, fühlte ich doch ein paar verbrannte Stellen hinten am Hals und an den Armausschnitten des T-Shirts. Es war mir ergangen wie Siegfried: Du kannst noch so tief ins Drachenblut eintauchen, irgendeine Stelle vergißt du garantiert. Immerhin, der Lohn meiner Schufterei: Ich konnte noch einige Flöckchen zu meiner Sammlung hinzufügen.

Am Abend, nach dem Dinner, präsentierte ich sie stolz; das Röhrchen ging von Hand zu Hand, wurde gegen das Deckenlicht gehalten, gewogen, geschätzt und bewundert.

»Ich wette, du hast heute härter gearbeitet als ich und viel weniger verdient«, grinste Greg.

»Ich setze nicht dagegen.«

Er lachte laut und lange.

Es war die erste Nacht, in der ich mich bei Rhonda entschuldigen mußte. Als die Aufmerksamkeit ihrer Eltern auf die Abendnachrichten im Fernsehen gerichtet war, sah ich sie an, seufzte bedeutsam und massierte mir die schmerzenden Muskeln. Sie verzog spöttisch den Mund.

»Hast du noch deine Wärmflasche, Mutter?« fragte sie laut. »Ich glaube, unserem Gast hat die harte Arbeit nicht gutgetan.«

Später erwischte sie mich auf dem Gang, strich mir ungewöhnlich zart über das Gesicht und milderte so im nachhinein die Schärfe der Bemerkung. »Ich könnte auch eine Nacht Schlaf gebrauchen«, sagte sie.

Also legte ich mich auf mein Bett, reparierte den ausgerissenen Reißverschluß an meiner Jeans und las ein paar Seiten »We of the Never Never«. Dann lag ich noch mit offenen Augen in der Dunkelheit und lauschte in die Nacht; das halbzahme Opossum turnte über das Dach, die Holzplanken der Veranda knackten, ein paar *fruitbats* plünderten den Mangobaum im Garten, das Land atmete.

»We of the Never Never« ist so etwas wie die allgemeine australische Familien-Zweit-Bibel, ein Buch voller Siedlerromantik, in dem es von liebenswürdigen Eingeborenen wimmelt, die erpicht darauf sind, nur für das Licht der Zivilisation zu arbeiten; und wenn sie es mal vergaßen und ihre kindlichen Tänze anfingen, dann mußte man sie eben zur Ordnung rufen. Eine glückliche Familie. Möglich, daß es auch manchmal so abgelaufen ist – aber ich hatte inzwischen auch schon ein paar weniger hübsche Sachen gehört.

Und dann an einem Samstagmorgen traf ich ihn.

Er saß auf der Holztreppe vor dem Haus, als wäre er dort gewachsen. Das diebische Schafsduo beäugte ihn ärgerlich, weil er ihnen im Weg war; sie wollten wie üblich in die Küche. Er drehte sich um, als er mich aus der Tür kommen hörte, stand auf und schenkte mir dieses unglaubliche Lächeln, das eine ganz besondere Eigenheit der Aborigines ist: halb schüchtern, halb offen bis in die tiefste Tiefe ihres Herzens. Es ist ein kindliches Lächeln in dem Sinn, daß die meisten Erwachsenen so zu lächeln verlernt haben, ein Lächeln, das sie verletzlich, völlig schutzlos wirken läßt; ein Strahlen, das mich noch jedesmal umgehauen hat, wenn es mir begegnet ist.

Ich hatte nicht viele lächelnde Aborigines gesehen auf meiner bisherigen Reise; Kinder allenfalls, aber die meisten Erwachsenen hatten die Rolladen runtergelassen vor ihrer Seele. Viele hatte ich gesehen, die bis zur Besinnungslosigkeit zugesoffen in irgendeiner Grünanlage saßen und lagen. Wenn sie lachten, dann klang es bitter: zerbrochene Stimmen. Ihre Blicke waren stumpf, abweisend, mißtrauisch, die Augen oft blutunterlaufen.

Ich war allerdings dafür auch an den falschen Orten gewesen, nicht in den Aborigines-Gemeinden abseits der *high-ways* und Touristenattraktionen, sondern in den Hochburgen der Weißen, wo die Aborigines entweder vollkommen »assimiliert« waren oder als »Sozialfälle« ein Schattendasein führten. Seit einigen Jahren gewinnen einige von ihnen ihren Stolz zurück, nehmen sich das Beste aus beiden Kulturen und nennen sich *people of two times*. Vielleicht werden sie es schaffen.

Im Norden hatte ich eine ganze Menge trauriger Gestalten gesehen und erlebt, wie sie an den Seitentüren der Pubs durch ein kleines Fenster ihr Bier gereicht bekamen, oder, fast noch trauriger, am Ayers Rock, wo sie keinen Alkohol kaufen durften und statt dessen ihr wunderbares schüchternes Lächeln darauf verschwendeten, weiße Touristen anzubetteln, ihnen die begehrte Droge zu besorgen. Es machte mich traurig und beschämte mich, sie so zu sehen. Nur die kleinen Kinder spielten noch unbefangen und fröhlich an den überfluteten Straßen, nutzten die seltene Gelegenheit einer Überschwemmung zu ausführlichen und wilden Planschereien; manchmal waren bei diesen Gelegenheiten sogar weiße Kinder dabei.

Ja, und dann gab es auch die schwarzen Ranger im Ulara Park, am Ayers Rock, schließlich war es nun endlich wieder ihr eigenes Land; Land, für das sie sorgen konnten, mit dem sie leben konnten, wie sie es für angemessen hielten: Aber diese Ranger hatten die berufsmäßige Freundlichkeit der Weißen angenommen, was ich gut verstehen kann, wie sollten sie auch sonst in der weißen Welt zurechtkommen.

Dieser Mann hier war ganz anders, und ich hatte sofort den dringenden Wunsch, daß er mich mögen sollte.

Ich streckte die Hand aus und sagte: »*Hi*, ich bin Gabriel aus Deutschland. Ich bin hier Gast auf der Farm für eine kurze Zeit.«

Dann fiel mir ein, daß die Aborigines Händeschütteln meiden, und ich war dabei, sie hastig zurückzuziehen. Aber er tat mir den Gefallen, ergriff meine Hand, drückte sie kräftig und lächelte wieder.

»Mein Name ist Pete. Ich warte auf den Boß.«

Ich sagte, Mr. Stephens sei nicht hier, werde aber bald zurückkehren.

Ich bot ihm eine Zigarette an, und wir setzten uns nebeneinander auf die Stufen. Neugierig betrachtete ich ihn. Er hatte hellere Haut als die meisten Aborigines, die ich bis dahin gesehen hatte, eine Spur gelblich, aber die typischen breiten Gesichtszüge, die Knopfnase und die krausen rußschwarzen Haare. Er trug eine ausgeblichene und ausgesessene Khakihose und ein enges weißes T-Shirt, das seine Muskeln gut zur Geltung brachte; verhältnismäßig breiter Rumpf, aber schlanke Arme und Beine. Ich schätzte ihn auf höchstens vierzig, erfuhr aber später, daß er achtundfünfzig war.

Er spürte genau, daß ich ihn beobachtete, ließ es sich gefallen und sah mich nach einer kleinen Weile wieder an, mit seinem freundlichen, aber selbstbewußten Blick, der besagte: Hast du genug gesehen?

»Tut mir leid, ich habe dich angestarrt«, sagte ich. Es gibt zum Glück im Englischen keinen Unterschied zwischen Sie und Du; es ist eine Frage des Gefühls, und er gab mir sofort dieses entspannte Du-Gefühl.

»*No worries* – keine Sorge«, antwortete er, »vermutlich hast du noch nicht viele Aborigines von nahem gesehen.«

»Keinen wie dich«, gab ich ganz offen zu.

Er lachte leise. »Das wett ich.«

Wir lächelten einander an, und ich fühlte mich kaum noch befangen.

Wir hörten einen Laster die Straße hochbrummen, und da kam auch schon Greg Stephens an; er war allerdings erstaunt, Pete vorzufinden, erstaunt und hocherfreut.

»*Strike me bloody green!*« brüllte er schon von weitem. »Pete! Zurück vom *walkabout*? Gutes *timing*, mein Alter!«

Peter stand auf, Greg stellte den Motor ab und sprang aus dem Führerhaus.

»Pete geht gern mal auf Wanderschaft. Die große Traumschlange oder sonst irgendeinen Verwandten besuchen, stimmt's, Pete?«

Der Aborigine nickte gutmütig.

»Und dann sieht Pete mich im Traum, und er weiß, daß ich ihn brauche. Bin froh, daß du da bist, Mann! Ich muß ein paar Ringer einfangen und zur Auktion bringen. Aber jetzt, wo Pete hier ist, können wir's ruhiger angehen lassen. Jetzt ist erst mal *smoko.*« – Rauch- und Schwatzpause und dazu ein spätes Frühstück.

Da ich noch nicht gefrühstückt hatte und außerdem die Gelegenheit wahrnehmen wollte, noch mehr von diesem Mann zu sehen, ging ich mit. Janet kam aus der Küche, umarmte den Aborigine und fuhr gewaltige Mengen an Porridge, Spiegeleiern und Speck auf, dazu gab es Brot, Obst und Kaffee. Irgendwie schienen mir alle in Festtagsstimmung. Janet hatte ihren Hauskittel gegen ein richtiges Kleid ausgetauscht, Rhonda erschien wie gewöhnlich in Reitstiefeln und Jeans, aber immerhin mit einer makellos gebügelten hellblauen Bluse und gekämmten Haaren.

»Gaby, willst du mal eine richtige Viehauktion miterleben? Heute ist die Gelegenheit dazu. Wir versteigern achtunddreißig Jungkühe.«

»Und zwei einjährige Kälber!« ergänzte Cindy.

»Ja, und zwei einjährige Kälber. Cindy hat sie gekauft vom Nachbarn für einen symbolischen Dollar das Stück, weil sie ihre Mutter so früh verloren haben, daß keiner geglaubt hat, daß sie durchkommen. Sie konnten noch nicht einmal aus der Flasche trinken. Aber Cindy hat Mutterkuh gespielt, bis ihr ein Schwanz gewachsen ist. Zeig deinen Schwanz, Schwester!«

Cindy schmollte einen Augenblick, aber die Aussichten des Tages waren viel zu gut, um lange sauer zu sein. Sie setzte sich neben mich und bohrte mir ihren spitzen kleinen Ellbogen zwischen die Rippen. »Was glaubst du, für wieviel ich sie heute verkaufen kann?«

»Ich hab keine Ahnung. Wieviel?«

»Fünfunddreißig Dollar das Stück. Mindestens!«

»Mensch, das ist ja ein gutes Geschäft!«

»Aber nur, weil sie für Milch, Stall, Futter und den Tierarzt nichts abgeben muß«, bemerkte Rhonda.

»Bäh!« Cindy streckte ihrer großen Schwester die Zunge heraus und ergriff meine Hand. »Soll ich dir meine Kälber zeigen?«

»Klar!«

»Dann komm!« Sie zog mich mit erstaunlicher Kraft aus meinem Stuhl und schleppte mich hinter sich her, nicht ohne ihrer großen Schwester einen triumphierenden Blick zuzuwerfen: Siehst du, jetzt gehört er mir, ätsch!

Später fuhren wir alle mit zwei Lastwagen runter zur Weide. Pete, Greg und Rhonda fingen mit ihren Pferden die Kühe ein, die verkauft werden sollten, richtig wie in irgendeinem Cowboyfilm, bloß daß ich die Hauptdarstellerin kannte. Alle hatten ihren Spaß, wenn ich versuchte, die Tiere auf die Lastwagen zu zerren.

Greg, Pete und Cindy fuhren mit dem großen geliehenen Transporter vorneweg, und Janet, Rhonda und ich folgten in dem kleineren Holden. Cindy schmollte kurz, weil sie lieber mit mir in einem Auto fahren wollte. Aber Pete überzeugte sie davon, daß ihre Kälber unbedingt ihre Nähe benötigten.

Rhonda drehte das Radio auf volle Leistung, es lief ein Programm aus Country und Hardrock, und hinten blökten die Kühe um ihr Leben. Janet überbrüllte alles, um mir die Lebensgeschichte von Pete zu erzählen: »Sein richtiger Name, sein Buschname, ist Wurrungulngul. Pete ist ein halber Weißer. Seine Mutter war eine Lubra, und sie war mit 'nem Schafscherer zusammen. Der hat ihr ein Kind gemacht und ist abgehauen. Doch weggenommen hätte man ihr das Kind ohnehin, weil's eben halb weiß war. Das ging noch bis Mitte der sechziger Jahre so. Man dachte, die Schwarzen wären hoffnungslos, aber die Mischlinge, weil sie ein bißchen weißes Blut abgekriegt hatten, wären besser als ihre schwarzen Mütter. Mit der richtigen Erziehung und weg von ihren Leuten wäre da noch was draus zu machen. Assimilationspolitik nannte man das.«

»Einfach so? Haben sich die Mütter nicht gewehrt?« fragte ich.

»Gewehrt? Sie hatten ja überhaupt keine Rechte. Sie galten ja noch nicht mal als Bürger dieses Landes.«

»Und was passierte mit Wurr – mit Pete?«

»Er ist in einer Missionsstation in der Nähe von Sydney erzogen worden. Und da hatte er noch Glück. Immerhin hat er da Lesen und Schreiben gelernt. Die meisten dieser Kinder wurden einfach nur verschleppt und als billige Arbeitskräfte mißbraucht. Na, und weil Pete ein intelligenter Bursche war, hat er sich erst mal umgesehen, ist als Wanderarbeiter rumgezogen, mal als Treiber, auch mal eine Weile als Hafenarbeiter in Sydney, aber das hat ihm nicht gefallen.«

Janet hupte, um einen Schwarm Papageien aufzuschrecken. »Er wollte herausfinden, wer er wirklich war. Er muß Himmel und Hölle in Bewegung gesetzt haben, bis sie ihm endlich verrieten, wo er herkam und wer seine Verwandten waren. Als er sie gefunden hatte, war es für seine Mutter bereits zu spät, sie war krank und unterernährt und blind vom billigen Fusel. Sie ist bald darauf gestorben. Aber Pete hat es sich von da an zur Aufgabe gemacht, seinen Clan wileder zusammenzutrommeln und ein menschenwürdiges Leben für sie aufzubauen.«

Daran hatte ich eine Weile zu kauen.

»Mein Großvater«, sagte Rhonda stolz, »hat Petes Leute bei ihrem Prozeß um Land unterstützt. Seitdem ist Pete unser Freund. Er müßte nicht für uns arbeiten, wenn er's nicht wollte. Er verdient sein Geld mit ganz was anderem.«

»Womit?«

»Da mußt du ihn selber fragen. Vielleicht nimmt er dich mal in seine Gemeinde mit. Dann wirst du ja sehen.«

Inzwischen waren wir am Auktionsgelände angekommen. Rhonda überließ das Ausladen Pete und ihrem *dad* und führte mich herum. Es war ein weitläufiges Gelände mit massenhaft Viehboxen, engen Bretterverschlägen, die mit der Arena durch lange Gänge verbunden waren; wie Zimmer in einem Hotel, die alle auf denselben Flur hinausgingen. Einige der Boxen waren schon belegt, andere noch leer. Es würde keine allzu große Auktion werden heute, erklärte Rhonda.

Besitzer und potentielle Käufer spazierten oben über Laufstege und begutachteten die Rindviecher, mancher machte sich Notizen. Die Arena, wohin die Tiere anschließend aus den Gängen getrieben wurden, war ein Rund von etwa zehn, fünfzehn Metern Durchmesser, trocken und staubig, von vielen Hufen zertrampelt und aufgerissen. Außenherum liefen hölzerne Barrieren. Nicht massiv genug, dachte ich, um einen Bullen in Panik zurückzuhalten.

Hier waren Besitzer und Käufer streng getrennt. Für die Anbieter gab es einen Steg mit guter Aussicht, der über einen Turm zu erreichen war, die Käufer würden auf den Zirkusbänken direkt an der Arena sitzen.

Die Sonne stand bereits hoch und brannte, die Rinder blökten nervös, und ich sehnte mich nach einem Bier, aber Rhonda, voller Begeisterung über das seltene gesellschaftliche Ereignis, schleppte mich weiter herum, stellte mir Leute vor, erklärte mir, wer voraussichtlich auf was scharf war, ließ sich anerkennend oder verächtlich über den Zustand der Tiere und die daraus zu folgernden Eigenschaften ihrer Besitzer aus. Die Namen hatte ich augenblicklich wieder vergessen, die Gesichter nicht; sie hätten jeden Westerndarsteller mit Neid erfüllt.

Und dann ging es los.

Die erste Partie wurde hereingetrieben und stand schwitzend und apathisch in der glühenden Mittagssonne. Der Auktionator fing an, in einem fast desinteressierten, gleichmäßigen Tonfall die Informationen über die angebotene Ware Tier herunterzurasseln und Angebote aufzurufen. Ich verstand kein Wort, schrak nur jedesmal zusammen, wenn er den einschläfernden Singsang plötzlich unterbrach, um eine Summe in die Menge zu brüllen, eine Art Warnung: Achtung, das ist geboten, dafür gehen sie weg, wenn Sie nicht ganz schnell mehr bieten, dann kriegt sie ein anderer.

Er machte das sehr geschickt; die Stimmung war gut und wurde immer besser, er riß Witze und trieb die Preise in die Höhe; die Besitzer entspannten sich.

Ich konnte um's Verrecken nicht feststellen, wer eigentlich geboten hatte.

Rhonda versuchte, sie mir zu zeigen; da hatte einer sich an den Hut getippt, dort einer die Zigarette von einem Mundwinkel in den anderen geschoben; ein anderer hatte die Hand ganz lässig auf dem Knie liegen und soll, wenn er bieten wollte, den kleinen Finger ganz leicht gehoben haben. Ich sah es nicht. Aber der Auktionator, der sah alles. Und er hatte noch einen Gehilfen dabei, als Ersatz für die Augen, die er hinten nicht hatte; der tippte seinen Meister gelegentlich an, raunte ihm etwas zu.

»Dammmdideldidammdideldidammdideldidamm-six-tiiiiie! Do I hear Seventiiiii?!« Am Satzende wurde die Stimme erhoben und das Volumen verstärkt.

»Er tut auch besser daran, niemanden zu übersehen«, meinte Rhonda, »sonst kriegt er mordsmäßig Ärger.«

»Sie könnten es ihm ja ein bißchen leichter machen.«

»Nein, könnten sie nicht. Das ist ja der Sinn der Sache, daß die Konkurrenten nicht wissen, wer mitbietet, sonst würden sie sich ausrechnen können, wie hoch derjenige gehen kann oder wie dringend er gerade diese Partie braucht. Auf die Art ist man auch einigermaßen sicher, daß keiner im Auftrag der Besitzer die Preise hochtreibt.«

»Ach so.«

Es war spannend, aber mein Durst trieb mich weg. Ich ging zum Parkplatz, weil ich meinte, dort eine Bude gesehen zu haben, und entdeckte zwei bekannte Gesichter: Sieh an, Jim und Holly, die Untermieter.

Was machten die hier?

Sie standen am Parkplatz, also auf der Wiese, auf der alles kreuz und quer die Wagen und Laster abgestellt hatte, und sprachen mit jemandem, der in einem der Wagen saß. Beim Näherkommen entdeckte ich, daß es ein Wagen war, der absolut nicht hierher paßte: eine blitzende, beigefarbene amerikanische Luxuskarosse mit getönten Scheiben, deren Klimaanlage bis zu mir herüberdröhnte.

Sie waren aufgeregt. Holly wandte sich wütend vom Wagen ab und drehte den Kopf in meine Richtung. Ich weiß nicht, warum – Instinkt? –, ich duckte mich jedenfalls schnell.

Jim gestikulierte, zuckte mit den Achseln, hob die Hände zum Himmel – eine beschwichtigende, bittende Bewegung. Der Mann im Wagen sagte etwas zu seinem Beifahrer, worauf der ausstieg: Ein Schrank von einem Kerl mit einer garantiert intelligenzfreien Schlägervisage kam um den Wagen herumgestiefelt, während Jim noch auf den Fahrer einredete, packte Jim am Kragen, hob ihn hoch – ich dachte, ich bin in 'nem schlechten Film – und warf ihn durch die Luft auf die Kühlerhaube vom nächstbesten Auto. Da lag Jim wie eine Schildkröte auf dem Rücken. Erst dachte ich, der Boxer hätte ihm das Kreuz gebrochen, aber er lag bloß da und traute sich nicht, sich zu rühren. Und während Jim von der Kühlerhaube rutschte wie ein Stück Butter vom heißen Herd, latschte der Panzerknacker seelenruhig wieder um die Limousine herum und setzte sich brav auf seinen Platz. Holly stürzte sich heulend auf ihren Freund, währenddessen gingen die Fenster der Limousine hoch; Abgang der Gangster.

Mann, das fand ich richtig spannend.

Ich schlenderte hin, fragte, ob man was helfen könnte, Polizei holen oder so, und erhielt die zu erwartende Antwort: »Zieh Leine, Alter. Hau bloß ab!«

Jim sah nicht ganz so cool aus im Augenblick, hustete, hatte Blut im Mundwinkel, aber ich wollte nicht aufdringlich sein. Holly lief ein paar Schritte hinter mir her und legte mir eine Hand auf den Rücken: »Sei nich sauer. Er hat's nicht so gemeint, nett, daß du helfen wolltest, aber das hier ist *privado*, klar?«

»Klar.«

Sie konnte anscheinend auch ganz umgänglich sein, wenn sie wollte.

»Gabriel!« Rhonda hatte mich entdeckt. Und Holly hatte entdeckt, daß Rhonda mich entdeckt hatte, den Besitzerton in ihrer Stimme analysiert und ausgewertet – Reaktion: Sie küßte mich auf den Mund, bevor ich was machen konnte, lachte boshaft und ließ mich stehen. Biest.

Es kostete mich eine gute halbe Stunde, um Rhonda von meiner Unschuld in dieser Sache zu überzeugen. Als ich ihr erzählte, was ich beobachtet hatte, meinte sie bloß: »Gibt eben ein paar mehr Leute, denen sie quergekommen sind. Das wundert mich überhaupt nicht. Und wenn einer dem auf die Schnauze haut, muß es vielleicht mein *Pa* nicht tun.«

Damit war die Sache für uns erledigt. Wir gingen Bier trinken.

Die Familie Stephens mit Pete im Schlepptau fuhr wieder nach Hause. Cindy war hochzufrieden und lutschte ein Eis. Sie hatte fünfundsechzig Dollar verdient und plante, von dem Geld bald mehr kleine Waisenkälber zu kaufen. So ist es richtig: Geld muß arbeiten.

Sechs

Das Teehaus von Birds Nest war so weiblich wie der Pub auf der anderen Seite des Platzes männlich war, hell und sauber, roch nach Kräutern und Gebäck. Innen war es in Eiscremefarben gestrichen: vanillegelb, rosa und pistaziengrün; die Möbel waren zierlich, überall Häkeldeckchen, Spitzenvorhänge, zu Fächern und Hütchen gekniffte und gefaltete Servietten, englische Keramik und nachgemachtes Erbbesteck. An den Wänden waren die Meisterwerke lokaler Künstler zu bewundern, meist Landschaftsaquarelle älterer Damen, gar nicht schlecht übrigens, soweit ich das beurteilen kann. In einem Seitenraum gab es einen winzigen, vollgestopften Andenkenladen mit Kräuteressenzen: *Queensland peaches*, *Australian Bush*, Eukalyptus, Zitronengras und Myrrhe; geschnitzte Klorollenhalter in Form von Vögeln, außerdem getrocknete Blumen, mit Erbsen gefüllte Lederkänguruhs, Plüschkoalas und Patchworkdecken; der reinste Kirchenbazar.

Rhonda erlaubte mir, sie zu einer *appletart* einzuladen. Obwohl ich es sonst eher bedauerlich fand, daß die australische Küche so stark englisch inspiriert ist, die *tart* war ausgezeichnet. Wir tranken chinesischen Tee aus zerbrechlichen Täßchen, und weil sonst niemand im Laden war, setzte sich die Inhaberin zu uns an den Tisch und trank ein Täßchen mit, ganz englische Lady mit Laura-Ashley-Kleid, grauem Haarknoten im Nacken. Zierlich, blaß und rosa paßte sie genau zu der Kuchentheke, der altmodischen Eismaschine und dem Kräuterduft. Sie wußte, welche Klischees die Farmerinnen in einer original englischen Teestube zu finden wünschten, und bediente clever dieses Bedürfnis. Vielleicht gefiel es ihr auch selbst so.

Wir unterhielten uns über das Wetter, die Aussichten der Landwirtschaft, die böse europäische Subventionspolitik, mit der ehrliche australische Farmer aus dem internationalen Wettbewerb gedrängt wurden, und schließlich sagte Rhonda, weil sie das einfach jedem erzählen mußte und sich bestens dabei amüsierte: »Und wissen Sie, Mrs. Soundso, Gaby hier, der sucht nach Gold in unseren *creeks*!«

Und Mrs. Soundso: »*Oh! really?*« – fabelhaft englisches Englisch – »Und haben Sie schon was gefunden?« (Gekicher.)

»Nein, danke der Nachfrage. Ich mache das auch mehr zum Spaß. Man sieht auf diese Weise einiges vom australischen Wildleben. Besonders attraktive Säugetiere, ganz zutraulich.«

»*Oh?*« machte die Lady. (Gekicher.)

Rhonda hatte die Grazie zu erröten; touché, mein Schatz.

Das Gespräch kam unweigerlich auf das Dudek-Gold, und ich fragte: »Jeder erzählt drüber, aber eigentlich erzählt nur jeder, was jemand anderes ihm erzählt hat. Gibt es eigentlich noch irgendwen, der an dem Abend im Pub dabei war, als das passiert ist?«

Die Antwort kam so prompt, daß ich daraus schließen konnte: Die Dame hatte sich auch ihre Gedanken gemacht: »Nein. Das ist alles schon so lange her. Im Jahr 1928 hat der alte Dudek sein Gold gefunden, und da ist er auch gestorben – ermordet worden. Nein, von denen, die damals dabei waren, lebt keiner mehr. Und seine Mörder sind bestimmt auch schon tot.«

»Hatte er denn gar keine Verwandten?«

Ihre Augen blitzten auf. »Verwandte? Schon – wenn man so will ...«

Jetzt war Rhonda interessiert. Sie beugte sich über den Tisch. »Komm schon, Annie, du weißt doch was. Erzähl!«

Annie sah aus dem Fenster. »Ach, warum laßt ihr die alte Sache nicht ruhen. Das Gold ist weg, Dudek ist dafür gestorben. Und für seine Mörder ist Gott zuständig. Ich halte nichts davon, in der Vergangenheit zu wühlen – und man sollte sie auch in Frieden lassen, finde ich.«

»Wen in Frieden lassen, Annie?«

Sie trank ihren Tee in kleinen Schlucken und beobachtete uns über den Tassenrand.

»Das ist kein Spiel, wißt ihr. Richtige Menschen können dabei verletzt werden. Also gut, Rhonda, du wirst mich weiter quälen, bis du es weißt, aber es wird dir nichts nützen: Dudeks Tochter lebt noch. Ja, er hatte eine Tochter. Acht Jahre vor seinem Tod hat er einer jungen Lehrerin hier in Birds Nest ein Kind gemacht und sie sitzenlassen. Es gab einen Skandal, und sie wurde davongejagt. Eine ledige, schwangere Schullehrerin, so was wurde damals nicht geduldet.«

»Und«, fragten wir beide gleichzeitig, »was ist mit der Tochter?«

»Oh, die habe ich mal durch Zufall kennengelernt. Ich war in Emerald bei meiner Schwester zu Besuch, und da habe ich den Namen an einer Ladentür gesehen.«

»Dudek?«

»Natürlich nicht! Er hat ihre Mutter ja nie geheiratet. Vielleicht hätte er's getan, mit dem Gold und allem ... aber so ... Sie trägt den Namen ihrer Mutter. Ich weiß ihn, weil meine Mutter für kurze Zeit von ihr unterrichtet worden ist und sie sehr mochte.«

Annie hielt die Tasse an ihren Lippen, ohne zu trinken. Ihre Augen waren dunkel. Rhonda beobachtete sie fasziniert. »Eine traurige Sache, wie die Leute damals mit diesen armen Frauen umgegangen sind. Man muß sich überhaupt wundern, wie das alles zustande gekommen ist, so wie er gelebt hat, in einer Rindenhütte mitten im Busch – und dann diese hübsche, gebildete junge Frau.«

»Und wie hieß sie?«

Aber da war Annie sofort wieder ganz in der Gegenwart. »O nein, kein Name! Kommt nicht in Frage. Ich hab's denen nicht verraten, und ich sag ihn dir auch nicht, Rhonda, obwohl ich dich gut leiden kann und deine Eltern kenne. Wozu auch nach all den Jahren? Sie hatte kein Interesse, je wieder etwas von Birds Nest zu hören, was man wohl verstehen kann. Und sie und ihre Mutter waren ja auch weit weg, als das hier mit dem Dudek passiert ist. Die Mutter hat als Näherin in Brisbane gearbeitet oder Klavierstunden gegeben – nach allem, was ich weiß. Nachdem sie gestorben war, ist die Tochter weg aus Brisbane, hat versucht, ihre Spur zu verwischen. Weil ihr die ganze Fragerei zuviel wurde, hat sie mir gesagt. Und dabei belassen wir es.«

Rhonda ließ erstaunlich schnell locker: »Okay, Annie, verrat mir nur eins: Jeder hier, absolut jeder war jahrelang hinter dieser Geschichte her. Aber du hast nie jemandem erzählt, daß du Dudeks Tochter gefunden hattest. Warum?«

Annie Barnes lachte in sich hinein. »Weil, *honey,* mich niemand gefragt hat. Bis jetzt. Die Männer drüben im Pub, die reden und reden und reden und sind ganz aufgeblasen von ihrer Wichtigkeit. Jahrelang durfte ich keinen Fuß in den Pub setzen. Frauen nicht erlaubt! Ha!

Und da glaubt ihr, ich geh rüber und gebe den Kerlen auch nur den leisesten Hinweis? Warum sollte ich?«

Ich aß ein drittes Stück von Annies ausgezeichnetem Apfelkuchen, dann zahlte ich, und wir gingen. Ich hatte das Gefühl, wir hätten an irgendeiner Stelle die falsche Frage gestellt. Irgend etwas hätte uns auffallen müssen, aber ich kam nicht drauf.

Rhondas Fantasie war geweckt. »Ich könnt verrückt werden, wenn ich daran denke, daß es da draußen irgendwo liegt, ein Haufen *nuggets* unter den Wurzeln eines Baums, an dem ich hundertmal mein Pferd festgemacht habe, oder in einem Bach, in dem ich hundertmal gebadet habe!«

»Nackt?«

»Natürlich nackt.«

»Bisher hast du dich immer bloß lustig gemacht von wegen meinem Goldrausch, und jetzt bist du selber voll drauf.«

»Na ja, irgendwie denke ich, wir hätten vielleicht eine Chance, es doch noch zu finden.«

»Du hast nicht mal den Namen von der Frau. Und wenn, warum sollte sie nicht selbst gesucht haben, wenn sie was wüßte?«

»Fragen wir sie. Den Namen kriegen wir schon raus.«

Aber das erwies sich als schwieriger, als wir gedacht hatten. Die jüngeren Leute im Ort erinnerten sich tatsächlich nicht daran, und die Älteren gaben vor, sich nicht an die Geschichte zu erinnern; an Dudek schon, aber nicht an die Lehrerin. Erstaunlich: ein kollektiver *blackout*.

Das machte es für uns nur um so spannender.

»Kein Problem«, meinte Rhonda.

Was sie sich ausgedacht hatte, war relativ simpel, hätte auch ein anderer drauf kommen können. War auch ein anderer drauf gekommen. Am nächsten Tag gingen wir zur Schule, und Rhonda fragte nach den alten Jahrbüchern, sagte, sie suche ein Klassenfoto, wo ihre Großmutter drauf sei – sie müsse dieselbe Klasse besucht haben wie Annie Barnes' Mutter.

Soweit gut.

Der Schulleiter ging mit uns ins Archiv, einen Kellerraum, wo zwischen mottenzerfressenen Kostümen, veralteten Sportgeräten und Matratzen nicht mehr benötigte Dokumente aufbewahrt wurden,

Zeugnisse von Schülern, die längst erwachsen geworden waren, das Gelernte vergessen hatten und gestorben waren, und die Jahrbücher der Schule seit – wie der Direktor stolz betonte – der Gründung 1836.

Durch das sorgfältig verschlossene Archiv pfiff aber seltsamerweise der heiße Wind von draußen, und die Regale waren mit rotem Staub bedeckt. Jemand hatte das Kellerfenster eingedrückt und war Rhonda zuvorgekommen. Die Jahrbücher 1916 bis 1920 fehlten.

Der Direktor war fassungslos.

»Aber Miss Rhonda, wer kann das nur getan haben? Wer kann damit etwas anfangen? Und die schönen Medaillen haben sie liegenlassen!«

Rhonda war fürchterlich wütend, und ich wußte, welche Frage wir zu stellen vergessen hatten. Wir gingen sofort wieder zur Teestube, Annie Barnes war nicht da. Statt dessen bediente ein junges Mädchen, eine Verwandte aus Lamington. Annie sei für ein paar Tage nach Brisbane gefahren, sie vertrete ihre Tante solange. Ob wir ihre Ananastorte probieren wollten?

Nein danke. Wir stürmten aus dem Laden.

Wer, außer uns, war plötzlich so heiß an dieser alten Geschichte interessiert, ausgerechnet zu einem Zeitpunkt, wo sämtliche Einheimische die Suche aufgegeben hatten?

»Okay«, sagte Rhonda, »damit wissen wir: Es ist was dran. Das Gold gibt es wirklich, und niemand hat es bisher gefunden. Was wir jetzt brauchen, ist der Name, und zwar doppelt schnell!«

Ich kann mir nicht denken, was für seltsame Ausreden Rhonda erfunden hat, um den alten Damen auf den umliegenden Farmen ihr plötzliches Interesse an Fotoalben von 1919 zu erklären. Sie hat drei Tage gebraucht, unzählige Liter Eistee trinken und kiloweise hausgebackene Kekse essen müssen; aber dann wurde sie fündig.

Ich saß auf der Veranda und las Ian Moffitts »Death Adder Dream«, da stürmte sie die Stufen hoch und ließ sich auf meinen Schoß fallen, ein vergilbtes Foto in der Hand, auf dessen Rückseite in einer altertümlichen Handschrift fein säuberlich alle Namen der Abgebildeten festgehalten waren.

Ich griff danach, doch sie riß es mir weg.

»Rate!«

»Rumpelstilzchen!«

»*What?!* Nein – McIngall. Maria McIngall. Wie die Tochter mit Vornamen heißt, weiß kein Mensch, weil sie ja schon in Brisbane waren, als sie geboren wurde, aber der Nachname ist selten. Die finden wir. Auf nach Emerald.«

Rhonda küßte mich. Das war der Moment, als ihre Mutter auf die Veranda kam, um mich mit Zitronenlimonade zu versorgen. Sie stellte den Krug hin und verschwand, um ein zweites Glas zu holen. »Hab ich's mir doch gedacht«, hörten wir sie murmeln.

Beim *dinner* erklärte Rhonda ihren Eltern, daß sie sich ein paar Tage freinehmen wollte, um mir die Saphirfelder um Emerald zu zeigen; sie war da schon mal gewesen, wie fast alle Leute aus der weiteren Umgebung. Es galt als hübscher, aufregender Zeitvertreib, aussichtsreicher und weniger anstrengend als das Goldwaschen – jedenfalls, wenn man nur auf die kleinen Splitter aus war, die man besonders nach Regen leicht finden kann, wenn sie ausgespült sind und in der Sonne glitzern. Rhonda und Cindy hatten bereits eine ganze Sammlung davon, winzige Stückchen, keines davon lohnte einen Schliff.

Am nächsten Morgen fuhren wir erst ein Stück in Richtung Küste, um zum *highway* zu gelangen, auf dem es sich angenehmer fährt als auf den Schotterstraßen im Hinterland.

Ich war froh, wieder eine längere Fahrt vor mir zu haben; allein auf einem schweren Motorrad die Landschaft im *sensorroundsound* zu genießen, das ist eine Sache für sich; dabei noch eine Frau hintendrauf zu haben, ihre Brüste am Rücken zu spüren und ihre Hände auf meinem Bauch, das potenzierte das Gefühl erheblich. Allerdings muß ich sagen, wenn ich diese dämlichen Kalenderbildchen in den Werkstätten sehe, mit fast barbusigen Weibern auf Motorrädern, lange blonde Mähnen im Wind flatternd, wird mir ganz schlecht; dem kann ich gar nichts abgewinnen.

Bei Rhonda flatterte nichts. Ich hatte darauf bestanden, daß sie meinen Helm trug. Ich hatte noch meine Fliegerkappe dabei und sah aus wie Snoopy mit den runden dunklen Gläsern der Schutzbrille auf der Nase.

Zwischen Toowoomba und der Küste passierten wir immer häufiger Marktstände und Lagerhäuser; große Schilder priesen Obst zu für Europäer unglaublichen Preisen an.

Rhonda erzählte mir von einer Schulfreundin, die in Deutschland, in Heidelberg, gewesen sei. Als sie zurückkam, konstatierte der Arzt bei ihr Vitaminmangel. Warum? Sie hatte es einfach nicht fertiggebracht, sich Obst zu den bei uns üblichen Preisen zu kaufen. »Ein Dollar für einen Apfel«, hatte sie gemeint, »ich bin doch nicht verrückt!«

»Soviel zu den Freuden der subventionierten Landwirtschaft«, sagte ich.

Wir kauften uns Ananas, Avocados für dreißig Pfennige das Stück, Pflaumen, tropische rote Bananen und eine kleine Melone für unterwegs.

Von Brisbane aus ging es an der Küste entlang zur alten Goldgräberstadt Gympie, wo heute Touristen für zehn Dollar am Tag im völlig ausgebeuteten, ausgebaggerten Fluß herumbuddeln dürfen. Danach fuhren wir durch Maryborough und Bundaberg, die Heimstatt des guten Bundaberg-Rum. Mittags machten wir halt an einem langen weißen, völlig einsamen Strand, aßen fangfrische Königskrabben aus der Tüte und wuschen uns die Finger im Meer. Dann ging es durch satte, dunkelgrün glänzende Zuckerrohrfelder weiter nach Rockhampton.

Die Nacht verbrachten wir an einem anderen weißen einsamen Strand. Wir machten ein Feuer aus Treibholz, und Rhonda kochte *billy-tea*. Ein Billy ist der Teekessel der Buschleute, eine Art übergroße Konservenbüchse mit einem Henkel. Man wirft die Teeblätter in das kochende Wasser, ein oder zwei Eukalyptusblätter dazu, klopft mit einem Stock gegen den Kessel, damit die Teeblätter absinken, und dann schwenkt man das Ganze zentrifugenartig. Wer's kann, verschüttet dabei keinen einzigen Tropfen. Die bitteren Teeblätter sind unten am Grund, der Tee ist oben.

Dazu gab es Sandwiches und Meeresrauschen und Billionen funkelnder Sterne.

Wir fanden auch einen Weg, unsere Schlafsäcke, den europäischen und den australischen, an den Reißverschlüssen zu verbinden, so daß wir einen ausreichend geräumigen Doppelschlafsack für den Austausch menschlicher Wärme hatten.

Am nächsten Morgen frühstückten wir unterwegs in einem *coffee shop* – schwarzen Kaffee und Toast – und fuhren landeinwärts. Den Zuckerhutkegel des Mount Morgan ließen wir links hinter uns und steuerten auf die blauen Ketten der Great Dividing Range zu. In unmittelbarer Küstennähe gab es überall Zuckerrohrfelder, lichte Wälder, wollige Büschel rot blühender Gräser und weiße Lilien am Straßenrand. Viele Vögel flogen in Schwärmen auf, wenn wir ihre Sicherheitsdistanz unterschritten. Aber als wir uns von der Küste entfernten, wurde das Grün schnell spärlich. Es wurde sehr heiß, trockene Hitze; und wie um den Temperaturunterschied noch optisch zu unterstützen, begannen die Steine und die offen liegende Erde in Feuerfarben zu glühen – von ziegelrot bis ascheviolett.

Wir näherten uns den Edelsteinfeldern.

Emerald ist der größte von mehreren trostlosen Orten, die allesamt immer noch von den letzten Ausläufern eines vergangenen Edelsteinbooms leben. Der Boden ist vulkanischen Ursprungs, und zwischen einer Schicht durchsetzt mit Feuersteinbrocken und einer weiteren Schicht feiner grauer Vulkanasche hat man Ende letzten Jahrhunderts in verschiedenen Farb- und Härtevarianten Korund gefunden: gelbe Diamanten, Rubine, Smaragde und – am meisten von allen – Saphire, besonders die begehrten *fancy stones*, die in einem Stück mehrere Farben aufweisen. Da, wo die Profis durch sind, hat man Felder für Touristen und Amateure abgesteckt, und da stehen sie mit ihren Wohnwagen im Gebüsch: Rentner, Arbeitslose, Spinner und Träumer; leben wie die Hunde, rackern Tag für Tag in der erbarmungslosen Sonne und hoffen, den Stein zu finden, der sie reich macht. Bei Lottospielen sind die Chancen etwa gleich, aber einen Schein auszufüllen ist nicht so anstrengend.

Was Rhonda und ich vorhatten, war ja nicht weniger verrückt.

Rhonda kannte natürlich den Freund eines Freundes eines Freundes, und so durften wir unser Zelt auf einer Wiese an einem kleinen Fluß aufbauen und im Haus Klo und Dusche mitbenutzen.

Wir machten uns auf die Suche nach Miss oder Mrs. McIngall, der Tochter einer Lehrerin aus Brisbane, fragten in den kleinen *hardware stores*, dort, wo alle aus der Gegend hinkamen, um das Nötigste zu kaufen, vom Sonnenhut bis zum Spaten.

Wir fragten in den Pubs und Schnellrestaurants.

Nichts.

Dies war keine Gemeinde wie Birds Nest, wo jeder jeden kannte, sondern ein menschlicher Flickenteppich, in dem die Teile so oft ausgetauscht wurden, daß sich niemand von denen, die länger am Ort bleiben, die Mühe machte, sich Namen und Gesichter zu merken. Außerdem waren die Bedienungen in den Läden und Schnellrestaurants meist jung und hauptsächlich daran interessiert, so bald wie möglich von hier wegzukommen. Es gab Ansätze, aus der Gegend eine normale Ortschaft zu machen, aber sie verdeckten kaum das einzige allesverbindende Motiv, das sich am unverhülltesten im rücksichtslos aufgebrochenen Gesicht der Erde auf den Edelsteinfeldern zeigte: Gewinnsucht, bestenfalls Abenteuerlust.

Keiner kannte eine Mrs. McIngall.

Aber dann entdeckten wir sie selber.

Des Rätsels Lösung fand sich an einem dieser Andenkenschuppen an der Straße von Emerald nach Anakie, wo es eiskalte Cola, Postkarten und winzige Saphirsplitter zu kaufen gibt für die Unglücklichen, die gar nichts selber gefunden haben und doch zu Hause was vorzeigen wollen. Man kann auch Ausrüstungen leihen: Sieb, Picke, Wasserbehälter und Fünfzig-Liter-Kanister, für acht Dollar am Tag. Auf dem Dach des Container-Hauses war eine riesige Saphir-Attrappe und davor drei sauber mit weißen Kreidelinien markierte Parkplätze, obwohl rundherum eine platte Geröllhalde Platz für den gesamten Jahresausstoß von General Motors geboten hätte.

Da stand es, groß und breit: *McIngall's Gemstore – souvenirs – jewellery – consulting.*

Der Motor meiner Harley verstummte blubbernd und überließ dem Wind die erste Stimme.

Es war gespenstisch. Der Wind pfiff leise über das Lavageröll, über dem die Luft flimmerte und kleine Fata Morganen von Wasserpfützen und Gras erstehen ließ. Die Lamellen am Auslaß der Klimaanlage klapperten. Vor dem Eingang drehte sich ächzend eine verrostete Werbetafel. Unwillkürlich sah ich mich nach Hitchcocks Vögeln um.

Wir machten ein paar Schritte auf die Treppe zu.

»Wie wollen wir eigentlich vorgehen? Was sagen wir?« Wir waren ohne Plan losgefahren, erst mal finden, dann mal sehen.

Aber welchen Grund sollte die alte Dame haben, wenn sie was wußte, es ausgerechnet uns einfach so auf die Nase zu binden. Nach allem, was wir gehört hatten, war die Erwähnung von Birds Nest auch nicht gerade eine Eintrittskarte zu ihrem Herzen.

»Laß uns reingehen und erst mal irgendwas kaufen, eine Cola, ein Souvenir, mit ihr ins Gespräch kommen und dann ...«

»Nein, das gefällt mir nicht«, sagte Rhonda. »Ich bin dafür, wir gehen rein und legen die Karten auf den Tisch, sagen, wer wir sind und was wir wollen, und dann kann sie selbst entscheiden, wie es weitergeht oder ob es weitergeht.«

»Aber Rhonda, wenn sie uns gleich rausschmeißt? Wenn wir erst mal was kaufen, dann wäre vielleicht eine positive Grundstimmung da, und dann kommt man mehr wie zufällig ins Gespräch.«

»Positive Grundstimmung – Quatsch! Zufällig! Alte Leute sind alt, aber nicht unbedingt blöd. Wir machen es auf meine Art.«

Was hätte ich machen können? Sie ging auf ihr Ziel los wie ein Stier auf das rote Tuch, original Rhonda.

Wir öffneten die Glastür, ich stolperte hinter ihr her in den Kälteschock der Klimaanlage. Da waren zwei raumhohe Kühlboxen mit in Plastik eingeschweißten Sandwiches, Eiscremes und Schokoriegeln, Drehständer mit Postkarten und eine lange gläserne Ladentheke, auf und unter der Bierdeckel, Bierkühler (mit Biermarkenwerbung oder Känguruhs bedruckte Isoliermanschetten für Getränkedosen), billiger Schmuck, Gesteinsbrocken und nachgemachte Saphire aus Glas ausgestellt waren, neben den üblichen Geschirrtüchern mit aufgedruckten Wildblumen und Tieren, die man hier in der Gegend kaum mehr finden würde.

Eine dürre kleine Oma erhob sich von einem Plastikstuhl hinter der Kasse. Eine Hand legte sie auf den Tresen, die andere blieb unterm Tisch. Ihr mürrischer Gesichtsausdruck war etwas entmutigend. »Was kann ich für euch tun, Kinder?« fragte sie.

Ich bin nicht gut in solchen Sachen, also lächelte ich so freundlich und harmlos wie möglich und betrachtete dann mit konzentriertem Interesse den Ramsch in der Auslage. Rhonda baute sich vor der Alten auf und streckte die rechte Hand aus. »*Hi,* ich bin Rhonda Stephens aus Birds Nest, und das hier ist mein Freund Gabriel.«

Die Alte sah in Rhondas offenes Gesicht und auf die ausgestreckte Hand. Ihre Gesichtszüge entspannten sich etwas, sie nahm Rhondas Hand und schüttelte sie tatsächlich.

»*Hi kid,* ich bin Emily McIngall, aber ich nehme an, das wißt ihr bereits. Hat Annie Barnes doch ihren Mund nicht halten können.«

»Mrs. Barnes hat nichts damit zu tun. Sie wollte uns Ihren Namen nicht mal verraten. Aber wir haben es selbst herausgefunden.«

»Soso.«

»Ja, ich weiß nicht recht, wie ich es Ihnen beibringen soll«, fuhr Rhonda fort. »Deshalb sage ich es am besten einfach so, wie es ist: Gabriel und ich, wir denken, daß das Gold von Andrzej Dudek noch irgendwo herumliegt, und wir würden es gern finden. Allein schaffen wir es nicht. Wir haben uns gefragt, ob Sie vielleicht etwas wissen, was uns weiterhilft – das heißt: Wenn Sie uns helfen wollen.«

Die Alte bewegte keinen Muskel, sagte kein Wort, sah Rhonda nur weiter unverwandt in die Augen. Ich hätte aufgegeben unter diesem Basiliskenblick.

»Wenn wir was finden, bekommen Sie selbstverständlich Ihren Anteil.«

Pause.

»So. Das wär's.«

Die Alte starrte weiter, ungemütliche Sekunden, dann fing sie an zu lächeln, dann begann sie zu lachen, laut zu wiehern, patschte mit der Hand auf den Tisch und lachte. »Meinen Anteil an der Beute, ja? Den wollt ihr mir zugestehen? Immerhin.« Sie schüttelte den Kopf amüsiert. »*Okay kids,* dann kommt mal mit.« Sie schloß die Vordertür ab, hängte ein Schild hinter die Scheibe mit der Aufschrift: *Geschlossen wegen Mittagsschlaf. Bitte kommen Sie später wieder.*

Als sie uns hinter dem Tresen vorbei und durch die Hintertür in den Garten führte, sah ich, wo sie ihre Hand gehabt hatte, als sie mit uns sprach: Unter der Kasse lag eine Schrotflinte.

Der Garten war eine echte Überraschung: eine Oase. Palmen, Sträucher und blühende Bougainvillea bildeten eine saftig-grüne Mauer gegen das flirrende Rot der Halbwüste dahinter. Ein uralter Wohnwagen stand da, ein Modell aus den fünfziger Jahren, rundbuckelig, in einem verblichenen Pink, komplett mit Chromleiste und Flossen über den Heckleuchten. Ich kenne Leute, die ihr nicht unbeträchtliches Bankkonto räumen würden für so etwas.

In dem Trailer schlief die alte Dame. Die Küche befand sich im Freien: ein Camping-Grill, davor ein Tisch mit vier alten Plastikstühlen, ebenfalls Fifties, mit dem typischen rosa- und türkisfarbenen Plastikgeflecht.

Sie winkte uns zum Tisch und holte Tassen, eine chinesische Thermoskanne und eine braune Flasche ohne Etikett aus dem Wagen.

»Wie wär's mit Tee?«

Das war kein Angebot, eher ein Befehl; ein Ritual, so wie Friedenspfeife rauchen.

»Für uns Mädels gibt's 'n Schuß – für dich nicht, junger Mann, du fährst!«

Also Tee für mich und Tee mit – Bundaberg-Rum, glaube ich – für Emily und Rhonda, dazu echt schottische Haferkekse.

Während sie uns bewirtete, sah ich sie mir genauer an. Sie war eine Mischung aus Ma Baker und Calamity Jane, ganz anders als die weiche, mütterliche Mrs. Stephens. Das hier war eine Frau, die in ihrem Leben mit Gefühlen nicht verschwenderisch umgegangen war, ein einzelgängerischer Dickhäuter, nichts gewonnen, nichts verloren. Sie hatte nicht mal einen Hund. Ledrig und sehnig war sie, trotz ihres zierlichen Körperbaus; niemand hatte ihr erzählt, daß Sonne Falten macht, und es wäre ihr wohl auch gleichgültig gewesen; die Augen Schießscharten, mißtrauische Schlitze, aber nicht ohne Humor, hellwach und kampflustig; obendrauf ein weißer Haarwust über einem Stirnband.

Jetzt war sie es, die um den heißen Brei herumschlich. Sie stellte eine Menge Fragen, die scheinbar nichts mit der Sache zu tun hatten, wegen der wir gekommen waren: wie lange ich schon in Australien sei, wie es mir gefiele, über Rhondas Eltern, die Farm und die Viehpreise dieses Jahr und immer so weiter. Sie wollte auch wissen, ob viele Touristen nach Birds Nest kämen, Wanderarbeiter, Ortsfremde.

Rhonda unterhielt die alte Dame mit der Geschichte, wie ihre Mutter die Regierung um einen Landstreifen von fünf mal siebzig Metern betrogen hatte: Da war eines Tages irgendein Verwaltungsbeamter aus Brisbane gekommen, hatte vor dem Farmhaus, an dem eine Staubstraße vorbeiführte, ein bißchen herumgemessen und gerechnet, um dann Janet herauszuklopfen und ihr zu offenbaren, ihr Haus läge fünf Meter zu dicht an der Straße. Es müsse versetzt werden.

»Wie – versetzt?« fragte Janet. »Es steht hier schon seit drei Generationen, und man kann es nicht einfach versetzen, wie stellen Sie sich das vor? Es ist ja keine Hutschachtel, wissen Sie.«

»Schon möglich«, sagte der Typ, »tut mir auch leid, Mrs. Stephens, aber Ordnung muß sein. Wir wollen die Straße ausbauen. Hier bitte, da ist die Markierung von der Vermessung damals, und danach steht Ihr Haus zu dicht an unserer Straße. Fünf Meter.«

Und als sie ihn von ihrem Grundstück scheuchte, stinkwütend, das kann man sich vorstellen, da drohte er, am nächsten Tag mit Verstärkung wiederzukommen.

Und in der Nacht hatte dann Janet den schweren Stahlpfosten einfach ausgegraben und fünf Meter zur Straße hin versetzt. Dann hatte sie sorgfältig alle Spuren verwischt, Pflanzen gesetzt, Laub und Rinde verstreut und hatte auch noch das Glück, daß gegen Morgen ein heftiger Regenguß niederging, so daß alles im Matsch versank, sogar die kostbare Meßlatte.

Am anderen Tag kamen sie dann zu viert aus Brisbane, junge Beamte, die sich unbedingt ihre Sporen verdienen wollten.

Emily McIngall lachte höhnisch auf und nahm einen Schluck direkt aus der braunen Flasche.

»Tja«, erzählte Rhonda, »meine Ma hat sie geschlagene drei Stunden suchen lassen, immer zeternd, daß sie ihr die Blumen nicht zertreten dürften, sonst würde sie es ihrer Regierungsstelle auf die Rechnung setzen. Und als sie schließlich den Marker an seinem neuen Platz gefunden hatten, da hat meine Mutter sich mit einem Maßband hingestellt und gesagt: ›Ach – sieh mal an, nicht mein Haus ist zu nah an Ihrer Straße, sondern Ihre Straße ist zu nah an meinem Haus! Aber ich bin ja ein höflicher Mensch. Ich verlange nicht, daß Sie Ihre Straße versetzen.‹«

Wir lachten Tränen, alle drei.

Und so plötzlich und unvermittelt, wie Rhonda vorher mit ihrem Spruch rausgerückt war, so plötzlich kam die Alte jetzt zur Sache. Sie stellte die Teetasse mit einem irgendwie abschließenden Knall auf den Tisch, verschränkte die Arme und legte den Kopf schief wie ein aufmerksamer Papagei.

»In Ordnung, *kids,* ich mag euch. Du gefällst mir, Rhonda, und deine Ma würde mir glaube ich auch gefallen, nicht daß ich meinen Fuß je in dieses Nest setzen werde. Ihr seid ehrlich zu mir gewesen. Das ist gut.«

Rhonda schoß mir einen rechthaberischen Blick zu.

»Nicht wie diese anderen zwei, die ich gestern dabei erwischt habe, wie sie meine Sachen durchwühlten.«

Mit einem Ruck saßen wir kerzengerade. »Welche anderen zwei?«

Emily kicherte böse: »Ich wußte, daß es eines Tages wieder losgehen würde. Das verfluchte Gold läßt den Leuten keine Ruhe. Ja, ihr seid nicht die einzigen, die die Spur wieder aufgenommen haben.«

»Wer denn noch?«

»Keine Ahnung. Ich kannte sie nicht.«

»Wie sahen sie aus?«

Emily McIngall schürzte verächtlich die Lippen. »Stadtleute, auch ein Pärchen, eine kleine Freche mit einer Punkerfrisur und ein Kerl mit langen schwarzen Locken. Sie hat mich vorn im Laden beschäftigt, während er hinten im Wohnwagen meine Sachen durchgefingert hat, dieser Dreckskerl. Aber ich habe gehört, daß da was vor sich ging, und wenn ich's nicht gehört hätte, dann hätte ich's an ihrem Blick erkannt. Denen habe ich das Laufen beigebracht.«

Emily war durch die Hintertür, bevor Holly sie aufhalten oder Jim warnen konnte, hatte die Tür zum Wohnwagen aufgerissen, hatte angelegt, während Jim sich durch ein winziges Fenster nach draußen zu winden versucht hatte. Holly versuchte, ihr das Gewehr abzunehmen, und kriegte den Kolben vor die Brust, Jim entkam, fiel auf den Boden, rappelte sich hoch, und Emily hatte seelenruhig abgewartet, bis die zwei einige Meter weit waren, um dann hinter ihnen her in die Luft zu ballern.

Jim und Holly – mit der Szene auf dem Parkplatz reimte sich einiges für uns zusammen: Sie mußten mächtig in Geldschwierigkeiten stekken, wenn sie so eine verschwommene und fast aussichtslose Sache verfolgten wie diese uralte Geschichte vom Dudek-Gold.

Oder war mehr dran, etwas, wovon wir nichts wußten?

»Haben sie was gefunden?«

»Was hätten sie finden sollen? Sie wußten ja genausowenig wie ihr, wonach sie überhaupt hätten suchen sollen.« Emily lachte in sich hinein. »Dabei war es die ganze Zeit direkt unter ihren Augen – so wie unter euren Augen jetzt!«

Wir blickten uns verzweifelt an, rätselten, suchten nach einer Schatzkarte, einem geheimnisvollen Gegenstand, irgendeiner Spur.

Emily hatte ihren Spaß mit uns. »Sie waren nicht die Ersten und werden nicht die Letzten sein, die versuchen, was aus mir rauszukriegen. Der Ranger, der damals meiner Mutter die Sachen vom Dudek ...«

– Emily sprach von ihrem Vater immer nur als »der Dudek« – »… gebracht hat, hat versucht, sie zur Schatzsuche zu überreden. Er war wohl der Meinung, wenn irgendwem, dann stünde das Gold ihr zu. Wahrscheinlich war er in meine Mutter verliebt, na ja … Sie wollte jedenfalls nicht. Sie wollte nichts mehr mit dem Dudek und seinen Machenschaften zu tun haben, nachdem er sie so im Stich gelassen hatte. Nachdem sie's alle allein versucht haben, sind einige von den Alten wieder aufgekreuzt, erst bei meiner Mutter, dann später bei mir, dachten, wir müßten wissen, wo das Gold zu suchen wäre. Aber ich hatte ihnen nichts zu sagen. Nachdem ich aus Brisbane weg bin, war 'ne ganze Weile Ruhe. Und jetzt geht das wieder los.«

Sie nippte nachdenklich an ihrem Tee. »Also schön. Ich habe das Gefühl, daß diese Sache zu Ende gebracht werden muß, und die einzige Art, das zu tun, ist wohl, das verdammte Gold zu finden. Und der einzige Gegenstand, der meiner Ansicht nach da hinführen kann, ist das hier …«

Sie griff nach dem Stein, mit dem sie die Tischdecke am nicht benutzten Ende beschwert hatte, und drehte ihn um.

Wir hielten den Atem an. Mit der Unterseite nach oben hatte er unscheinbar ausgesehen, irgendein glattgeschliffener Stein aus irgendeinem Bach. Er war handtellergroß, abgeflacht, hatte die Form eines abgerundeten Dreiecks. Auf der jetzt nach oben gekehrten Seite befand sich ein kompliziertes Muster aus Punkten und Linien; abstrakt, aber nicht zufällig. Pigmente aus zu Pulver zerstampften Steinen waren verwendet worden, ocker, rötlich und weiß. Es sah nach einem Werkzeug der Aborigines aus.

Emily streckte den Arm aus und ließ das Ding in Rhondas Hand fallen. Sie zuckte zusammen, als es ihre Handfläche berührte.

»Unheimlich, nicht wahr?« sagte Emily. »Ich hab es sowieso nie leiden können. Ich nenne ihn den *worrystone* – den Sorgenstein. Bin froh, wenn er mir aus den Augen ist.«

Wir sahen uns das Muster genau an.

»Es könnte eine Schlange darstellen – an einem Wasserloch?«

»Könnte ebensogut ein Schwarm Vögel sein und eine Wolke oder ein Weg …«

»Ein Weg?«

»Es ist auf der Seite etwas eingeritzt«, sagte Emily, »deshalb glaube ich, daß es irgendwas mit der Fundstelle zu tun hat. Der Dudek hat sonst nichts aufgehoben, das nicht irgendeinen praktischen Wert hatte. Und mit diesem Ding, da hatte er sich sogar richtig Mühe gegeben, hatte es im Saum einer Decke eingenäht, die der Ranger zusammen mit seinen anderen paar Habseligkeiten meiner Mutter gebracht hat: Kleidung, Werkzeuge, eine Familienbibel aus Polen, etwas Goldstaub, ein paar Münzen. Sie hat alles gleich weggegeben oder verbrannt – bis auf diesen Stein. Seht ihr: die Zeichen und Buchstaben auf der Seite, die sind nicht von einem Aborigine, soviel steht fest. Aber ich hab nie was damit anfangen können.«

Wir drehten den Stein, bis wir sie fanden: dünne Linien, mit einem Nagel oder etwas Ähnlichem ziemlich hastig und krakelig eingraviert: ein großes N, ein W, eine römische Drei – oder noch ein N? – ein X, ein Pfeil und noch ein X mit einem Querbalken darüber. Wir waren aufgedreht und voller Vorfreude.

Emily schien nicht glücklich. »Vielleicht hätte ich das Ding einfach wegwerfen sollen, aber ich konnte nicht. Ich habe immer das Gefühl gehabt, als ... als ob der Stein nicht an dem Ort war, wo er hingehörte, und dort wieder hin wollte, als ob er ...« Sie hustete verlegen. »Nein, das ist wirklich zu albern. Ich spinne mir da was zusammen. Also seht zu, was ihr herausfinden könnt.«

Sie stand abrupt auf und scheuchte uns hoch. »Macht, daß ihr verschwindet! Ich habe nicht den ganzen Tag Zeit, muß den Laden wieder aufmachen. Es könnte sonst ein Tourist verdursten!«

Sie kam noch mit bis zu ihrem ordentlichen kleinen Parkplatz. Dort umarmte sie Rhonda, schüttelte mir die Hand und sagte: »Ich wünsche euch Glück, Kinder. Ich habe so das Gefühl, ihr werdet es brauchen.«

Wir bedankten uns und stiegen auf die Harley. Als ich die Maschine anließ, hielt Emily sich die Ohren zu, aber dann, als wir zur Straße rollten, kam sie uns noch ein paar Schritte hinterhergelaufen und schrie: »Das Gold könnt ihr behalten, wenn ihr es findet, aber kommt wieder und erzählt, wie alles ausgegangen ist! Alte Leute sind neugierig!«

Rhonda nickte, hielt die Daumen nach oben und winkte, bis Emilys Haarschopf nur noch ein kleiner weißer Punkt in der endlosen rotglühenden Weite der Lavafelder war.

Sieben

Auf der ganzen Fahrt zurück zur Küste hatte ich das Gefühl, verfolgt zu werden. Da war dieser Punkt im Rückspiegel; nicht nahe genug, um ihn identifizieren zu können, aber immerhin ein Punkt mit einer Staubfahne; ich behielt ihn im Auge.

Es waren Wagen in unserer Richtung unterwegs, wenige, aber die meisten von ihnen kamen viel näher heran, überholten uns oder blieben zurück, um abzubiegen. Es waren entweder Einheimische, die dann auf den Staubstraßen nach rechts oder links verschwanden, oder Touristen, die es eilig hatten, aus dieser überdimensionalen Bratpfanne an die Küste zu gelangen. Aber dieser Punkt mit der Staubfahne blieb nicht zurück, bog nicht ab und kam auch nicht näher.

Als wir anhielten, weil ich pinkeln mußte, dachte ich, daß er-sie-es-was-auch-immer jetzt vorbeikommen müßte. Ich hoffte, dem gemächlichen Tempo nach zu schließen, auf einen anderen Harley-Fahrer, aber der Punkt hielt auch an. Seltsam, sagte ich mir, daß jemand genau die gleiche Geschwindigkeit fährt und dann auch noch zum gleichen Zeitpunkt pinkeln muß.

Ich begann, ihn-sie-es zu testen; drehte auf, fuhr fast Schritt, hielt an und drehte auf. Es konnte keinen Zweifel mehr geben: Wir wurden beschattet.

»Halt dich fest, Baby«, sagte ich zu Rhonda, »ich will mal was sehen.«

Ich fuhr ein längeres Stück ziemlich schnell, stieg dann – »Jetzt Achtung, Rhonda!« – auf die Bremse, drehte schleudernd die Maschine um und raste dem Punkt entgegen. Es war ein Pkw, der eilig zu wenden versuchte, aber sie hatten zu spät reagiert. Außerdem waren sie beim Versuch zu wenden mit den Antriebsrädern in den Sand geraten, und da standen sie jetzt für uns richtig auf dem Präsentierteller.

Es war ein hellblauer Toyota, neuer und nicht so zerdellt wie die Karre von Rhondas Mutter.

Wir rollten vorbei – die Harley in ihrem schönsten bedrohlich grollenden Baß, den sie nur hat, wenn man sie langsam rollen läßt. Dann sahen wir in die verdutzten Gesichter von Jim und Holly.

»Na sieh mal an, wen haben wir denn da. Wenn das nicht interessant ist.«

»Wußtest du, daß sie den gleichen Wagen fahren wie deine Mutter?«

»*Sure,* den Wagen fahren hier ein Haufen Leute, ist der billigste, den man zur Zeit gebraucht kaufen kann. Halt doch mal an, ja?«

Ich wendete wieder, hielt neben dem Wagen.

Jim schob den Kopf aus dem Fenster, grinste, hob grüßend die Hand vom Steuer und sagte: »Hallo, Rhonda, auch Saphire suchen?«

»Klar«, sagte Rhonda. »Und? Habt ihr was gefunden?«

»Nee«, sagte Jim. »Kein Stück. Ist mir eigentlich auch zu dreckig, diese Arbeit.«

»Ach, und ich dachte, dir ist keine Arbeit zu dreckig«, gab Rhonda zurück und stieß mich mit dem Finger in den Rücken. Zeichen zum Abfahren.

Ich gab Gas, und nach ein paar Meilen ging das Spiel von vorne los. Es konnte uns eigentlich egal sein. Wir hatten ja nicht vor, direkt zum Schatz zu fahren, wenn es einen gab, wenn wir überhaupt gewußt hätten, wo anfangen mit dem Suchen; aber wir wollten gern die Nacht wieder am Strand verbringen, kuschelig im *kingsize*-Schlafsack, und dabei wären wir gern ungestört gewesen.

Also mußten wir sie loswerden.

Durch Schnelligkeit war das nicht zu machen, da waren sie uns klar überlegen. Es gab auch nur die eine Straße; es blieb uns nichts anderes übrig, als einen Trick zu versuchen, wie in irgendeiner zweitklassigen Detektivschmiere.

Kurz vor Rockhampton hielten wir an einer Tankstelle mit *coffee shop*. Ich tankte in Ruhe und besah mir die Maschine. Die Kette schien mir etwas heiß und trocken zu sein, also sprühte ich sie in laufendem Zustand mit einem Schmiermittel ein, dann gab ich noch einmal Öl drauf und ließ den Motor eine weitere Minute laufen, bevor ich ihn abstellte. Anschließend machten wir es uns in der Kaffeestube gemütlich.

Die ganze Zeit über hatten Jim und Holly auf der anderen Straßenseite gestanden und in der Sonne gebraten, aber langsam wurde es ihnen zu dumm. Sie fuhren auf den Parkplatz und stellten ihre Karre vor die Harley. Als sie sahen, wie Rhonda aufstand und in Richtung Klo verschwand, kam Holly nachsehen. Ich winkte sie an unseren Tisch, bestellte ihr ein Eiscreme-Soda und verwickelte sie in ein sicher ungeheuer spannendes Gespräch; um das Nachtleben, Alte und Neue Welt im Vergleich ging es, glaube ich.

Holly hatte das Damenklo im Blick, ich dafür Jim – er döste.

Nach einer Weile kam Rhonda zurück, ich bedankte mich artig bei Holly für ihre anregende Gesellschaft, zahlte, und wir gingen zum Parkplatz – Hollys wachsamer Blick folgte uns. Dann bugsierte ich meine Maschine vorsichtig durch die enge Lücke, die sie uns gelassen hatten, drehte den Zündschlüssel, trat den Kickstarter und fuhr los, ganz langsam, um nichts zu verpassen.

Holly stieg ein und Jim drehte den Zündschlüssel mit einem zufriedenen Grinsen – so leicht entkommt ihr uns nicht. Der Wagen sprang an; aber als Jim Gas gab, um aus der Parklücke rauszusetzen, war die Freude vorbei.

Blubber, blubber – aus.

Ich hielt an, wir schauten zurück.

Jim drehte fast den Zündschlüssel ab, der Anlasser quälte sich, mit null Ergebnis. Man hätte genausogut versuchen können, ein Schaukelpferd zu starten. Lockenköpfchen hieb mit der Faust aufs Lenkrad, brüllte seine Freundin an; die brüllte zurück.

»Was kann sie dafür«, sagte ich, während ich losfuhr. »Wie unerfreulich, solche Szenen.« Ein paar Meilen weiter: »Was hast du ihnen in den Auspuff gestopft?«

»Meine Ersatzunterhose.«

»In Ordnung. Von mir aus brauchst du überhaupt keine.«

Wir fanden, daß wir uns bis dahin ganz gut geschlagen hatten, deshalb leisteten wir uns zum Abendessen französische Leberpastete aus der Dose, Farmersalat mit Möhren und Mayo und zum krönenden Abschluß Baileys Irish Cream. Später, als das Feuer heruntergebrannt war und mit der Glut nur noch wenige Zentimeter in seinem Umkreis wärmte, betrachteten wir in der Höhle unseres Doppelschlafsacks den Stein im Licht der Taschenlampe.

»Ich glaube, es ist eine Schlange«, meinte Rhonda.

»Glaubst du, es ist echt – von den Aborigines, meine ich? Er könnte ja auch zur Tarnung so im Stil wie die Aborigines gemalt haben, und in Wirklichkeit ist das hier ein Weg und das … … das könnte ein See sein. Die Punkte hier, das wären dann Bäume.«

»Ich habe nicht die geringste Ahnung.« Rhonda drehte den Stein in der Hand herum, kratzte mit dem Fingernagel an der Farbe, zerrieb die Pigmente zwischen den Fingerspitzen. »Wir müßten jemanden fragen. Pete zum Beispiel. Jeder kann Aborigine-Zeichnungen nachahmen, und nur die Aborigines wissen, wie es wirklich gemacht werden muß, weil für sie jede Farbe und jeder Punkt oder Strich eine bestimmte Bedeutung hat. Das ist alles ziemlich kompliziert.«

»Entschuldigt, daß wir stören!«

Wir fuhren auseinander. Rhonda ließ den Stein in den Tiefen des Schlafsacks verschwinden. Jim und Holly kamen die steile Böschung zum Strand herunter. Holly stolperte, blieb mit ihren Stilettos an Baumwurzeln hängen, zog sie fluchend aus und watete barfuß durch den Sand. Dann ließ sie sich neben uns fallen.

Jim stellte zwei Sixpacks ab und warf Rhonda ihren öl- und rußverschmierten Slip zu. »Hier, hast du bestimmt schon vermißt, gehört sich nicht für 'ne junge Dame, so ganz ohne rumzulaufen.« Anschließend ging er Feuerholz suchen.

Seufzend zog ich im Schlafsack meine Boxershorts wieder an und kroch heraus.

Rhonda blieb, wo sie war, schleuderte bloß den Slip in die Glut (es qualmte unangenehm, aber das war gleich vorbei) und funkelte böse aus ihrer Höhle.

Holly lächelte honigsüß.

Als Jim das Feuer wieder in Gang hatte, setzte er sich ganz gemütlich zurecht.

Ich sah ein, daß wir sie vorerst kaum loswerden würden, bot rundum von meinen Zigaretten an und akzeptierte ein *Foster's*. Es ging mir gut in die Birne, das warme Bier auf den Baileys, aber das merkte ich nicht gleich.

Das Meer war zurückgekommen, und man konnte schon von ganz weit weg hören, wie die kilometerlangen, ruhigen Wellen gleichmäßig herangezogen kamen, bis sie, erstaunlich sanft für den ganzen langen Anlauf, den sie genommen hatten, hier auf den Sand schwappten, ein paar Muscheln und tote Quallen zu dem angehäuften Tang und Sand dazuschnipsten und mit leisem Gurgeln Platz für die nächste machten.

Wir sahen alle auf das Meer hinaus, auf die Lichtflecken, die Reflektionen des Mondlichts auf dem Wasser; sie begannen erst ein paar Meter vom Ufer entfernt, erst hier und da einer, in Richtung Horizont wurden es immer mehr, bis sie sich weit draußen zu einer leuchtenden Brücke vereinigten. Jemand begann plötzlich leise zu murmeln: »La Mar, so nennt man die See auf spanisch, wenn man sie liebt. Der alte Mann dachte immer an sie als an etwas Weibliches, als etwas, was große Gunst gewähren oder vorenthalten kann, und wenn sie wilde oder böse Dinge tat, geschah es, weil sie nicht anders konnte.«

Das haute mich ziemlich um; Jim zitierte Hemingway. Ein Tag voller Überraschungen. Rhonda warf mir einen Blick zu, tippte sich mit dem Finger an die Schläfe; sie wußte nicht, wovon er sprach, und dachte, er sei auf'm Trip, aber ich erkannte die Stelle sofort und ergänzte: »Der Mond beeinflußte sie, wie er eine Frau beeinflußt.«

Ich liebte diese Stellen besonders, wo Hemingway über das Meer schreibt, und die, wo er über Essen und Trinken schreibt; das ist, wo man mit ihm hören, sehen, fühlen, schmecken und riechen kann, gar nicht mal so besonders originell, kein gequältes Wortgewurstel; es ist einfach real, er läßt es werden, dadurch, daß er es hinschreibt.

Ich kann moderne deutsche Autoren nicht ausstehen, bin beim Lesen eigentlich eher faul, will verführt und nicht belehrt werden, möchte etwas erleben, dem Zauber der Worte erliegen, ohne daß ich merke, wie verzweifelt da die Fußhebel getreten und Spiegel geschoben werden. Ich liebe Hemingway, Joseph Conrad, Steinbeck, Faulkner, von den zeitgenössischen Geschichtenerzählern Anthony Burgess und Paul Theroux. Und da hatten, wie sich herausstellte, Jim und ich denselben Geschmack. Es dauerte nicht lange, da flogen zwischen uns die Zitate, Autoren, Titel, Lieblingsstellen hin und her, und sogar Rhonda, die sich für Literatur nicht besonders interessierte, aber gern ab und zu mal was Spannendes las, taute auf, fragte nach und nahm sich vor, einiges davon in Brisbane zu besorgen.

Holly war eine Zeitlang verschwunden, kam wieder mit einem Ghettoblaster und einer Auswahl von Kassetten; plötzlich ging ein Spliff um, *homegrown*, absolut Thai-Qualität, das australische Gras. Wir summten, schlugen den Takt auf den Schenkeln mit, und ich spielte Luftgitarre, bis mir die Arme weh taten. Es war eine von jenen Nächten, wie sie im Leben lange nicht oft genug vorkommen: das Meer, die warme Luft, die Musik, das richtige Mädchen im Arm und erstklassiges Gras, das dir den Kreislauf nicht wegsacken läßt und im Kopf dumpf und stumm macht, sondern dich sanft in die Umlaufbahn bringt. Musik ist der himmlische Superkleber für alles, was so kaputtgeht im Leben. Aber nur solange sie dauert.

Wie es immer so schön in Comics heißt: Stunden später ... Stunden später kam ich leicht benommen wieder auf der Erde an. Das Feuer war heruntergebrannt, Holly und Rhonda schliefen im Schlafsack aneinandergekuschelt. Jim beobachtete mich – hellwach.

»Okay«, sagte er, »laß uns reden. Du und ich.« Er adressierte mich, als sei das eine Sache unter Männern und die schlafenden Frauen hätten mit den von uns zu treffenden Entscheidungen nicht das geringste zu tun. »Wir wollen dasselbe. Du weißt es, ich weiß es, was sollen wir lange drumrum reden. Ich brauche Geld oder dieses Gold, ich brauche es verdammt dringend, und du hast nicht mehr Recht drauf als ich.«

Ich öffnete den Mund zum Protest, aber er winkte ab: »Wer's findet, dem gehört es, ja. Aber du hast jetzt zwei Möglichkeiten: Wir arbeiten zusammen, und ich will bemerken, daß ich mit Sicherheit ein oder zwei Sachen beisteuern kann, die ihr nicht wißt; ich bin nämlich schon länger dran.«

»Oder?« fragte ich.

»Oder wir hängen uns an euch wie die Kletten, und wir werden alles tun, um euch aus dem Rennen zu werfen. Dann hast du am Ende nichts.« Der clevere Gebrauch der Personalpronomen entging mir nicht. »Laß uns unsere Informationen zusammenschmeißen; du zeigst mir, was die alte Hexe euch gegeben hat, und ich zeige dir einen Original-Brief vom alten Dudek; schätze, zusammen macht das Sinn.«

Einen Brief? Ich war versucht, ich gebe es zu, aber tapfer und aufrichtig raffte ich meine benebelten Sinne zusammen: »Also, erstens hat uns Mrs. McIngall nichts gegeben ...«

»Komm, versuch nicht, mich für blöd zu verkaufen, Alter!«

»... zweitens hat Rhonda mitzuentscheiden ... und drittens bin ich müde.«

Ich wußte, wann es Zeit war, sich von der Party zu verabschieden, und ich weiß auch immer auf den Punkt genau, wann meine Klappe anfängt schneller zu funktionieren als mein Gehirn. Dann sollte man schleunigst den ganzen Laden dichtmachen.

Das tat ich jetzt.

Er spielte immer noch auf Sympathie: »Is in Ordnung, hombre, schlaf dich aus; bequatsch es mit deiner Alten, und dann sehen wir weiter. Überlegt es euch gut. Es wäre viel leichter so, und es ist sicher genug da: ein ganzer Teekessel voller *nuggets*, überleg mal, Mann. Wo das herkommt, da ist reichlich Nachschub. Laß uns zusammenarbeiten.« Er stand auf, gab mir einen freundschaftlichen Schlag auf die Schulter. »Ich mag dich, Mann.« Er klaubte seine kleine Freundin aus unserem Schlafsack, steckte sich ihre Stilettos in die hinteren Hosentaschen, grinste mir zu und stapfte mit ihr davon, vermutlich zu ihrem Auto, das irgendwo hinter den Dünen geparkt war.

Als es hell wurde, waren die beiden erst mal nirgends zu sehen. Mein Kopfweh kam vom Alkohol, nicht vom Rauchen, genau wie meine Leber sich mal wegen dem *booze* und nicht wegen dem Marihuana verabschieden wird. Es gehört zu den größten Seltsamkeiten unserer Kultur, daß wir gesellschaftlich subventionieren, was uns kaputtmacht, und die einzige bekannte Friedensdroge ohne Nebenwirkungen mit aller verbliebenen Kraft eines zunehmend hilflosen Exekutivsystems verfolgen. Lieber einen besoffenen Schläger als ein bekifftes Blumenkind.

»Was?!« brüllte Rhonda mich an, nachdem sie wach genug war, um einzusortieren, was ich ihr erzählt hatte. »Du hast mit dem Typ einen *deal* gemacht?«

»Hab ich überhaupt nicht«, verteidigte ich mich. »Bitte schrei nicht so – mein Kopf platzt. Ich habe ihm nur zugehört, das wird ja wohl erlaubt sein. Und ich habe ihm gesagt, daß wir das gemeinsam entscheiden, du und ich.«

»Das will ich meinen!«

»Eben.«

»Eben!« (Weiber.)

Dann ein Aufschrei: »Der Stein! Wo ist der Stein? Du bist blöd genug und läßt ihn dir klauen!«

»Wieso ich – wer hat denn so einträchtig mit Holly im Schlafsack gelegen? Das hätte ich übrigens nicht von dir gedacht ...«

Sie fauchte und kroch Kopf voran in den Schlafsack, tauchte wieder auf, erheblich besserer Stimmung: »Hier ist er.« Sie pfiff erleichtert, wickelte ihn in ein T-Shirt und steckte ihn ganz unten in ihre Reisetasche zur dreckigen Wäsche. Dann ging sie ihr Morgenpipi machen und, nachdem sie wieder da war, ich meins.

Wir spritzten uns ein bißchen im knietiefen Wasser ab, zu schwimmen trauten wir uns nicht. Es war Hochsaison für Jellyfish, die gefährlichen großen Feuerquallen. Schließlich sammelten wir unseren (und Jim und Hollys) Müll zusammen, enttarnten die Harley – gefunden hatten sie uns trotzdem – und fuhren frühstücken.

Wir sahen ihr Auto vorm nächsten Schnellrestaurant stehen, stellten die Harley daneben und gingen rein. Holly winkte uns an den Tisch wie die fehlenden Mitglieder einer Reisegruppe, ohne die man nicht abfahren kann. Rhonda aß ein *Vegemite*-Sandwich und trank schwarzen Kaffee. Ich versuchte, nach den Exzessen der letzten Nacht an meinem Körper etwas gutzumachen, und entschied mich für Veetabix Haferziegel, Orangensaft, frisch gepreßt, und Tee. Der Tee erwies sich als Fehler, speibittere *fannings*, man soll es eben mit der Gesundheit nicht übertreiben.

Wir saßen uns auf den Plastikzweisitzern gegenüber, eine Verhandlungskommission; schätzten uns mit Blicken ab.

»Und?« erkundigte sich Jim. »Ausgeschlafen? Beraten? Entschieden?«

»Na ja – jetzt kommt das Zeig-du-mir-deins-ich-zeig-dir-meins-Spiel, oder?« sagte Rhonda.

Ich staunte in mich hinein, wir hatten uns auf keinerlei Zusammenarbeit geeinigt, aber Rhonda schien zu wissen, was sie wollte.

»Ein Spiel, das mir immer schon besonders gut gefallen hat«, bemerkte Jim.

»Aber wer zuerst? Wir wissen ja nicht mal, ob ihr überhaupt was in der Hand habt, und ob sich das, was ihr – vielleicht – habt, für uns lohnt.« Rhonda tastete sich vor; ich ahnte, was kam, und hielt den Mund.

»Also, dann mach mal 'ne Ansage. Test«, sagte Jim.

»Okay. Steht in dem Brief, den ihr habt, irgendein Wort drin, wo die andere Hälfte der Karte ist?«

Das war frech. Und so offensichtlich, daß es offensichtlich nicht mehr offensichtlich war. So läuft es manchmal.

»Andeutungsweise«, platzte Holly heraus. Bingo!

Rhonda stand auf, ich folgte und verbeugte mich im Gehen: »Hat mich sehr gefreut.«

»Scheiße!« brüllte Jim. »Du kreuzdämliche Kuh!«

»Na bitte«, sagte Rhonda auf unserem Weg nach draußen. »Ich wußte, sie bluffen. Nichts haben sie. Kein Mensch in Birds Nest würde denen was erzählen. Die erzählen sich doch nicht mal untereinander was, wenn's um so eine Sache geht. Zu Miss McIngall sind sie auch alle heimlich geschlichen, jeder für sich. Typisch!«

Wir haben sie noch zweimal gesehen unterwegs, sie blieben bis kurz vor Brisbane auf der Küstenstraße hinter uns, dann überholten sie; Holly machte eine obszöne Bewegung aus dem Fenster, und während wir außenherum durch die Vororte in Richtung Berge abbogen, fuhren sie weiter aufs Stadtzentrum zu. Aber wenn wir gedacht hatten, jetzt in ein friedliches, verschlafenes Dorf zurückzukehren aus der großen weiten Welt, dann mußten wir feststellen, daß die große weite Welt das Dörfchen eingeholt hatte.

Schon in Birds Nest winkten uns Leute um Anhalten, Nachbarn und Freunde und die Sorte Mitmenschen, die immer ganz vorne dran ist, wenn es darum geht, schlechte Nachrichten zu überbringen, in bester Absicht natürlich und geschwollen vor Wichtigkeit. So hatten wir schon, bevor wir in Cedar Glen eintrafen, mindestens fünf verschiedene Versionen von dem Unfall gehört, eine immer blutrünstiger als die vorige; die übelste Version besagte, daß Janet Stephens lebensgefährlich verletzt sei, und falls sie es überstehen würde, vermutlich den Rest ihres Lebens im Rollstuhl verbringen würde, *sorry kid*.

Rhonda wurde kalkweiß unter ihrer hübschen goldbraunen Oberfläche; wir rasten, was der Motor hergab, die sechzehn Kilometer von Birds Nest zur Farm.

Und da saß Janet, die Beine hoch, dicke Kissen im Rücken, in einem Liegestuhl auf der Veranda, hatte ein Buch in der Hand, einen Eisbeutel auf dem Kopf und neben sich auf dem Butlertisch eine reichhaltige Auswahl an Getränken und Pralinen, mit denen sie sich tröstete. Sie blickte vom Buch auf, als sie uns kommen hörte, sah Rhondas entsetzt aufgerissene Augen und das blasse Gesicht und winkte ab: »Halb so schlimm, ich bin noch in einem Stück, nur ein bißchen angedellt.«

Sie hatte ein paar Rippen geprellt, einen Knöchel gequetscht, eine dunkelblau-violett schillernde Brüsche auf der Stirn und ein paar Kratzer, aber es war schlimm genug. Sie hatte abends den Toyota unten an der Molkerei stehenlassen, nachdem sie mit dem Melken fertig war; zu erschlagen, um noch selbst fahren zu wollen. Greg hatte sie im Kleinlaster mitgenommen. Das machten sie öfter so; keine Notwendigkeit, ständig mit zwei Autos in der Gegend herumzuknattern, wenn sie doch am Morgen wieder melken mußte. Morgens dann hatte Greg auf dem Weg zur Nordweide Janet wieder an der Molkerei abgesetzt.

Sie hatte mit dem kleinen Wagen zurück zur Farm fahren wollen. Da sind ein paar kräftige Steigungen auf der Strecke, und an einer Stelle, wo es steil abwärts ging, da merkte sie auf einmal, daß mit den Bremsen was nicht stimmte, trat die Pedale bis zum Bodenblech und pumpte, aber nichts rührte sich. Janet geriet nicht so leicht in Panik, sie hätte ja auch nur auf dem nächsten Stück nach oben ausrollen müssen, aber dann stand da plötzlich eine Kuh auf der Straße. (»Eine von unseren!«) Und schon hatte sie das Lenkrad verrissen, war in ihrer Blechkiste durch den Zaun gebrochen und den Abhang hinuntergekugelt, hatte sich mehrmals überschlagen, um dann schließlich an einem massiven Baumstamm hängenzubleiben. (»Keine Sorge: Der Baum steht noch.«) Sie konnte sich auch selbst aus dem Auto befreien, es hing so halb um den Stamm gewickelt; aber beim Herauswinden aus der Tür, die jetzt oben war, war die Tür zugefallen und hatte ihr übel den linken Fußknöchel gequetscht. Und dann hatte sie, weil der Verkehr nicht gerade dicht ist, eine Stunde mit dem Rücken am Zaun an der Straße gesessen, bis jemand zufällig vorbeigekommen war.

»Eine Stunde nur, denk mal, was 'n Glück«, sagte Janet, aber Rhonda konnte den Witz gar nicht goutieren; sie stürzte sich auf ihre Mutter und drückte sie.

»Du warst angeschnallt?«

»Du predigst es mir doch ständig.«

»Sie schnallt sich sonst nie an!« Rhondas Ton war anklagend.

»Diesmal schon.«

Aber jetzt kam der harte Teil der Geschichte, das fand nicht mal Janet komisch: Als sie den Wagen abgeschleppt hatten, wurde er in der Werkstatt untersucht, und da stellte sich heraus, daß jemand die

Leitung zur Bremsflüssigkeit durchtrennt hatte, sauber mit einer Zange durchgeknipst. Und bei den vielen steilen Straßen muß das Ergebnis dem Täter eigentlich als erstaunlicher Mißerfolg vorgekommen sein.

»Das war versuchter Mord«, sagte Greg später, »dafür kriegen wir sie an den Eiern!«

»Wen?«

»Na dieses saubere Pärchen, wen sonst. Der Fall ist ja nun wirklich eindeutig – neulich der Hund, jetzt das Auto. Schließlich stand es die ganze Nacht vor ihrer Tür. Aber das geht zu weit. Mike hat einen Haftbefehl gegen sie.«

»Wann ist das passiert?« frage ich.

»Müssen sie wohl gestern nacht gemacht haben. Heute früh ist der Unfall passiert.«

Rhonda schüttelte den Kopf: »Tut mir leid, dich zu enttäuschen, *Pa*, aber sie können es nicht gewesen sein.«

In dieser Nacht hatten wir mit ihnen am Strand gesessen, viele Kilometer entfernt von hier, und schönes, pures *sensemilla* genossen. Das mit dem Strand erklärten wir, allerdings nicht die Sache mit dem Joint; dafür hätten Rhondas Eltern wenig Verständnis gehabt, in dem Punkt waren sie ganz auf der Seite der »Lieber 'n besoffener Schläger als ein bekifftes Blumenkind«-Fraktion.

Es endete dann damit, daß wir nach Birds Nest mußten, um auf der Polizeistation unsere Aussage zu Hollys und Jims Entlastung zu machen, weil man nämlich schon eine staatenweite Suchaktion nach ihnen eingeleitet hatte.

»Seid ihr sicher? Schade, daß sie's nicht waren. Das hätte vieles vereinfacht«, war Mike Starks Kommentar.

»Wissen Sie«, überlegte Rhonda laut, »ich glaube beinahe, daß der Anschlag gar nicht meiner Mutter gegolten hat, sondern unseren Untermietern, eine Verwechslung, sie fahren nämlich einen ganz ähnlichen Wagen, gleiches Modell, gleiche Farbe, bloß neuer als unserer.«

»Möglich wär's. Die sind ja schließlich nicht gerade beliebt in unserer Gegend. Aber keiner von hier würde das auf so eine feige Art machen. Das glaube ich einfach nicht.«

Wir hatten sogar eine ziemlich genaue Vorstellung davon, wer sich an dem Wagen zu schaffen gemacht hatte und warum, aber das konnten wir durch nichts belegen, also behielten wir unsere Theorie für uns.

»Jim und Holly sitzen richtig tief in der Scheiße«, vermutete ich.

»Aber es ist ihre Scheiße, und deshalb interessiert's mich nicht«, meinte Rhonda.

Und wie würden wir weiter vorgehen? Wenn es sich bei dem Stein tatsächlich um ein Aborigine-Artefakt handelte, dann würde uns Pete sicher etwas dazu sagen können. Wir beschlossen, ihn in der Aborigine Community zu besuchen. Aber dazu kam es in den nächsten Tagen nicht.

Dadurch, daß Janet lahmgelegt war, mußte Rhonda den Haushalt schmeißen und melken, und ich half ein bißchen mit. Das erste, was ich gleich am nächsten Morgen tun sollte, war, drei Hähne einzufangen und ihnen die Hälse umzudrehen. Es gab zu viele Hähne für zu wenige Hennen, sie machten zuviel Krach, weil sie sich dauernd Kräh-Wettstreite liefern mußten, und sie streßten die Hennen. Da die Hennen wichtiger waren und ein Hahn genügte, erklärten mir Janet und Rhonda mit herzlosem Lächeln, mußten die armen Kerle sterben.

Hähne einfangen, Hals umdrehen, das hatte ich mir einfacher vorgestellt.

Sie kooperierten in keiner Weise, ließen sich nicht fangen; hatte ich endlich mal einen in eine Ecke getrieben, dann glipschte er mir durch die Finger, und daß ich mich wie ein Footballspieler der Länge nach in den Sand warf, erheiterte zwar Rhonda, schadete aber den Hähnen nicht weiter. Wütend und verschwitzt hatte ich dann endlich einen bei den Beinen, aber ich brachte es nicht fertig, ihn einfach umzubringen. Cindy schnaubte ungeduldig, nahm ihn mir aus der Hand, und – kracks! Ich mußte wegsehen – schon war's passiert.

Cindy und ich haben zusammen dann den Rest erledigt.

Der Tag war ruiniert.

Acht

Als wir endlich dazu kamen, Pete bei sich zu Hause aufzusuchen, war er nicht da.

Rhonda hatte mir den Weg zur Aborigine-Gemeinde von Japaljarra gewiesen, die ein gutes Stück außerhalb von Nirgendwo lag. Auf dem Weg durch ein enges Tal, das wie eine Schüssel mit Bäumen gefüllt war, bis zu den zackigen, drachenschuppenartigen Felsrändern angefüllt mit silbrigem Grün, hatten wir einmal halt gemacht, um einen Goanna passieren zu lassen, einen anthrazitfarbenen Waran, der gemächlich über die Straße latschte wie ein starrsinniger und sich seines Rechts auf Langsamkeit bewußter Großvater auf einem Zebrastreifen. Wir sahen ihn übrigens am nächsten Tag auf dem Rückweg wieder. Diesmal kam er von der anderen Seite.

Mein erster Eindruck von Japaljarra war: schäbig, unordentlich.

Japaljarra war eine Ansammlung von einfachen Häusern in Fertigbauweise, ziemlich heruntergekommen durch die starke Frequentierung. Großfamilien hausten auf engstem Raum, Türen und Fenster gab es nicht. Aber überall, selbst in den unmöglichsten Ecken und Winkeln, waren Hütten aus Wellblech, Ästen und Pappe zu sehen, während andererseits Häuser leerstanden. »Viele Aborigines verlassen Häuser, wenn darin jemand gestorben ist«, erklärte Rhonda. »Das ist auch so etwas, das die weiße Verwaltung nie kapiert hat.«

Auf den zweiten Blick fiel mir die Gelassenheit auf, mit der sich hier alle Leute bewegten. Auf den Veranden der Häuser saßen und lagen Kinder und Hunde, vor anderen Häusern sah ich Männer und Frauen in getrennten Gruppen zusammenstehen und schwatzen. Auf einem zentralen Platz saß eine Gruppe von Spielern im Kreis auf der Erde, Karten und Dollars flogen von Hand zu Hand, die einen strichen ihren Gewinn ein, die anderen holten neue Einsätze aus Stiefeln und Büstenhaltern hervor. Ein Verlierer hockte mit leerem Blick auf einer Öltonne im Schatten eines offiziell aussehenden Gebäudes.

Ein Hund verfolgte einen anderen, die beiden balgten sich, purzelten mitten in den Kreis der Kartenspieler; sie wurden aber weder getreten noch angeschrien, sondern nur unter gutmütigem Gelächter weggeschoben.

Einige der Kinder tanzten schon seit dem Ortseingang um uns herum, jubelten und bewunderten das große schöne Motorrad, das so herrlich Krach machte. Ein Junge stellte sich mir immer wieder in den Weg wie ein kleiner Torero; erst in letzter Sekunde hopste er quietschend vor Vergnügen weg und machte den Weg frei. Rhonda und ich sahen uns an und hatten dieselbe Idee; sie stieg ab, und ich fuhr ein paar Runden mit den Kindern. Das war vielleicht eine Eierei mit einem vor mir, einem hinter mir auf dem Sattel und dreien oder vieren, die sich irgendwo draufstellten und dranklammerten. Am Ende sind wir auch alle miteinander unter riesigem Gejohle in den Dreck gefallen. Die Kinder waren offenbar der Ansicht, ich hätte nun meine Pflicht ihnen gegenüber erfüllt, und ließen mich ohne weiteres Gezupfe und Gebettel gehen.

Rhonda winkte mir von einer der hölzernen Veranden.

Ich stellte die Maschine vor dem Haus ab und ging die drei Stufen hinauf. Oben kauerte auf dem Boden eine junge Frau und bemalte mit einem Stöckchen ein flachgepreßtes, ziemlich großes Stück Rinde. Als ihr Baby der noch feuchten Malerei gefährlich nahe kam, nahm sie mit der freien Hand einen getrockneten kleinen Kürbis und schüttelte ihn – die Kerne klapperten innen drin –, um das Baby abzulenken.

»Das ist Josy«, stellte Rhonda vor, »eine von Petes Töchtern.«

Josy sah zu mir hoch, lächelte und bot mir einen Platz auf dem Boden an.

Ich setzte mich zu ihr und zeigte auf das Bild. »Was sind das für Farben, die du benutzt?«

»Steinpulver, Ocker, den gibt es in Gelb und verschiedenen Braun- und Rottönen; dann benutze ich noch Holzkohle und Ton, die rührt man mit dem Saft einer Orchideenart an, dann halten sie besser«, erklärte sie im professionellen Ton einer Reiseführerin. »Ich benutze lieber Acrylfarben aus der Tube, aber dafür habe ich im Augenblick kein Geld. Und der Galerist in Sydney ist sowieso ganz verrückt auf Naturfarben – primitive Kunst ...« Sie sagte das spöttisch, ein bißchen herablassend.

»Und was stellt das dar?«

»Das hier ist ein Sternentraum, das ist der Weg, auf dem unsere Ahnen auf die Erde gekommen sind – da liegt die Milchstraße, und hier sind alles Orte, die sie geschaffen haben und an denen wir jetzt leben. Siehst du hier, der Blackdog Creek, und hier die Anderson Downs, wie ihr sagen würdet; für uns ist es ein schlafendes Känguruh.«

Ich konnte nur eine Spirale, Punkte und Striche erkennen, aber es gefiel mir, und es sah ganz ähnlich aus wie der Stein, den ich in der Satteltasche hatte.

»Lebst du davon – vom Malen?« fragte ich.

»Du meinst, ob ich damit genug Geld verdiene, um mein Essen und was ich sonst brauche bezahlen zu können.« Sie lachte. Sie hatte ein anziehendes, kluges Gesicht und ein warmes, ansteckendes Lachen.

»Sie ist eine der besten Malerinnen in ganz Queensland«, sagte Rhonda, »sie könnte in der Stadt leben und ein dickes Bankkonto haben, wenn sie wollte.«

»Whitefella-business!« erwiderte Josy verächtlich. »Rhonda, du wirst es nie verstehen! Was soll ich mit einem Bankkonto?« Sie stand auf, stellte das angefangene Bild zum Trocknen in die Sonne und nahm das Baby auf die Hüfte. »Soll ich deinem Freund die Gemeinde zeigen?«

Später lernte ich, daß Aborigines nicht gern von einem *settlement* – Siedlung – reden, weil diese Bezeichnung, die sich nur auf den Ort bezieht, sie zu sehr an ihre Zwangsansiedlung in Reservaten vergangener Zeiten erinnert; statt dessen benutzen sie viel lieber einen Begriff wie *community* – Gemeinde oder Gemeinschaft –, das entspricht eher ihrem Lebenskonzept. In ihren Augen definiert sich ein Ort ohnehin durch Menschen und Ereignisse und nicht aus dem Vorhandensein von Gebäuden.

Wir gingen durch den Ort, und Josy zeigte uns das Schulgebäude und den Supermarkt, mit je einem angeschlossenen Raum für Post und Bank, der seit kurzem von den Aborigines selbst betrieben wurde, allerdings mit einem weißen Manager.

»Warum ein weißer Manager?« fragte ich.

Josy war nicht beleidigt über die Unterstellung in der Frage. »Das ist leider immer noch ein Bildungsproblem«, erklärte sie. »Wir sind ja erst seit 1967 Bürger von Australien – nachdem wir 40000 Jahre hier gelebt haben –, und unsere älteren Leute hatten kaum Zugang zu irgendeiner weiterführenden Schulbildung. Sie haben keine höheren, keine *management jobs* gekriegt, woher sollten sie also das weiße Konzept von Geldgeschäften lernen? Und es gehen immer noch nicht viele von uns auf höhere Schulen, jedenfalls nicht die, die hier draußen wohnen. Die Kinder müßten dann weg von der Familie, in Internate, in denen hauptsächlich weiße Kinder sind, und davor haben sie Angst. Und außerdem finden viele von uns, daß sie an den weißen Schulen nur die eine Sichtweise der Welt beigebracht kriegen und vieles nicht lernen, was ein Aborigine wissen sollte.«

»Aber ihr habt jetzt doch hier einen schwarzen Lehrer«, sagte Rhonda.

»Ja, einen Aborigine und eine weiße Lehrerin. Das funktioniert ziemlich gut, aber es ist eben nur eine Grundschule.« Josy lächelte wieder. »Die Dinge werden besser. Wir schaffen es. Wir sind das Volk, das in zwei Zeiten lebt.«

»Hat dein Vater diesen Ort gegründet?«

»O nein. Aber er hat meinen Leuten ihren Stolz zurückgegeben. Weißt du, das hier war früher mal das Reservat, glücklicherweise wenigstens auf dem Land unserer Ahnen und nicht irgendwo anders. Wir haben lange darum gekämpft, daß es uns gehören sollte und noch einige Quadratkilometer drumherum, alles von unserem alten Gebiet, was nicht bebaut oder bearbeitet war. Viel war das nicht, und trotzdem hat's bis 1978 gedauert, bis wir endlich Recht bekommen haben. Das war Vaters Werk.«

Sie stieg über einen Hund hinweg, der mitten im Weg lag. »Und dann hat er seinen Leuten erklärt, daß sie versuchen müssen, für sich selber zu arbeiten, um nicht von der Wohlfahrt abhängig zu sein. Viele nehmen immer noch das *sitting down money.* Aber wie du gesehen hast, malen ein paar Leute hier, und Pete sorgt dafür, daß wir von den Galerien in Sydney und Brisbane faire Preise bekommen. Andere machen Basttaschen, Schmuck und Boomerangs für Souvenirläden. Wir haben auch eine eigene *cattle company* mit sechzig Anteilseignern, die investieren und sich auch umschichtig um die Rinder kümmern. Manche gehen auch als Saisonarbeiter auf die Farmen.«

»Und die anderen?«

»Es reicht. Jeder, der irgendwoher Geld verdient, versorgt eine ganze Menge anderer Leute mit. Das ist eine von den Sachen, die wir von unserer Tradition ins zwanzigste Jahrhundert gerettet haben: Niemand ist allein, wer etwas hat, sorgt für andere, die im Augenblick nichts haben, und dann ist es auch mal wieder umgekehrt. Das ist das einzige Bankkonto, das für uns Sinn macht: das Bankkonto der Beziehungen.«

Wir gingen zurück zu Josys Haus.

»Also, wenn wir Pete sehen wollen, dann müssen wir zur *outstation*, zur Außenstation?« fragte Rhonda.

»Wenn's dringend ist, schon. Keine Ahnung, wann er wiederkommt, aber er hat gesagt, daß er dorthin will. – Übrigens, ein feines Motorrad hast du da!«

»Ja – auch aus dem Bankkonto der Beziehungen.«

Josy lachte.

Also, das hörte sich nach mindestens einer weiteren Nacht im Freien an. Ich triumphierte innerlich, vor allem weil ich vorsorglich die Schlafsäcke mitgenommen hatte.

Wir gingen Proviant kaufen, und ich suchte in den Regalen und Kühlboxen nach Bier.

»Bier? Das werden Sie hier nicht finden, junger Mann«, sagte der Manager, der allem Anschein nach auch Kassierer und Packer war. »Auf dem Land der Gemeinde ist der Verkauf und das Trinken von Alkohol verboten!«

Ach, das hatte ich vergessen. Ich fand es schade, aber ich würde auch mal eine Nacht ohne Bier auskommen. Das Warenangebot war überhaupt frugal. Es war eben nur das da, erklärte Rhonda, was die Leute hier unmittelbar brauchten und auch bezahlen konnten, als äußerster Luxus Pfirsiche in Dosen. Früher hatte ein weißer Ladenbesitzer hier den Leuten die Sozialunterstützung mit teuren Leckereien aus der Tasche gezogen, aber damit war jetzt Schluß.

Wir kauften Tee, Dosenfleisch, Mehl und Salz und als Geschenk für die Bewohner der Außenstation Kekse und ein paar Rationen von dem zuckrigen Dosenobst.

Es war ein langer Weg, drei Stunden über eine zerfurchte und ausgewaschene enge Schotterstraße, durch zwei Bachbetten und durch rauhes Land. Als wir die Station erreichten, war es schon spät am Nachmittag; die Hitze hatte sich gelegt, und die Fliegen quälten uns nicht mehr ganz so sehr. Schon von weitem sahen wir das Windrad, mit dessen Hilfe der Brunnen der Station betrieben wurde; es stand dunkel vor dem orange und rosa durchzogenen Himmel; noch eins von diesen Postkartenbildern.

Die Außenstation war die letzte Chance für die Aborigines, ein Leben nach ihrem Geschmack zu führen, ein traditionelles Leben an dem Ort, wo »zu Hause sein« auch hieß: auf dem Land, mit dem Clan verbunden, an der Quelle des Lebens und am Ort ihres spirituellen Ursprungs zu sein. Ein paar Kilometer Grasland mit verstreuten Gruppen von Bäumen, ein paar Rindenhütten (in einer von ihnen stand der Generator, mit dem das Funkgerät betrieben wurde), ein Brunnen und ein Feuerplatz, eine Viehkoppel, ein paar Beete, auf denen Kürbisse, Zucchini und Süßkartoffeln gezogen wurden, weil das mit den Jägern und Sammlern in unserer engen Welt nicht mehr läuft – so sah die Station aus. Siebenundzwanzig Menschen lebten hier; nur Erwachsene und Alte und zwei Babys; keine Kinder über sechs Jahren, weil es für sie zu weit zur Schule gewesen wäre.

Petes Wagen, ein offener Jeep ohne Türen, stand mitten auf dem Weg.

Aber der Weg endete hier. Also parkte ich die Harley direkt dahinter, und wir luden gleich unsere Schlafsäcke und den Pappkarton mit den Lebensmitteln ab.

Pete hatte uns kommen hören. Er lief mit langen Schritten über den Platz auf uns zu: »Hallo! Schön, daß ihr uns mal hier draußen besucht!« Er legte seinen Arm um Rhonda und mir die andere Hand auf die Schulter. »Und es ist gut, daß ihr gerade heute kommt, das bringt sie dann gleich auf andere Gedanken!«

Er senkte die Stimme etwas. »Es hat nämlich Ärger gegeben. Irgendein Schwein hat den Jungs Alkohol verkauft. Stellt euch die Frechheit vor, bis hier raus mitten in unser Land erst den Schnaps zu schmuggeln und dann noch den Jungs für den fünffachen Preis zu verkaufen! Einer von ihnen hat auf 'ner Farm gearbeitet und hatte gestern seinen Lohn für einen ganzen Monat bekommen. Den hat er komplett in Schnaps angelegt, und dann hat es prompt 'ne Schlägerei gegeben. Und ich mußte schlichten.«

»Ach, Pete, du Armer!« sagte Rhonda. »Und jetzt haben sie vermutlich ein schlechtes Gewissen, und die Stimmung ist mies.«

So war es.

Aber die Stimmung wurde beträchtlich aufgeheitert durch unsere Ankunft und die Aussicht auf Dosenpfirsiche.

Wir trafen sie alle siebenundzwanzig später am Abend. Die Missetäter waren leicht zu erkennen, zwei verlegen grinsende junge Männer; der eine hatte einen blutigen Verband um den Arm, der andere ein zugeschwollenes Auge. Wir legten zusammen, was wir hatten, und so gab es ein bemerkenswertes *two time dinner*, halb Buschessen, halb zwanzigstes Jahrhundert; es gab gerösteten Emu (der war ein bißchen zäh) und *bunyanuts*: Die Früchte der Bunyapinien muß man sich vorstellen wie gigantische Tannenzapfen mit entsprechend gigantischen Samen drin, roh Eßkastanien ähnlich, gekocht ein Geschmack zwischen Nuß und Kartoffel. Rhonda machte *dampers* dazu, ungesäuertes Fladenbrot, nur aus Mehl und Wasser, schmeckte aber wunderbar, so frisch und krustig direkt aus der Glut. Zu trinken gab es Tee, und hinterher löffelte alles begeistert die süßen Pfirsiche aus den Dosen – allerdings ich nicht: Zerkochtes Obst ist mir zuwider.

»Keine Chance, ihn jetzt zu fragen, oder?« flüsterte ich Rhonda zu.

»Besser nicht«, flüsterte sie zurück, »das sollten wir lieber erst mal allein mit ihm besprechen. Morgen früh.«

Mir gegenüber am Feuer saß ein sehr alter Mann, grauhaarig und ausgemergelt. Er hatte nicht gesprochen, aber unsere Blicke kreuzten sich mehrmals über den Flammen; er beobachtete mich.

Irgendwie hatte ich plötzlich die Vorstellung, er wüßte von dem Stein, spürte seine Anwesenheit. Mehrmals an diesem Abend, während wir aßen und uns unterhielten, schienen meine Gedanken ganz gegen meinen Willen abzutreiben, und die seltsame Zeichnung auf dem Stein erschien vor meinen inneren Augen. Etwas in mir flüsterte: »Gib ihn zurück. Er gehört dir nicht. Gib ihn zurück.«

Ich mußte meinen Kopf schütteln wie ein Bär, der Kopfweh hat, um wieder in die Realität des Lagerfeuers und die laufende Unterhaltung einzusteigen. Jemand erzählte eine wüste Lügengeschichte über Sergeant Stark und ein Opossum auf einem Dach: »... das Opossum war längst über alle Berge, und da hing er oben am Dachrand und wurde nur noch von seinem Unterhosengummi gehalten, das an einem Nagel hängengeblieben war. Sie mußten die Feuerwehr holen, um ihn da runterzuhieven ...«

Brüllendes Gelächter.

Sie liebten Geschichten, in denen Stark als Trottel dastand, seit er einige von ihnen wegen »Fluchens« eingesperrt hatte. Aborigines dürfen in der Öffentlichkeit nicht fluchen, dabei hatte ich hier draußen kaum einen weißen Australier kennengelernt, bei dem nicht jedes zweite Wort ein Kraftausdruck gewesen wäre. Also haßten die Aborigines den Sergeant und machten ihrer Erbitterung mit bösen Witzen Luft.

Als ich mich wieder nach ihm umsah, war der Alte nirgends zu sehen.

Aber wenig später hörten wir ein seltsames Lied, ein Geräusch zwischen Brummen, Bellen und Trommeln; das Didjeridoo, ein langes hohles Rohr aus Eukalyptusholz, das bekannteste traditionelle Instrument der Aborigines. Es kam von irgendwo aus dem Busch, von einem erhöhten Punkt, einem Felsen wahrscheinlich, so wie der Klang getragen wurde.

»Das ist der alte Munggaraui. Er ist einer der Geschichtenerzähler, einer der Bewahrer der Tradition. Er spielt, damit die anderen sich erinnern, wo sie herkommen«, raunte Pete uns zu.

Die Gespräche erstarben. Wir begannen alle, ins Feuer zu starren und unsere Gedanken treiben zu lassen.

Das Didjeridoo hat, wenn es in der richtigen Umgebung gespielt wird, eine magische Ausstrahlung. Wenn noch irgend etwas Magie besitzt auf dieser Welt, dann dieses Instrument.

Es war eine Zeitreise, auch für mich, eine Reise zu einem schwebenden Ort außerhalb der Zeit; es lief mir kalt den Rücken herunter, so machtvoll und suggestiv war dieser Klang. Die Nacht, das Mondlicht trugen dazu bei, den blanken Spiegel meiner Wahrnehmung zu trüben; es war, als ob sich die glatte Oberfläche in milchiges Wasser verwandelt hätte; Wellen und Kräusel liefen darüber, die Farben meiner Erinnerung wurden matt, und die brausende Welt des zwanzigsten Jahrhunderts verschwand in der Falte eines ausgebreiteten Zaubermantels, der ein Lied war.

Für einen kurzen Augenblick fühlte ich die forschenden, schwarzen Augen von Munggaraui auf mich gerichtet, und es schien, als ob er mir eine Tür aufhalten würde, eine Tür in eine Welt voller Wahrträume und lebender Legenden.

Ich muß gedöst haben oder dort am Feuer glatt eingeschlafen sein, aber die Musik schwebte an den Grenzen meines Bewußtseins. Später verstummte sie und machte den Buschgeräuschen Platz.

Als ich aufwachte, fühlte ich mich allein und traurig, als hätte man mir etwas Wertvolles weggenommen. Sie waren alle fort, schlafengegangen. Der alte Mann hatte zu spielen aufgehört.

Die Nacht war wieder eine ganz gewöhnliche Heute-Nacht; ich kroch zu Rhonda in den Schlafsack und hielt sie an mich gepreßt, wie ich als Kind meinen Kuschelhasen an mich gedrückt haben muß.

»He! Wach auf!« Ich öffnete langsam die Augen, blinzelte in die Sonne und wußte erst überhaupt nicht, wo ich war. Dann sah ich Petes grinsendes Gesicht unter dem hellbraunen Akubrahut, erweiterte mein Blickfeld auf sein sauber gebügeltes Hemd und den Taschenrechner in seiner Hand; er hatte gerade ein paar Kalkulationen über den Viehbestand der Station gemacht, und wie ich ihn so ansah, fielen mir meine wilden Träume der vergangenen Nacht wieder ein.

Im hellen Tageslicht fühlte ich mich plötzlich wie ein kompletter Idiot.

»Komm! Deine Freundin hat schon Frühstück gemacht!«

Die anderen Aborigines waren unterwegs oder im *camp* bei der Arbeit.

Ich wusch mir den Kopf mit kaltem Wasser aus einer Tonne und setzte mich zu Pete und Rhonda an einen Campingtisch, um Spiegeleier mit gebratenem Dosenfleisch zu essen.

»Was war los mit dir?« flüsterte Rhonda. »Du warst etwas weggetreten gestern abend. Hast du heimlich was geraucht?«

»Nein – keine Ahnung, vielleicht ein bißchen zuviel Sonne.«

Da wir ihn jetzt für uns allein hatten, holte ich den Stein aus der Satteltasche, wickelte ihn aus einem Stoffetzen aus und hielt ihn Pete hin.

»Sag uns mal, was das ist, Pete«, bat Rhonda.

Er drehte das Stück in den Händen herum. »Wo habt ihr das her?«

»Hat Gabriel in Brisbane in einer Galerie gekauft.« Rhonda log, ohne rot zu werden.

Pete stutzte eine Sekunde lang, schaute ungläubig, aber dann griente er fröhlich: »Da ist er beschissen worden. Von den Aborigines ist das nicht. Welche Galerie war denn das, ›Rainbowtree‹?«

»Ja, irgend so was«, stotterte ich.

Pete machte Anstalten, den Stein einzustecken. »Denen werde ich was erzählen! Ich sage dir was, Gaby, ich muß sowieso nächste Woche ein paar von unseren Bildern hinbringen, dann sollen sie mir dein Geld zurückgeben, oder ich suche dir was Echtes im gleichen Wert aus, okay? Was hast du bezahlt dafür?«

Ich dachte an die Musik letzte Nacht, an die forschenden Blicke des Alten und fand auf einmal, daß Pete ein bißchen zu glatt und zu schnell reagiert hatte. »Nein danke, Pete, ist nicht nötig. Ich habe nur fünf Dollar dafür bezahlt, und er gefällt mir, auch wenn er nicht echt ist. Ich möchte ihn behalten.«

Er lächelte und ließ den Stein leichthin in meine ausgestreckte Hand fallen. »Wie du willst.«

Neun

»Da denkst du, du kennst einen Menschen, und dann so was«, sagte Rhonda.

»Wieso, was stimmt nicht?«

»Hattest du das Gefühl, daß Pete ehrlich zu uns war?«

»Na ja – jetzt wo du fragst ... Ich könnte nicht genau sagen, was mich mißtrauisch gemacht hat. Immerhin ist er der Experte in Aborigine-Kunst und nicht wir. Aber trotzdem ...«

Rhonda drehte eine ihrer Haarsträhnen um den Zeigefinger und betrachtete das Ergebnis versonnen. »Er sagt, das Ding sei nicht echt, und bietet dir an, es umzutauschen.«

»Ich hatte irgendwie das Gefühl, er ist ganz scharf drauf.«

»Genau. Und zufällig weiß ich von Josy, daß sie gerade eine Ladung Bilder verkauft haben und erst wieder neue machen müssen.« Sie schüttelte belustigt den Kopf. »Es hat Streit gegeben, weil ein paar von den Malern fanden, daß sie Fließbandarbeit machen, und gestreikt haben.«

»Er muß also nicht nächste Woche nach Brisbane. Er hat gelogen.«

»Vielleicht – aber das würde ihm so gar nicht entsprechen. Ich kenne ihn doch schon, seitdem ich aus den Augen gucken kann, und ich konnte ihm immer völlig vertrauen. Es muß einen wichtigen Grund geben dafür, daß er den Stein selber haben will.«

Ich ließ meine Hand unter ihrem T-Shirt hochwandern und knabberte an ihrem Ohr – eine Nacht neben ihr im Schlafsack und dabei brav sein müssen ... Ich fühlte ein entschiedenes Nachholbedürfnis.

Sie wich mir aus und schob meine Hand weg. »Laß das! Nicht jetzt, bleib doch mal einen Augenblick ernst.«

»Ich bin völlig ernst – ernsthaft daran interessiert, dich zu vögeln, hier und jetzt.«

Hier und jetzt war ein Heuschuppen hinter der Farm am späten Nachmittag; die größte Hitze war vorbei, keiner da außer uns beiden. Die ideale Gelegenheit; ich liebe Sex am Nachmittag.

»Nein, warte, ich will nachdenken!« sagte Rhonda.

Ich verdrehte die Augen und ließ mich ins Heu fallen. »Wahrscheinlich würde er selber gern das Gold finden, die *community* könnte sicher Geld gebrauchen, so wie's da aussieht.«

»Möglich – da es ja einen Zusammenhang zu geben scheint zwischen der Herkunft von Dudeks Gold und diesem Stein. Es gibt einige Aborigine-Clans, die ganz bequem von der Verpachtung von Schürfrechten an Minengesellschaften leben.«

»Andererseits ...« Ich setzte beim Reden meine Bemühungen fort. »... hat Pete ja jetzt den Stein und die Zeichen darauf gesehen. Angenommen, er kann damit was anfangen, und davon kannst du mal ausgehen: Wozu braucht er dann jetzt noch den Stein selbst?«

»Um ihn sich noch mal genauer anzusehen? Nein – ich denke: Das Ding hat irgendeinen spirituellen Wert, und Dudek hätte ihn gar nicht besitzen dürfen. Manche Gegenstände und Zeichen sind geheim und dürfen nicht von Unbefugten gesehen oder berührt werden.«

»Stimmt.«

Ich hatte mich an ihrem Oberschenkel hochgetastet, meine Hand lag zwischen ihren langen schlanken Beinen und massierte sanft den Eingang zum Wunderland. Sie reagierte endlich so, wie ich es mir wünschte. Ich konnte durch den Stoff einen hübschen kleinen Hochofen spüren, sie ließ sich zu mir herunterrutschen, plötzlich so weich und nachgiebig, als hätte sie keine Knochen. Das Heu ließ mich an ein bestimmtes Playboy *Centerfold* denken, und ich brauchte nicht viel Überredungskunst, um sie auf Hände und Knie zu bringen. Unsere Chemie war einfach so. Es funkte, sobald wir uns berührten. Da war dieses Kribbeln im Nacken und zwischen den Schulterblättern, ein wohliges Gefühl von Schwäche in der Magengegend und eine akute Verengung jeglichen Denkens und Wollens auf den nächsten gloriosen Fick.

So endeten alle Unternehmungen und Gespräche. Wir haben es überall und auf alle Arten miteinander getrieben. Ich hätte meine Finger nicht von ihr lassen können, wenn lebenslänglich drauf gestanden wäre.

Später ging Rhonda irgendwas arbeiten, und ich verdöste den Rest des Tages im Heuschober.

Beim *dinner* erzählten wir ihren Eltern, was wir vorhatten; Rhonda hielt das für besser.

»Oh, was für'n Quatsch!« sagte Greg, aber Janet, von Natur aus romantischer veranlagt, unterstützte uns.

»Na, laß ihnen doch ihren Versuch. Wahrscheinlich kommt nichts dabei raus, so fieberhaft wie hier in der Gegend schon alles abgegrast worden ist, aber irgendwo muß es ja sein, und irgendwer wird es mal finden. Warum nicht Rhonda und Gabriel?«

»Also von mir aus«, knurrte er, »aber vergiß deine Pflichten nicht, Rhonda. Ich brauche dich morgen.«

»Okay, *Dad*, kein Problem!«

Sie konnten uns nichts Neues erzählen. Gregs Vater hatte sich damals nicht für die Sache interessiert, und er war auch nie ein großer Kneipengänger gewesen, so daß er nicht zu denen gehört hat, die, von Dudeks Auftritt angefeuert, zeitweise dem Goldrausch verfallen waren, bis sie, erfolglos und frustriert, wieder zu ihren Rindern, Pferden und Luzernefeldern zurückgekehrt waren.

Wir studierten zusammen den Stein.

»Ich würde sagen, da fragt ihr am besten Pete«, bemerkte Janet.

Als wir ihnen erzählten, wie seltsam Pete sich verhalten hatte, meinte Greg: »Wieso seltsam? Wenn Pete sagt, das Ding ist nicht echt, dann ist es nicht echt. Wahrscheinlich hat euch Emily McIngall zum Narren gehalten. Hätte mich sowieso gewundert, warum die einem aus Birds Nest irgendwie helfen sollte, so, wie man ihre Mutter behandelt hat. Ich würd's an ihrer Stelle nicht tun. Und damit Schluß. Wenn Gabriel seine Zeit verplempern will, dann ist das seine Sache, aber Rhonda, du wirst deine Arbeit tun, wie immer.«

»Ja, keine Sorge, *Pa*. Und bitte redet mit niemandem darüber.«

»Werde ich mich lächerlich machen?« brummte Greg, und Janet nickte ganz verschwörerisch und hob die Hand zum Schwur: »Ich sag kein Wort.«

Aber natürlich konnte sie sich doch nicht beherrschen, es war ja sooo interessant.

Ich konnte es mir deutlich ausmalen: Janet bei Annie Barnes in der Teestube, zwischen einem Schlückchen Chinatee und einem Bisquit.

»Hör mal Annie, stell dir vor … du darfst es aber niemandem weitersagen!«

Und Annie Barnes, die Apfelbäckchen gerötet vor Aufregung, endlich mal was los in der Stadt, rutscht ganz nah zu Janet ran: »Kein

Wort, Janet, nur über meine Leiche, aber sag mal, wo hatten sie denn diesen Stein her ... ach! Emily McIngall! Haben sie den Namen doch rausgekriegt. Schlau, die Rhonda, ganz deine Tochter, Janet!«

Und darauf heben sie noch ein Likörchen.

In dieser Nacht, als ich neben Rhonda im Bett lag, ihren Kopf an meiner Schulter, wachte ich ruckartig und schweißgebadet auf: Ich glaubte, ein Didjeridoo zu hören, sah Rhonda an, sie schlief, ohne sich zu rühren. Aber ich hörte es laut und deutlich. Es hatte wieder diesen hypnotisierenden Unterton, eine definitive Rattenfängerqualität.

Ich stand auf und ging zum Fenster, schaute in den Garten, und da, zwischen den verschnörkelten weißen gußeisernen Gartenmöbeln, stand Munggaraui, nackt bis auf einen Lendenschurz, mit weißen Linien bemalt. Die weißen Linien leuchteten im Dunkeln; und er stand einfach nur da, reglos, ein Skelett aus einer Geisterbahn, das sich verlaufen hatte, und starrte mich an.

Ich fuhr in meine Sachen, rannte hinaus in den Garten, aber als ich aus der Tür trat, war der Garten dunkel und leer.

Rhonda war schon fort, als ich am Morgen in die Küche kam. Nur die Schafe begrüßten mich mit zufriedenem Geschmatze. Sie waren dabei, den Tisch abzuräumen, da sie offenbar Toast und Erdnußbutter den in den Ecken aufgeschichteten Obst- und Gemüseresten vorzogen, verständlich, aber ich jagte sie trotzdem hinaus. Dann machte ich mir die üblichen Spiegeleier, fand eine unversehrte Tomate und schmorte sie dazu, kochte Wasser für Instantkaffee, stellte alles auf den Eßzimmertisch, breitete daneben eine Landkarte aus und legte den Stein auf die untere Kante. Er kam mir unverhältnismäßig schwer und kalt vor. Ich muß zugeben, daß es mir nach letzter Nacht unangenehm war, das Ding in der Hand zu halten. Ich berührte es mit einem spitzen Finger und stieß es ein Stück weiter weg.

Mit der linken Hand löffelte ich die Eier und biß zwischendurch vom ekligen sogenannten Vollkorntoast ab. Mit der rechten Hand fuhr ich auf der Karte spazieren, verglich die Umrisse von Bergen und Flüssen mit den Strichen und Punkten auf dem Stein, kam der Sache aber keinen Schritt näher.

Bei der Verdauungszigarette versuchte ich etwas anderes. Ich nahm mir die Ritzzeichnung auf dem Stein nochmal vor: Ein N, ein W – was wir für eine römische Drei gehalten hatten, sah mir jetzt eher nach zwei auf den Kopf gestellten L aus. Nein, die Linie war durchgezogen, ich hielt die Zeichnung näher an meine Augen, definitiv durchgezogen, also mehr ein unten offenes Rechteck. Und dann ein X, ein Pfeil und ein X mit einem Querbalken darüber. Das Ganze schien ziemlich hastig in die Oberfläche des Steins eingekratzt worden zu sein, wie etwas, das man in der Schule vielleicht unter vorgehaltener Hand auf einen Zettel kritzelt.

Wenn Dudek unter vorgehaltener Hand gekritzelt hatte, wer hatte ihm dann über die Schulter gesehen?

Also angenommen, NW hieß Nordwest, Nordwest von wo?

Ich nahm Birds Nest als Ausgangspunkt und entdeckte einen Hügel und einen Bach, die etwa in dem Verhältnis zueinander lagen, das einem bestimmten Teil des Bildes entsprach. Es war der felsige Buckel, von dem aus Greg und ich die Känguruhs beobachtet hatten. Das war einigermaßen vertrautes Gelände. Da würde ich anfangen. Vielleicht waren die drei Striche doch ein Zeichen für »drei« und der verbindende Strich darüber eine Schludrigkeit in der Hast. Ich packte mir ein fettes Lunchpaket, füllte einen Fünfliterkanister mit Wasser, steckte außerdem noch drei Flaschen Bier ein und checkte die Maschine gründlich, bevor ich losfuhr; ich wollte unterwegs keine Überraschung erleben.

Ich schrieb einen Zettel für Janet: *Werde heute mittag nicht da sein, bin den ganzen Tag unterwegs, habe mir ein Lunchpaket mitgenommen; danke. Gaby.*

Janet war immer sehr besorgt, ich könne beim Essen zu kurz kommen, aber ich sorgte schon dafür, daß das nicht passierte.

Ich fuhr zu der Stelle, erinnerte mich auch richtig, wo wir abgebogen waren, klemmte mir den Daumen an demselben Tor wie letztesmal, fand die Gruppe grauer glatter Felsen, den »Glatzkopf«, und schob die Harley auf der der Straße abgewandten Seite zwischen die Bäume. Man muß ja niemanden in Versuchung führen.

Ich stieg auf den Felsen und sah mir von dort die Umgebung an. Und da war auch der kleine Bach, die Entfernung würde etwa dreihundert Yards sein. Ich dachte daran, daß, wenn die Drei eine Drei war und für eine Entfernung stand, was an sich logisch war, es in englischen Maßen angegeben sein würde. Vielleicht aber auch nicht. Schließlich war Dudek gebürtiger Pole und hätte genausogut im europäischen Dezimalsystem denken können. Ein Yard sind null Komma neun Meter und ein paar Zerquetschte, also fast soviel wie ein Meter; dreihundert Yards hätte allerdings hinhauen können.

Optimistisch und beschwingt stiefelte ich direkt zu dem Bach hin und lud meinen Kram am Ufer ab: das Lunchpaket, eine kleine Schaufel, eine Picke und die Goldwaschpfanne. Das war ja fast zu einfach.

War es auch.

Ich schippte und siebte drei Stunden lang, wurde klebrig und ärgerlich und warf wütend die Schaufel auf die Erde. Ich aß meinen Lunch und trank Bier, beruhigte mich allmählich und überlegte: Du bist auch ein Trottel, mein Lieber, buddelst einfach so drauflos. Wozu sind denn dann die anderen Zeichen dagewesen – X, Pfeil, X? Irgendeine Marke in der Landschaft?

Ich sah mich um, ging ein bißchen am Bachbett entlang.

Als ich zurückkam, hörte ich jemanden Gitarre spielen. Ich ging schneller, und da saß Jim auf einem Stein neben meinen Sachen, hatte sich ein Bier aus meinem Vorrat spendiert und spielte; und das gar nicht schlecht. Ich erkenne eine gute Bluesgitarre, wenn ich sie höre.

Er lächelte mich an, spielte wie John Lee Hooker und Ry Cooder zusammen, *slide* und *bottleneck*; der Hals der Bierflasche glitt über die Saiten, und als er dann auch noch anfing zu singen, da mußte ich mich einfach ihm gegenüber hinsetzen, mir eine Zigarette ins Gesicht stekken und zuhören. Er hatte eine verdammt gute Stimme, warm und voll, aber mit dieser gewissen Schärfe, einer lasziven verlebten Heiserkeit, die erst die Dinge glaubwürdig macht, von denen der Blues berichtet: Weibergeschichten, Liebeskummer, Saufereien und Raufereien; ein Leben in vollen Zügen und ohne Rücksicht auf Verluste, ein Leben auf der Jagd nach Glück, ersatzweise auch billigen *kicks*.

Mit einem letzten Vibrieren von Glas auf Stahlsaiten ließ er die Musik ausklingen. Ich applaudierte. Jim konnte wirklich überzeugend sein, er hatte etwas, das mich zweifellos anzog.

»Verdammt, Mann, was ist los mit dir«, sagte ich, »du spielst fantastisch!«

Jim verneigte sich spöttisch, eine weiche Bewegung des ganzen Oberkörpers, ein wenig schlangenhaft.

»Du könntest Konzerthallen füllen. Statt dessen sitzt du hier draußen und verkaufst Stoff an kleine Schulkinder.«

»Ach, das war doch nur ein Witz. Wir haben die Bauerngören ein bißchen auf den Arm nehmen wollen. Ich habe andere Geschäfte laufen.«

»Ich kann mir schon denken, was für Geschäfte. Wetten, daß du das warst, der den Aborigines Alkohol verkauft hat?«

Er stellte die Gitarre so heftig auf die Erde, daß sie einen disharmonischen Protest von sich gab. »Ach, und du willst mir jetzt was über Moral erzählen? Der Verteidiger unschuldiger Kinder, Schwarzer und nicht ganz so unschuldiger Farmerstöchter. Der *sunnyboy*, der liebe Junge, den sich jede Mutter als Schwiegersohn wünscht.«

Ich öffnete den Mund, um zu widersprechen, aber er hob die Hand. »Nein, warte, sieh dich doch an: Ja, ich glaube, du bist ein lieber Junge, aber nur solange alles läuft, wie du willst. Du bist nicht besser als ich. Du spielst nur eine andere Rolle. Deine Gewinnformel ist das Nettsein, und dafür kriegst du eine ganze Menge, für dieses reizende Schuljungenlächeln, stimmt's? Und was bietest du außerdem? Oberfläche. Bei 'nem Typen wie dir dreht sich alles um sich selbst. Du machst auch nur, was dir paßt, also spiel dich nicht als Anwalt auf.«

Er hatte da einen wunden Punkt getroffen.

»Aber Rauschgift und Alkohol ...«

»Und was? Das ist eine Frage der Kultur, in der du lebst. Alle diese primitiven Kulturen, die ja angeblich so im Einklang mit der Natur sind, die also das romantische Ideal der Neuzeit sind, haben ihre Drogen. Pilze, Kava, Ganja, Opium – das ist natürlich. Was nicht natürlich ist, das ist die Droge Arbeit, die Droge Geldvermehrung, Zuwachsraten, und das ist es, was die Welt wirklich kaputtmacht.«

Er wußte, daß ich ähnlich dachte wie er, schließlich hatten Rhonda und ich ganz selbstverständlich sein Marihuana geraucht.

»Gut, aber es ist immer noch ein Unterschied, ob man aus freier Entscheidung einen Joint unter Freunden raucht, von mir aus auch mal Ecstasy nimmt, oder ob jemand süchtig gemacht wird, der sich nicht dagegen wehren kann. Die Kinder zum Beispiel ...«

»Ja, okay, das mit den *Kids* war ein Fehler. Es war 'ne blöde Idee, wir haben es gemacht, weil wir uns so über die Arroganz ihrer Eltern geärgert haben. Aber falls du jetzt von den Aborigines anfängst, erzähl mir nicht so was. Das sind erwachsene Leute, die wollen sich besaufen, also warum sollen sie sich nicht besaufen?«

»Sie können mit Alkohol nicht umgehen«, sagte ich; das hatte ich so gelesen.

»Ach nein? Aber das sind doch keine Tiere. Sie sind gleichberechtigte Bürger im modernen Australien. Sie können reden, denken, ja oder nein sagen. Aber sie sagen jajaja! Sei doch nicht so scheißliberal! Entweder frei oder unfrei, sage ich. Jeder hat das Recht zu leben, wie's ihm Spaß macht.«

Ich mochte diese Argumentationsschiene nicht, aber es fiel mir nichts drauf ein. Es war auch schwer zu verstehen, warum bei uns in den hochzivilisierten Ländern immer mehr Menschen, denen man tausendmal gesagt hat, wenn du dieses Zeug schluckst oder spritzt, dann bist du süchtig, dann ist dein Leben gelaufen, trotzdem damit anfangen. Schwäche ist für die Starken schwer zu verstehen. Und leicht auszunutzen.

Jim beobachtete mich, aus halbgeschlossenen Augen, nahm die Gitarre wieder auf die Knie, spielte ein paar Akkorde, ganz der sanfte Killer.

»Weißt du, ich will dir die Wahrheit sagen«, fing er wieder mit leiser Stimme an. Er klang bedrückt, ein ehrlicher Kerl, dem selber nicht gefiel, was er zu sagen hatte. »Wir sitzen richtig tief in der Scheiße, Holly und ich. Wir haben eine Weile als Kuriere gearbeitet, gut verdient, aber wir fanden, daß unser Schnitt doch armselig ist gegenüber dem, was die anderen an diesem Geschäft Beteiligten so machen.«

»Versuch's doch mal mit einem anständigen Job«, unterbrach ich ihn.

»Anständiger Job, ach Scheiße, was weißt du denn davon, du – Literaturstudent!« Er senkte die Stimme wieder und versuchte, ruhig und vernünftig zu klingen. »Ich eigne mich einfach nicht für'n *nine-'til-five-job*, ich hab's versucht. Ich werde wahnsinnig, wenn ich jeden Tag um dieselbe Zeit zu denselben Arschgesichtern ›Mahlzeit‹ sagen muß. Kapiert? Und von wegen Konzerthallen – wohl eher miese kleine Clubs mit Prolos, die zehnmal am Abend ›Waltzing Mathilda‹ hören wollen. Du mußt deine eigene PA mitbringen und gehst am Ende einer langen Nacht mit ein paar lumpigen Dollars in der Tasche nach Hause.

Also, um auf den Punkt zu kommen: Holly und ich haben was umgeleitet und versucht, auf eigene Tasche zu arbeiten. Das ist schiefgegangen, und jetzt stehen wir bei einem ganz fiesen Burschen in der Kreide. Und leider hat Holly, die einen hübschen Kopf hat, aber nichts drin, dem Boß was von dem Gold erzählt, das wir angeblich finden und mit dem wir unsere Schulden bezahlen werden.«

»Shit!« entfuhr es mir.

»Genau. *Fucking bloody fucking shit.* Das hat den Burschen nicht geduldiger gemacht, im Gegenteil. Er will es jetzt wissen. Und das bedeutet, *mate*, daß ich dich jetzt noch mal in aller Höflichkeit darum bitte, mit mir zusammenzugehen. Ich muß, und ich werde bekommen, was ich will. Es wäre mir allerdings lieber, das geschähe auf freiwilliger Basis. Ich mag dich.«

Ich mochte ihn auch. Er war mir nicht so fremd; er war skrupelloser und raffinierter, als ich je sein würde, aber ich bewunderte das. Und wenn ich es allein zu entscheiden gehabt hätte, dann hätte ich uns jederzeit zu einer GmbH & Co KG erklärt und hätte das Nichts gern mit ihm geteilt.

Für mich war es immer noch ein Spiel. Nicht für Rhonda allerdings. Sie hatte ihre Hoffnungen in einer Intensität darangehängt, daß ich begann, mich vor ihrer Enttäuschung zu fürchten. Und ich war sicher, das würde alles sein, was je dabei herauskam: Blasen an den Händen und ein bißchen Spannung.

Aber wie die Dinge lagen, war es auch ihr Projekt. Ich sagte ihm das.

Er nickte, bedauernd. »Sie kann mich nicht ausstehen.«

»Vielleicht solltest du mal Bluesgitarre vor ihrem Fenster spielen.«

»Dann könntest du mich nicht mehr ausstehen.«

Wir reichten uns die Hand, uraltes Männerritual, der Händedruck vor dem Kampf; er schulterte seine Gitarre und ging.

Ein paar Minuten später hörte ich ein Auto anspringen und davonfahren.

Ich packte meinen Kram zusammen, denn mir war so eine Idee gekommen, wohin ich meine Aktivitäten verlagern sollte. Vielleicht, dachte ich, habe ich mich bisher viel zu sehr auf die Malerei auf dem Stein fixiert. Ich wollte erst einmal versuchen herauszufinden, wo der Ausgangspunkt für die Anweisung NW III lag.

Die naheliegendste Möglichkeit war die Hütte, in der Dudek seine letzten Tage verbracht hatte. Ich wußte, sie lag irgendwo abseits der Straße auf der Grenze zum ehemaligen Reservat – in Richtung Küste war es nicht erweitert worden, sondern nur in Richtung auf die Berge war etwas dazugekommen.

Es muß eins oder halb zwei gewesen sein, als ich mich auf den Weg machte, und es kostete mich den besten Teil des Nachmittags, die Hütte zu finden. Ich mußte das Motorrad zurücklassen, das Gelände war zu uneben und der Boden zu weich, um sie die ganze Zeit zu schieben. Ich hatte mich immer wieder umgeschaut, einmal sogar hinter einer Kurve rasch ins Gebüsch geschlagen, um sicherzugehen, daß Jim mir nicht gefolgt war, aber während ich durch das offene Gelände streifte, wurde ich das Gefühl nicht los, beobachtet zu werden; ein Gefühl, das ich so unangenehm deutlich empfand wie einen ausgestreckten spitzen Finger im Rücken. Ich sah mich häufig um, konnte aber niemanden entdecken.

Im nachhinein fiel mir dann auch auf, daß kein Tier, kein Vogel zu hören war. Nur trockenes Laub raschelte, und Zweige knackten unter meinen Stiefeln.

Ich rannte beinahe in die Hütte hinein, als ich mich wieder einmal nervös umschaute.

Erstaunlich eigentlich, daß sie nach fast siebzig Jahren überhaupt noch stand. Es war eine solide zusammengeflochtene Hütte aus Holzpfählen und Zweigen, außen mit großen glatten Rindenstücken überzogen, rundlich wie ein Iglu, der ein bißchen die Form verliert, weil er in der Sonne zu schmelzen beginnt.

Innen fand ich die Reste eines ebenfalls selbstgebauten Betts, Regale voller rotem Staub, einen kleinen Holztisch und einen einzigen Stuhl, dessen Bastsitz längst vermodert war. Es standen sogar noch einige Pfannen und Flaschen herum, eine Spitzhacke und eine Schaufel lehnten an einer Wand, die Eisenteile durchgerostet, die Schaufel löchrig und die Pfannen ohne Böden.

Eine trostlose Vorstellung, hier ganz allein zu leben.

Ich sah mich gründlich um, aber das hatten andere vor mir auch schon getan, und ging wieder nach draußen. Dudek hatte doch tatsächlich, soviel Spießertum war immerhin übriggeblieben, mit weißen Kieseln eine Art Terrasse markiert auf der festgetretenen Erde vor seiner Hütte. Ich stand also auf Dudeks »Terrasse«, blinzelte in den

Himmel und versuchte, anhand des Sonnenstandes ungefähr die Richtung festzulegen. Ich wollte wenigstens eine Vorstellung davon gewinnen, wohin mich das brachte, die NW III.

Eine Zehntelsekunde bevor es mich traf, hörte ich das Knacken von einem dürren Blatt und dann, wie jemand zischend die Luft einzog, jemand, der sich auf eine unmittelbar vor ihm liegende Anstrengung konzentrierte, dann bekam ich einen harten Schlag ins Genick und Schwärze und Filmriß.

Als ich wieder zu mir kam, taten mir Kopf und Nacken weh, und es war dunkel.

Ich muß ein paar Stunden dort gelegen haben. Ich setzte mich auf, rieb mir den Nacken und versuchte, einen klaren Kopf zu bekommen. Als ich meine Taschen absuchte, fehlte fast nichts, Motorradschlüssel, Geld, Taschenmesser, alles noch da, nur der Stein nicht. Der Stein war weg.

Laut fluchend rappelte ich mich hoch und stolperte zu meiner Maschine.

Ich kam langsam voran, denn ich hatte einen Höllenrespekt vor Spinnen und Schlangen, tappte mit einem Stock auf dem Boden vor mir her, trat schwer auf, weil ich gehört hatte, daß solches Viehzeug dann von allein das Weite sucht. In der Hoffnung, daß sie besser sahen und genausoviel Angst hatten wie ich, tapste ich langsam wieder auf die Straße zu.

Ich fand auch die Harley, aber man hatte die Luft aus den Reifen gelassen, nur so zum Spaß.

Ich hätte vor Wut laut schreien mögen, aber es blieb mir nichts anderes übrig, als die Maschine zu schieben und zu hoffen, daß irgendwer zu später Stunde – ich hatte keine Armbanduhr und keine Vorstellung, wie spät es sein mochte – vorbeigefahren kam, was unwahrscheinlich war. Ich hatte einen elenden Durst und war dankbar, daß ich daran gedacht hatte, ausreichend Wasser mitzunehmen.

Nach einigen endlos langen Kilometern sah ich Licht auf einer Hügelkette auftauchen, es verschwand und erschien noch ein paarmal, dann hörte ich auch den Motor; es war ein Kleinlaster. Mir fiel nichts Besseres ein, als mein Feuerzeug zu schwenken, um auf mich aufmerksam zu machen.

Der Laster bog um eine Kurve, fuhr auf mich zu und hielt mit quietschenden Bremsen. Greg steckte seinen Kopf aus dem Führerhaus, Rhonda sprang vom Beifahrersitz und stand vor mir, überlegte eine halbe Sekunde, ob es verräterisch wäre, mich vor ihrem Vater zu umarmen, und kam zu dem Schluß, es sei ihr egal. »Gaby!«

Sie fiel mir um den Hals, aufrichtig erleichtert – was denn, doch soviel Gefühl?

»Wo warst du so lange, Junge?« fragte Greg. »Du solltest nicht allein sein, nachts im Busch.«

Ich erzählte ihnen, was passiert war.

»Hört sich so an, als ob eure Idee doch nicht so verrückt war. Irgendwer hat sie jedenfalls verdammt ernst genommen. Schaffst du es, das Motorrad hinten draufzuheben?«

»Ich fürchte, nein.« Nicht so wackelig, wie ich jetzt auf den Beinen war.

Greg kletterte heraus, und zusammen hievten wir die lädierte Harley auf die Ladefläche und sicherten sie mit Seilen hinter dem Führerhaus. Ich klemmte mich zwischen Greg und Rhonda, und es ging zurück zur Farm.

Selten ist mir ein hellerleuchtetes Haus in der Nacht schöner vorgekommen als in diesem Augenblick. Warm und freundlich tauchte Cedar Glen vor uns auf. Janet stand schon in der Tür; es war nach elf, und sie hatten sich Sorgen gemacht, daß ich vielleicht mit dem Motorrad verunglückt war und irgendwo hilflos im Straßengraben lag.

Ganz so schlimm war's nicht. Rhonda überlegte laut: »Aber wieso? Wie konnte jemand von dem Stein wissen? Das war's ja offenbar, was derjenige wollte. Mutter, hast du etwa …?!«

Janet wurde kleinlaut: »Nein, doch, eigentlich … es könnte sein, daß ich Annie Barnes gegenüber etwas erwähnt habe, aber …«

»Annie Barnes« schrie Rhonda, »o großartig. Dann weiß es jetzt die ganze Stadt!«

Janet war sehr zerknirscht und machte mir ein herrliches spätes Abendessen. Ich war ihr nicht böse, schließlich hatte ich mich selbst wie ein totaler Anfänger benommen. Warum hatte ich den Stein auch mit mir herumgeschleppt?

Als Pete am nächsten Morgen zum *smoko* erschien, wartete ich gespannt auf seine Reaktion. »Pete, du wirst es nicht glauben: Gabriel ist bei der alten Dudek-Hütte überfallen und niedergeschlagen worden, und man hat ihm den Stein geklaut, weißt du, den sie dir gezeigt haben, mit den Aborigine-Zeichnungen drauf«, plapperte Janet drauflos. Pete wurde blaß unter seiner braunen Haut. Er sah so ehrlich entsetzt aus, daß wir sofort jeden Verdacht gegen ihn fallenließen. Rhonda stieß mich unter dem Tisch mit dem Knie an, wir sahen uns an, die Andeutung eines Kopfschüttelns, nein – er hat nichts damit zu tun.

Rhonda hatte es ohnehin kaum angenommen, Pete war so eine Art Lieblingsonkel für sie, er würde keinem Gast der Familie etwas tun; er sei ohnehin völlig unfähig, irgendwem irgend etwas zu tun.

»Aber wer könnte es gewesen sein?« fragte Janet.

»Jeder, Mutter, jeder, nachdem du so freundlich warst, die Neuigkeiten auszustreuen.«

»Also wirklich – Rhonda!«

»Na ja, sie hat doch recht, Janet!« Greg war ärgerlich und fühlte sich in seiner Ehre gekränkt, weil seinem Gast offenbar durch die Schuld seiner Familie etwas zugestoßen war. »Du weißt doch, wie die Leute sind. Alles nette, ruhige Bürger, aber erwähne das Wort Gold, und sie verlieren den Verstand. Ich persönlich glaube nicht, daß irgendwas dabei rauskommt, und ich wünschte, Rhonda, ihr zwei hättet mit diesem Blödsinn gar nicht erst angefangen.«

»Dann hätten andere damit angefangen«, sagte ich.

»Wer?«

»Ihre Untermieter, Jim und Holly, die sind auch hinter der Sache her.«

»Denen würde ich alles zutrauen. *Anyway, kids* – es gibt Wichtigeres zu tun. Die Rinder müssen heute zum *billabong* getrieben werden, die warten nicht, bis wir Gold gefunden haben und ihnen Perrier servieren.« Er sprach es »Pärriäi« mit einem gummiartig durch den Mund gerollten »r«. »Es müßte endlich mal regnen. Unten in Townsville haben sie die Eisenbahnlinie gesperrt wegen der Überflutung, und hier bei uns kommt kein Tropfen!«

Vor der Tür, während Greg seinen Sattel auf den Laster lud, kriegten wir Pete noch mal zu fassen.

»Pete«, rief Rhonda, »warte mal. Bist du sicher, daß keiner von deinem Clan den Stein genommen hat?«

»Ja, das bin ich. Warum sollten sie?«

Er blieb bei seiner Version, daß der Stein nichts mit den Aborigines zu tun hätte, nachgemacht sei, wahrscheinlich von Andrzej Dudek selbst.

Aber etwas machte ihm doch Sorgen: »Ich denke wie dein Vater, Rhonda. Es wäre besser gewesen, wenn das verdammte Ding nicht wieder aufgetaucht wäre. Jetzt werden die Leute uns Aborigines mit dem Dudek-Gold in Verbindung bringen. Ich habe Angst davor, was das anrichten kann.«

»Wieso, Pete? Was kann denn irgend jemand tun?«

Seine Augen waren dunkel und nahmen den verschlossenen Ausdruck an, den ich so oft bei Menschen seiner Art gesehen hatte. Er wirkte bedrückt, gar nicht mehr offen und selbstsicher. »Wir leben erst seit wenigen Jahren wieder so zusammen, wie es sein soll. Unser soziales System ist noch sehr zerbrechlich. Jemand könnte das leicht durcheinanderbringen.«

»Aber, Pete, wenn Gold auf eurem Land gefunden werden würde, dann würde es doch euch gehören. Ihr könntet bestimmen, von wem und wie es ausgebeutet wird. Überleg doch, was ihr mit dem Geld alles tun könntet.«

»Du hast das Wort gerade gesagt: ausgebeutet. Rhonda, ich mag dich, aber dein Kopf ist durch und durch weiß. Ihr begreift Land als etwas, aus dem man alles herausholt im Austausch für Geld. Für uns ist das undenkbar. Unser Leben läßt sich nicht trennen von der Erde unter unseren Füßen, wir werden krank, wenn man uns den Kontakt zu unserem Land verweigert, indem man uns ins Gefängnis, in Reservate oder Missionen steckt. Unsere Seele stirbt, wenn man das Land zerstört.«

»Übertreibst du nicht ein bißchen? Es gibt viele Aborigine-Clans, die den Abbau von Mineralien auf ihrem Land gestatten und gutes Geld dafür kassieren.«

»Ja, aber sie sind nicht glücklich darüber. Einigen wird erst zu spät klar, was es bedeutet, bis die Minengesellschaften mit schweren Maschinen die Erde aufbrechen, ihnen das Land unter den Füßen abtragen und die Landschaft für immer verändern.«

»Aber du hast ja nichts zu fürchten. Du sagst ja, daß der Stein und das Gold nichts mit euch zu tun haben.«

»Hat er auch nicht – aber wer wird das glauben? Es wird Ärger geben. Ihr werdet sehen.«

Mehr wollte er nicht sagen. Er kletterte zu Greg in den Wagen, und sie fuhren in einer Staubwolke davon.

Zehn

Es hatte keinen Sinn, Annie Barnes Vorwürfe zu machen. Wenn man eine Kneipe oder eine Teestube betreibt, gehört Klatsch genauso zum Angebot wie Essen und Getränke.

Essen und trinken kann man auch allein zu Hause; die Funktion einer öffentlichen Mahlzeit geht weit über das Füllen des Magens hinaus. Bei dieser Beschäftigung behauptet man gleichzeitig seinen Platz, versichert sich seines Standorts innerhalb von Kiez und Gesellschaft und flickt die Netze seines Wissens.

Und das war exakt das, was Rhonda und ich zu tun gedachten.

Wir hatten ja noch die »Karte«. Glücklicherweise hatte ich, bevor ich damit losgezogen war, eine grobe Zeichnung davon angefertigt. Rhonda: »Warum zum Teufel hast du dann das Original mit dir rumgeschleppt?« Ich: »Weil ich keine Lust hatte, alle diese kleinen Pünktchen und Linien so genau abzumalen. Und wenn du alles besser weißt, dann such doch alleine weiter.«

Wir hatten keine Ahnung von Aborigine-Symbolen, und von Pete war aus irgendwelchen Gründen keine Hilfe zu erwarten. Wir hatten nicht die geringste Vorstellung davon, wie ein Andrzej Dudek getickt hatte, wie er gelebt hatte und warum er was getan haben und wo er gewesen sein konnte. Mit anderen Worten: Wir wußten überhaupt nichts. Nur daß da draußen eine Menge Gold irgendwo darauf wartete, gefunden zu werden. Uns fehlten jedoch einige wichtige Schlüssel zum Verständnis dieses Puzzlespiels. Wir hörten auf, uns darüber zu streiten, wer für die bisherige Pleite verantwortlich war – obwohl ich Rhonda doppelt so hübsch fand, wenn sie erregt war vor Ärger oder Lust –, und planten einen Informationsfeldzug.

Erste Etappe war die Teestube von Birds Nest. Annie Barnes war durchaus erleichtert, meinen Kopf ganz und vollständig zu sehen und bei uns keinerlei Groll gegen ihre Person festzustellen. Diesmal stimmte Rhonda meiner Aufwärmmethode zu. Rhonda ist direkt wie ein Messer, das hatte bei Emily McIngall gewirkt, aber sensibleren Persönlichkeiten würde es den Mund verschließen. Als *special* des Tages war Pfirsich-Melba-Torte angekündigt. Unter der Kristallglocke auf dem Tresen prangte ein appetitliches Exemplar, bestehend aus einer Schicht flaumigweichem Bisquit, einer Schicht Käsesahne und darüber drei Kreise satt rötlichgelber Pfirsichhälften, glasiert und mit den Sahnezinnen eines Montblanc aus dem Schlaraffenland. Ganz wie im Schlaraffenland machte ich mich daran, mich durch den Berg zu fressen.

Annie verstand ihr Geschäft. Sie war stolz darauf, ihre *specials* selbst zuzubereiten. Anderes bestellte sie beim örtlichen Bäcker oder sogar tiefgefroren aus Sydney, aber die Leckerei des Tages war ihre eigene Kreation und garantiert ein Genuß.

Rhonda meinte, auf ihre Linie achten zu müssen, die ewige Leier bei allen meinen Freundinnen, ohne daß ich übrigens je Druck ausgeübt hätte. Ich fand ein paar Gramm mehr oder weniger weiß Gott nicht entscheidend, aber die armen Frauen lassen sich bei aller Emanzipation eben immer noch von Werbung und Mode tyrannisieren. Ich ließ mir das letzte Stück auf der Zunge zergehen; Annie stand daneben und beobachtete mich hochzufrieden. Drei Stück Torte – ein guter Schnitt.

»Super, Mrs. Barnes. Ich habe in Europa nie bessere Torte gegessen.«

Das größtmögliche Kompliment lautet *old world style*, wenn es ums Essen geht, obschon sonst Australier in allem streng patriotisch sind.

Annie lächelte und setzte sich zu uns. Sie fing von selbst damit an. »Ich wundere mich immer noch, wer dir eins über den Schädel gezogen hat.«

»Wer könnte denn von dem Stein gewußt haben?« fragte ich diplomatisch.

»Also an dem Tag, an dem Janet es mir erzählt hat, da waren alle möglichen Leute da, auch die Kleine, die in eurem alten Farmhaus wohnt. Rhonda, wie heißt sie noch gleich?«

»Holly?«

»Ja, Holly. Sie hat, glaube ich, am Tisch nebenan gesessen, als ich mich mit Mrs. Carson unterhalten habe. Könnte sein, daß ich da was habe fallenlassen …«

»Holly und Mrs. Carson«, überlegte Rhonda laut, »dann weiß es auch Tom Heathrow, dem bringt Mrs. Carson täglich sein Essen, und ich weiß, daß er immer brühwarm von ihr erfährt, was los ist in der Stadt.« Sie lachte. »Er hat sich darüber mal bei meinem Vater beschwert, daß ihn der ganze Mist nicht interessiert, aber er muß es sich anhören, wenn er die Futterquelle nicht verlieren will.«

»Diesmal wird es ihn wohl doch interessiert haben«, sagte ich.

»Aber ganz bestimmt«, meinte Annie, »er war doch damals auch hinter Dudeks Schatz her, mehr als jeder andere. Er hat doch ...« Sie beugte sich zu uns über den Tisch und senkte die Stimme, obwohl kein Mensch außer uns im Laden war. »... er hat sogar der Lehrerin bis nach Brisbane nachgespürt, dabei konnte sie gar nichts wissen: Sie war ja nicht mehr hier, als das passiert ist! Und wer hätte gedacht, daß sie so eine Art Schatzkarte geerbt hat! Wo er das Kind nicht anerkannt und sie nicht geheiratet hat. Eine Schatzkarte war dieser Stein doch, oder?«

»Möglich.«

»Wie sah er denn genau aus?«

Ich zeigte ihr meine Zeichnung, allerdings ohne die Zahlen und Buchstabenkombination; die hatte ich im Kopf.

»Na, *strike me bloody green* ... was kann das bloß sein?«

»Wissen wir nicht. Die Aborigines übrigens auch nicht. Sie sagen, das wäre eine Fälschung, Dudek hat ihn selbst bemalt.« Ich hoffte, mit dieser Bemerkung und durch Annies stille Post den Aborigines Belästigungen zu ersparen, was Annie Barnes allerdings zunächst nur zu einem Exkurs über Malerei veranlaßte. Sie zog realistische, wie sie sagte, Malerei den unverständlichen Kritzeleien vor, und was sie unter realistisch und schön verstand, das demonstrierte sie mit der Auswahl an ihrer Wand, den glühenden Sonnenuntergängen, Obstkörben und Blumensträußen.

Vor der Teestube trennten wir uns. Ich wollte zu Tom Heathrow, und Rhonda ging einkaufen, weil ich mit Tom allein sicher besser zurechtkommen würde.

Ich fand ihn im Garten hinter dem Haus. Er stand an seiner Werkbank; als ich näherkam, sah ich, daß er dabei war, mit einem winzigen, feinen Meißel ein fossiles Blatt aus einem Stück Sandstein herauszuarbeiten.

»*Hi kid*«, begrüßte er mich. »Ich habe gehört, du hast einen harten Schädel.«

»Scheint so. Sie waren das nicht zufällig?«

»Sei nicht albern. Ich bin zu alt, um stundenlang durch den Busch hinter einem jungen Kerl herzulaufen, und ich hätte nicht die Kraft, dich k. o. zu hauen.«

Ich war mir da nicht so sicher. Immerhin hatte er sehr wohl die Kraft, stundenlang durch den Busch zu laufen und auch noch eine Menge Steine mit sich herumzuschleppen.

»War nur'n Witz, ich hab's auch nicht angenommen«, sagte ich, »aber würde es Ihnen was ausmachen, mir zu erzählen, warum Sie Maria McIngall aufgesucht haben?«

»Würde es dir was ausmachen, wenn's mir was ausmachen würde?«

Er legte den Meißel zur Seite, hielt das Stück hoch, das er gerade gesäubert hatte, und blies den Staub von dem Blatt. »Ist das nicht wunderschön? Und so um die sechzig Millionen Jahre alt. Wenn ich so was in der Hand halte, Junge, dann denke ich oft, daß wir zu viel Wirbel machen um die paar Jahre, die wir auf diesem Planeten herumkrabbeln.«

»Jetzt ist immer wichtiger als eine noch so beeindruckende Vergangenheit.«

»Ja – leider.« Er legte den Stein mit dem Blatt wieder zurück auf die Werkbank und begann, die Oberfläche des Fossils mit einem schützenden Lack zu überziehen.

»Maria McIngall ...«, erinnerte ich ihn.

Er hustete, amüsiert über meine Hartnäckigkeit. »Maria McIngall. Ich habe eben gedacht, ich versuch's mal. Als ich damals herkam, frisch von den Goldfeldern von Gympie, da habe ich die ganze Geschichte zu hören gekriegt, auch daß der Ranger ihr Dudeks paar Sachen gebracht hat, weil sonst niemand da war, der näher mit ihm zu tun gehabt hatte. Sie muß ja doch mächtig nahe mit ihm zu tun gehabt haben ...«

Er kicherte verächtlich, hatte offenbar noch ganz die Moralvorstellungen aus seiner Jugendzeit behalten. »Ich habe eben gedacht, daß man sich die Suche erleichtern könnte, wenn sie mit den Sachen zusammen vielleicht irgendeinen Hinweis bekommen hätte. Daß sie nichts mehr mit Birds Nest zu tun haben wollte, war klar, aber ich war ja sozusagen unparteiisch und habe ihr angeboten, das Gold für sie zu suchen, fifty-fifty.«

»Aber sie wollte nicht.«

»Nein, sie wollte nicht, war kühl und hochnäsig wie eine hochherrschaftliche Dame, nicht wie die Hure, zu der sie sich gemacht hatte. Eine Hure mit einem häßlichen kleinen Bastard.«

Mir gefiel das nicht, was er da von sich gab, ich fand das ziemlich finster; aber ich hielt den Mund, hatte das Gefühl, da war noch mehr.

»Und sie hatte es auch gar nicht nötig, die Hure, war nur mit einem Koffer und ihrem dicken Bauch von hier weggejagt worden, das war's jedenfalls, was mir alle gesagt haben. Doch wie ich sie dann da unten in Brisbane aufgestöbert hatte, da lebte sie in einem großen schönen Haus, alles ganz chic eingerichtet, da fehlte nichts. Wie hat sie das gemacht, frage ich mich.«

Also war er doch nicht so bescheiden und zufrieden mit seinem Leben, wie er mir hatte weismachen wollen. Bitterkeit macht ungerecht. »Mr. Heathrow – Tom, ich finde, Sie sollten nicht so über eine Frau reden, der nur der Trauschein gefehlt hat.«

Er starrte mich wütend an, aber dann wurde sein Blick wieder weich, und er war der freundliche alte Mann, den ich kannte. »Hast recht. Und ihr haltet das heute sowieso anders. Kann mir ja egal sein. Ich war nur so empört damals, wie sie so abweisend sein konnte. Und ich habe mich auch geärgert, weil sie so leicht wieder auf die Füße gekommen ist, wo ich so schuften mußte und nie was hatte.«

»War sie hübsch?«

Er schloß einen Moment die Augen, um sie sich besser vorstellen zu können. »Ich habe sie ja nur das eine Mal gesehen, aber ja, sie war sehr hübsch.«

Ich verstaute diese Informationen in meinem Gedächtnis bis auf weiteren Gebrauch und verabschiedete mich von Tom. »Danke, Tom, Sie haben mir sehr geholfen.«

Er sah mich erstaunt an. »Habe ich?«

Als nächster stand Snakes auf unserer Liste. Wir wollten gern die näheren Umstände von Andrzej Dudeks Tod wissen, und da der Constable eine Schwäche für Rhonda hatte, war es für sie ein Kinderspiel, etwas von ihm zu bekommen, das der Polizeichef ihr bestimmt nicht zugestanden hätte. Snakes hatte für uns ein bißchen im Archiv gewühlt.

Wir trafen ihn an einem Lagerhaus am westlichen Ortsrand.

»Und? Hast du sie gefunden?« fragte Rhonda.

»Sicher«, sagte Snakes. Seine Hand fuhr an die Kehle, und er mimte einen Verdurstenden. »Das war staubige Arbeit. Kostet dich einige Biere. Ich habe die Akte gefunden und auch noch eine Zeichnung vom Fundort der Leiche.«

»Snakes, du bist großartig!«

Sie küßte ihn. Primitiv, dachte ich, primitiv, aber wirksam. Er holte drei bräunlich-vergilbte Blätter Papier aus der Brusttasche seiner Uniform und gab sie uns.

»Leihweise! Ich muß sie spätestens in einer halben Stunde zurückgelegt haben, bis Mike wieder da ist. Wie wär's, wenn du mich 'ne Runde auf deiner Harley drehen läßt, während ihr sie studiert? Dann kann ich sagen, ich hätte nichts gesehen.«

Ungern, aber ich konnte ja schlecht nein sagen. Er riskierte schließlich einiges für uns.

Snakes brauste davon. Ich zuckte zusammen: Er drehte im ersten Gang voll auf, zog die Gänge bis zum Anschlag. Armes Baby, aber ich hatte sie ja sanft warmgefahren.

Wir machten uns über die Protokolle her. Es war im April 1928, am Morgen, nachdem er mit seinem Kessel voller *nuggets* im Pub aufgetaucht war, da hatte ihn der Fahrer eines Milchwagens gefunden.

»Muß etwa hier gewesen sein, an dieser Stelle, der Zeichnung nach. Kurz vorm damaligen Ortseingang, da war hier, wo jetzt das Lagerhaus vom Supermarkt steht, eine Sägemühle. Sieben Yards von der Straße entfernt ...«

Da hatte Dudek zwischen den Sägespänen gelegen, mit dem Gesicht nach unten, die Arme am Körper, nicht ausgebreitet, weshalb man vermutet hatte, daß er nicht an dieser Stelle erschlagen worden war, sondern man ihn auf der Straße erwischt und dann ein paar Meter weiter weggetragen hatte. Keine Schleifspuren. Ihm war der Schädel mit einem stumpfen Gegenstand von hinten eingeschlagen worden, einem Gegenstand, an dem sich vorher Erde befunden hatte; Sandpartikel waren in die Wunde eingedrungen. Nichts Spezielles; der Dreck, den's hier überall gab.

Ein einziger Schlag, und er war sofort tot.

Dazu gehörte Kraft.

Es gab eine bemerkenswerte zeitliche Differenz zwischen seinem Weggang aus dem Pub und dem vermutlichen Eintreten des Todes: zwei bis vier Stunden. Etwas Geld fand sich in seiner Hosentasche, aber der *billy* mit dem Gold fehlte und sein Hut. Auch die Mordwaffe wurde niemals gefunden.

Die Namen der Anwesenden an jenem Abend waren säuberlich im Protokoll vermerkt, acht Ortsansässige (alle verstorben inzwischen) und drei Wanderarbeiter, die aber ein Alibi vorweisen konnten, weil sie in Gemeinschaftsunterkünften geschlafen hatten. Es gab keine Spuren, keine Hinweise und niemanden, den man nach Charakter oder Verhalten hätte verdächtigen können.

»Ich könnte mir vorstellen«, sagte Snakes, als er mein Motorrad unbeschadet wieder ablieferte und sich mit Spucke sein gesträubtes Gefieder glättete, »daß Dudek, nachdem er in der Kneipe war, noch irgendwen hier im Ort besucht hat. Oder irgendwo draußen jemanden getroffen hat. Hat vielleicht noch so 'ne Weile rumgehockt und palavert mit dem- oder denjenigen. Sie haben versucht, ihn auszuhorchen, er wollte nicht sagen, wo er das Gold herhatte, es gab einen Streit, er hat gesagt …«

Snakes steigerte sich in die Szene hinein, griff nach einem imaginären Schlapphut, drückte ihn sich auf den Kopf, nahm ihn wieder ab. »Nee, den Hut hat er wahrscheinlich nicht aufgehabt, sonst hätte die Wunde anders ausgesehen, Partikel von dem Filzstoff in der Wunde, war aber nicht, also …«. Er mimte einen Mann, der ruckartig aufsteht, seinen Hut greift und in der Hand hält, piekte mit der anderen Hand wütend in Richtung auf einen imaginären Gesprächspartner: »Verdammt will ich sein, wenn ich dir das verrate. Geht dich gar nichts an! Ist mein *claim.*«

Der andere – Snakes stellte sich an die entsprechende Stelle und veränderte seine Stimmlage – griff Dudek am Ärmel, bat, drohte, bettelte: »›Mann, Andy! Habe ich dir nichts gegeben, als du halb verhungert warst, habe ich nicht immer zu dir gehalten? Scheiße, Mann, du schuldest mir was!‹

›Ich schulde dir gar nichts. Nimm gefälligst deine Pfoten von meiner Jacke!‹

›Ach sieh an, jetzt bist du reich, jetzt bin ich nicht mehr gut genug für dich, was?‹

›Genau. Pack dich, laß mich zufrieden!‹« Snakes/Dudek drehte sich weg und wollte gehen. Auf dem Gesicht des anderen rollte in Sekunden das Gefühlspanorama vieler Jahre ab: harte Arbeit, Suff, Hoffnung, Gier, Enttäuschung, Verzweiflung, rasende Wut. Es ist sein Kumpel. Er hat ihm ausgeholfen, als es ihm schlechtging, hat alles mit ihm geteilt; er wird alt und müde, sieht vor sich nur das Armenhaus; hier ist seine letzte Chance, Dudek, Dudek, du mußt mich da mit reinlassen, Scheißdreck muß ich, Mistkerl, damit kommst du nicht durch. Seine Augen weiten sich, er greift sich irgend etwas, das gerade auf dem Tisch liegt, holt aus, schlägt zu. Dudek fällt wie ein umgehauener Baum. Sein Kumpel steht starr vor Entsetzen über seine Tat, begreift: Den hast du kaltgemacht. Er sieht sich um, es hat ihn keiner gesehen.

Aber wo er ist, kann Dudek nicht bleiben.

Also greift er ihn sich, legt ihn sich über die Schulter wie einen Sack, trägt ihn aus dem Haus, durch die dunklen Straßen bis zur Sägemühle. Dort läßt er ihn ins Gras fallen.

Snakes beugte die linke Schulter, als ob er ein schweres Gewicht heruntergleiten ließ, wir konnten den schlaffen Körper aufschlagen hören.

Rhonda zog die Schultern hoch, hatte Gänsehaut an den Armen.

»Ja, so oder ähnlich«, sagte Snakes, »zu dumm, weil jetzt würde niemand je erfahren, wo er das Gold herhatte.«

»Aber sie hatten doch immerhin den Teekessel voller *nuggets*.«

»Ja, wie im Märchen, wenn einer das Ende des Regenbogens findet.« Snakes scharrte nachdenklich mit der Stiefelspitze im Staub, etwa an der Stelle, wo Dudek gelegen hatte. »Aber für ihn war's das Ende der Reise. Und der Mörder kann auch nicht viel davon gehabt haben. Er konnte es ja nicht ausgeben, ohne sich zu verraten, bloß mal hier und da ein paar Dollar alle paar Jahre, und das macht keinen Spaß, stimmt's? Übrigens – Spaß: Rhonda-Liebling ...« Er legte ihr den Arm um die Schulter, schmeichelte wie ein Kater. »... ihr zwei spielt ja nicht nur so Detektiv. Ihr seid auch hinter Dudeks Gold her, stimmt's? Vergißt du nicht den lieben Snakes, wenn ihr reich werdet?«

»*No worries mate!* Du wirst für den Rest deines Lebens Kredit im Pub haben.«

»Das ist 'n Wort.« Er zupfte mir die Polizeiprotokolle aus der Hand. »Muß mich beeilen. Wenn Mike mich erwischt, daß ich das hier Unbefugte lesen lasse, dann ist was los!« Er winkte und marschierte davon, drehte sich aber noch einmal um und legte sein Gesicht in besorgte Dackelfalten: »Paßt auf euch auf. Man weiß nie, in was für ein Wespennest man piekt, auch wenn der Fall schon lange her ist!«

Wir saßen auf der Veranda des Farmhauses. Die Luft über den Bergen flimmerte, und die *magpies* riefen mit ihren Stahlfederstimmen – dzing, dzing, dzirr. Wir hatten alles zusammengetragen, die Zeichnung, die Landkarten. Rhonda saß mir gegenüber in einem Schaukelstuhl aus Bambusrohr mit einem Schulheft ihrer kleinen Schwester auf dem Schoß und schrieb auf, was wir erfahren hatten. Sie machte das im Stil eines Schriftstellers oder Drehbuchautors, erst den großen *plot* und dann noch mal die verschiedenen Versionen von verschiedenen Leuten.

Ich drehte das Bierglas in meiner Hand und studierte Rhonda, wie sie über das Heft gebeugt saß, die langen blonden Strähnen hinter die Ohren geschoben, so daß die Ohren ein ganz klein wenig abstanden; die Zungenspitze guckte zwischen den Lippen heraus, ihre Füße waren nackt und die Zehen ständig in Bewegung; sie wippte mit dem großen Zeh oder wackelte mit allen Zehen gleichzeitig, wie ein Konzertpianist mit den Fingern wackelt, um sie vor seinem Auftritt zu lokkern. Ich konnte mir gut vorstellen, wie sie als kleines Mädchen gewesen sein mochte: hellwach und vorlaut vermutlich, wild, ihrem Vater ein Sohnersatz – unbewußt, aber mit Sicherheit in dieser Hinsicht ermutigt – und nicht ruhigzustellen, bis sie endlich ihr eigenes Pferd hatte.

»Rhonda?«

»Ja-a?«

»Wann hattest du dein erstes Pferd?«

»Mit fünf, nein: mit vier. Zum vierten Geburtstag habe ich ein Pony bekommen, ein Shetlandpony, ein winziges Ding.«

Ich hätte wetten mögen, daß sie früher reiten als laufen konnte. Sie hatte etwas Ungezähmtes an sich; das gehörte zu den Dingen an ihr, die mir so gefielen. Ich überlegte, was das für eine Kindheit gewesen sein mußte, in diesem weiten, freien Land; ein Land, das für mich ein einmaliges Abenteuer und für sie Alltag war, ein Land, in dem ein

Mensch, der an der falschen Stelle eine Autopanne hat, verdursten kann, ein riesiger Kontinent, dessen größter Teil unbewohnt und unbeherrschbar ist, in dem es Magie gibt und wilde Tiere, wirklich wilde Tiere, nicht ein paar Rehe im Park und Spatzen auf Kaffeehaustischen. Ein junges Land – jedenfalls für die Weißen, die unbelastet von Jahrhunderten abgestandener Geschichte und muffiger Sitten hier neu anfangen konnten, na ja: fast neu. Eine Kindheit mal nicht in engen Dörfern mit Kuhställen und Traktoren, jeder freie Quadratmeter entweder Straße oder Kartoffelacker, sondern auf einer Farm, wo der Besuch eines Nachbarn ein Ereignis war und die Schule per Funk ins Haus kam.

Hatte sie je Kinderbücher gelesen und ihren Teddybären Kuchen aus Eierpampe gebacken? Ich mußte laut lachen bei dem Gedanken. Ich konnte es mir einfach nicht denken.

»Worüber lachst du?« wollte Rhonda wissen.

»Ich habe darüber nachgedacht, wie du als Kind warst.«

»Wild. Mutter hat sich ständig beschwert.«

»Und dein Vater war froh drüber.«

»Ich nehme es an. Er hat immer nur gelacht, mich aber nie zurückgehalten. Wie warst du als Kind?«

»Ich? Ein kleiner Bücherwurm. Du mußt dir vorstellen, wir lebten mitten in der Großstadt, und das war keine nette, freundliche, aufgeräumte Stadt wie Brisbane, es war schon damals ein Moloch. Wir hatten die Straßenschluchten zum Spielen, denn aus den Hinterhöfen wurden wir meistens verjagt. Ich habe am liebsten mit einem Buch vor der Nase oder allein mit meinen Spielsachen auf dem Dachboden gesessen – ein großer, heller Dachboden, heller als unsere Wohnung, wo alle ihre Wäsche aufhängten. Da hatte ich meine Ecke, und da habe ich mich am wohlsten gefühlt.«

»Haben dich die anderen Kinder nicht gehänselt?«

»Klar haben sie! Einmal haben sie mich in eine leere Mülltonne gesteckt und quer über drei Höfe gerollt. Die Hauswartsfrau hat mich gerettet.«

Rhonda lachte hell auf. Ich war froh, daß ich nicht auch noch so aussehe, wie das klang: Träumer, Einzelgänger, ein bebrillter blasser Streber mit Kastenarsch.

Die reinste Mimikry, was die Natur mit mir gemacht hat, und ich bin dankbar dafür; eine Mischung aus Elvis und Schwarzenegger lassen die Leute in Ruhe. Ich bin wie einer von diesen Schmetterlingen, die große, gefährlich aussehende Augen auf dem Rücken haben, Schockfarbensignale aussenden und doch nur friedlich Honig nukkeln.

»Hier bei uns hättest du's noch schwerer gehabt. Da hätten sie dich wahrscheinlich direkt in den Brisbane-River gerollt und absaufen lassen.«

Kein Zweifel: Spinner und Träumer gab es in Australien so wie überall, aber sie hatten es schwer und mußten eine Strategie entwikkeln, zum Beispiel das Geschichtenerzählen, eine gern gepflegte Tradition, besonders auf dem Land, wo Viehtreiber manchmal tagelang, monatelang unterwegs waren ohne Verbindung zur Außenwelt und ohne Radio oder Zeitung. Und oft waren die Kleinsten, Schwächsten dann die besten Geschichtenerzähler, mußten es sein, um ihren Wert in einer Faust- und Muskelhierarchie zu beweisen.

»Also, was haben wir?«

»Mehr Fragen als Antworten: Wer hat Dudek ermordet, womit und warum? Wo war er in den fehlenden Stunden zwischen seinem Weggang aus dem Pub und seinem Tod? In welchem Verhältnis stand Dudek zu den Aborigines?«

»Und Maria McIngall? Tom hat doch erzählt, daß es ihr finanziell ungewöhnlich gutging, als er sie besucht hat.«

»Ach, Tom; der glaubt, jeder, der einen Teppich auf dem Boden hat, ist stinkreich. Ich kann mir nicht denken, daß sie was damit zu tun hatte. Erstens: Sie war da schon acht Jahre weg von Birds Nest und hatte keinen Kontakt mehr zu den Leuten, die sie rausgesetzt haben. Zweitens: Woher hätte sie also wissen sollen, daß da was zu holen gewesen wäre? Außerdem ist Dudek ja am selben Tag, nachdem sein Fund bekannt wurde, auch schon erschlagen worden.«

»Wir können sie also von der Liste streichen. Was ist eigentlich mit den Aborigines? Angenommen, Pete hat uns belogen, und der Stein stammt von einem heiligen Ort, und Dudek durfte ihn nicht besitzen? Ob sie ihn umgebracht hätten? Übrigens, da fällt mir auf: In dem Protokoll stand zwar, was er bei sich hatte, aber der Stein ist nicht erwähnt.«

»Dann hatte er ihn eben nicht bei sich.«

»Welchen Grund hätten dann die Aborigines gehabt, ihn umzubringen?«

»Das ist sowieso eine komische Sache. Der Stein war ja bei den Sachen, die der Ranger Maria McIngall gebracht hat. Das heißt, er lag zur Tatzeit ganz offen in der Hütte rum ...«

»Nicht ganz offen. Emily hat gesagt, er wäre in eine Decke eingenäht gewesen.«

»Ich wüßte gern, wer ihn jetzt hat.«

Uns schwirrte der Kopf. Es wurde immer komplizierter, je mehr wir erfuhren.

Ich dachte über Pete nach; Pete, der Mischling mit den gebügelten Hemden und nach Rasierwasser duftend, Pete mit seinem Akubrahut und dem Taschenrechner in der Hand. In Gedanken setzte ich den alten Munggaraui dagegen, wie ich ihn im Traum gesehen hatte, nackt und bemalt; dazu den Klang des Didjeridoo.

Woher war dieser Stein?

War er, wie Pete behauptete, eine plumpe Fälschung oder echt, wie mein Traum suggerierte?

Und wer war ich, solche Träume zu haben, ein Weißer und ein Fremder in diesem Land?

Wahrscheinlich hat Pete doch die Wahrheit gesagt, und ich spinne, dachte ich; sähe mir mal wieder ähnlich.

An dem Abend bekam ich aber noch Gelegenheit, mich auf australische Art zu beweisen.

Greg nahm mich nach dem Abendessen mit in die Kneipe zum *two up*, ein seltenes Ereignis, das in den meisten Kneipen schon längst von den Spielautomaten verdrängt worden ist.

Janet guckte etwas säuerlich, aber Greg sagte: »Nur auf ein paar Dollar, Janet, ich werde schon deine neue Waschmaschine nicht verspielen.«

Es war spät, ungefähr halb elf, als wir losfuhren, und der Pub war so voll, wie ich ihn noch nie erlebt hatte. Die Stimmung war angeheitert, die Luft stand, trotz des hohen Raums. Die Männer saßen auf Stühlen, Tischen und der Theke im Kreis um den Werfer herum, einer sammelte die Einsätze ein.

Ein simples Spiel: Der Werfer, der in einem feinen Casino so eine Art Croupier gewesen wäre, warf mit einem flachen Stück Holz zwei

Münzen in die Luft. Vorher konnte man wetten, ob sie in der Kombination Kopf-Kopf oder Zahl-Zahl fallen würden. Der Werfer brüllte: *»Aaaaand up!«* Die Münzen flogen hoch, drehten sich in der Luft, kamen auf, sprangen hoch, kamen wieder auf, kreiselten aus. Es gab ein Riesenhallo, wenn eine der Münzen unter die Tische rollte und verfolgt werden mußte, ohne daß einer in den Verdacht geraten durfte, sie berührt zu haben. Sie sprangen also in gewisser Weise der Münze aus dem Weg und verfolgten sie gleichzeitig. Zeigten die Münzen dann die Kombination Kopf-Zahl, dann hatte der Werfer, also »die Bank«, gewonnen.

Sie spielten eine Weile in wechselnden Gruppen um halbe Dollars und hatten mindestens soviel Spaß wie die feinen Leute bei Champagner und Baccarat, aber plötzlich wurde die Stimmung gereizt.

Ich weiß nicht, worum es ging, ob einer geschummelt hatte oder was, weil ich gerade mit meinem Whiskey beschäftigt war; jedenfalls wurde gestritten, dann gebrüllt und dann zugeschlagen. Die Nerven lagen in den letzten heißen Tagen immer ziemlich blank, bevor der Regen endlich Erleichterung brachte. In kürzester Zeit ging es jeder gegen jeden.

Ich hatte zu Hause in meiner Stammdisco schon mehrere Prügeleien durchgestanden, aber fein säuberlich hinter dem Tresen zusammengefaltet mit meinem Freund, der da Bier zapft; während die oben sich massakrierten, haben wir gemütlich zwei oder drei auf Kosten des Hauses genommen (konnte mein Freund dann hinterher als »Flasche zerschlagen« deklarieren), bis es vorbei war.

Aber hier klappte das nicht.

Als ich hinter den Tresen jumpte, packte mich der hiesige Barkeeper am Hemd, brüllte: »Bist du ’ne *sheila* oder was?!«

»Ich bin Tourist!« brüllte ich zurück, aber es half mir nichts, ich mußte mitmischen.

Sie haben mich geschont, soweit sie vorher sehen konnten, wohin sie traten, und es war auch schnell vorbei. Alle hatten was abgekriegt und waren wohl der Ansicht, damit wäre der Abend zufriedenstellend gelaufen. So in der Art äußerte sich jedenfalls Greg, als wir im Laster saßen und nach Hause tuckerten: »Was für ein Kampf, Sohn, was für ein Abend!«

Elf

Es war am Morgen des 12. April 1928. Der Mann hatte noch vierzig Stunden zu leben.

Er hatte im Fluß mit Steinen eine natürliche Fischreuse gebaut und einen Teil des Wassers umgeleitet in einen Seitenkanal, der immer enger wurde und am Ende für größere Fische unpassierbar; da hinein würde er seine Beute treiben.

Er griff ins flache Wasser, um noch einen Stein aufzuheben und auf die kleine Mauer zu türmen, da traf ein Sonnenstrahl, vorbei zwischen Hutkrempe und Schulter, am Grund auf eine reflektierende Oberfläche.

Der Mann sah etwas blitzen, ließ den Stein fallen und griff mit beiden Händen danach, um den Ursprung dieses Glänzens nur ja nicht zu verfehlen.

Er förderte eine Ladung Schlamm und Kies zutage, und als der nasse Schlamm durch seine Finger abtropfte und er den Kies vorsichtig gewaschen und ein paar grobe Stücke abgelesen hatte, da sah er den Klumpen.

Er krallte die Hand darum, als könne das Ding davonfliegen oder sich in Luft auflösen, öffnete die Finger wieder, rieb den Klumpen an seiner Jacke, biß darauf, umkrallte ihn wieder, sprang auf, warf mit der anderen Hand seinen Hut in die Luft und führte einen wilden Tanz im Wasser auf.

Er glitt aus, fiel hin, traute sich nicht, sich abzustützen mit der um den kostbaren Fund geschlossenen Faust, lachte über seine nassen Kleider, saß da mitten im Fluß und ließ ein wolfsartiges Geheul los: »Jaaaaahuu! Gold! Gold, Gold, Gold!«

Er hatte schon früher welches gefunden, aber nur Staub und Flokken, auch mal Körner, die weit vom Ursprung in den Flüssen trieben, aber niemals, niemals hatte er einen solchen Fund gemacht.

Sein Herz hämmerte, sein Kopf fühlte sich leicht an; er stand auf, rannte zum Ufer, zu seinem Pferd, das dort angebunden stand, ein halbwildes Tier mit stumpfem Fell und irren Augen.

Er fingerte mit zitternden Händen die Goldpfanne los, die am Sattelknauf hing, rannte in weiten Sätzen wieder in den Fluß und begann zu arbeiten wie ein Wahnsinniger.

Er würde es finden.

Dieses Stück war groß genug, um nahe am Ursprung zu sein.

Diesmal hatte er Glück.

Er verlangsamte seine hektischen Bewegungen, fing an, systematisch zu arbeiten, immer weiter flußaufwärts Proben zu nehmen, wobei er aufmerksam die Felsformationen an beiden Ufern begutachtete.

In kürzester Zeit fand er weitere Goldklumpen, keiner so groß wie der erste, aber seine Taschen füllten sich.

Von Zeit zu Zeit klopfte er sich von außen auf die sich ausbeulenden Hosentaschen, horchte, wie die nuggets aneinanderklickten, und stieß ein gurgelndes Gelächter aus.

Er hatte drei kleine Zuflüsse passiert, als seine Funde aufhörten.

Er ging zurück, suchte von neuem.

Schließlich glaubte er, die Spur wiedergefunden zu haben.

Er richtete sich auf und rieb sich den schmerzenden Rücken. Seine Beine zitterten, und er wußte, daß er etwas trinken und essen mußte. Er zwang sich zur Pause, kochte Tee und aß ein paar Streifen Trockenfleisch, bevor er sich wieder auf die Suche machte.

Die nuggets, die er fand, sammelte er jetzt in seinem leeren Teekessel. Er arbeitete sich den kleinen Bach empor, bis er ganz sicher war; dort, ja, dort oben in den Felsen, aus denen dieser Fluß gespeist wurde, mußte sie sein: eine Bodenformation, in der sich viele Jahrtausende lang das schwere Metall hatte ansammeln können, oder sogar eine Goldader, seine Mine.

Er sah es bereits vor sich, schwarz auf weiß mit amtlichem Siegel: Dudek Mine. Ein schwerreicher Mann wird er sein, kein Hungerleider, Tramp, unterbezahlter Saisonarbeiter auf dem Land anderer; Polack!

»Mister« werden sie zu ihm sagen, »Mister Dudek«, nicht einfach »Andy«. Er wird ein König sein auf seinem eigenen Land – Dudeks Königreich, Zutritt verboten …

Er hatte noch vierunddreißig Stunden zu leben, als er den Eingang zu der Höhle fand.

Noch dreiunddreißig Stunden, als er wieder herauskam, den Kessel randvoll mit Gold in der einen Hand, in der anderen einen bemalten Stein.

Sie standen vor ihm wie aus dem Erdboden gewachsen: drei schwarze Männer, nackt bis auf den Lendenschurz, die Glieder und Gesichter mit weißer Farbe bemalt.

Sie mußten nichts sagen. Der weiße Mann wußte, warum sie hier waren.

Er hatte genug gesehen an dem Ort, von dem er kam.

Hastig versteckte er den Stein in seiner Tasche.

Sie stiegen zusammen den Abhang hinunter und gingen zu seinem Lager am Fluß.

Er entfachte das Feuer neu aus der Glut, machte Tee, bot von seinem Trockenfleisch an.

Sie redeten lange miteinander.

»Du hast gesehen, was du nicht sehen durftest«, sagten die Schwarzen.

»Aber ich bin euer Bruder. Ihr habt mich in euren Clan aufgenommen. Wir sind Freunde. Alles, was ich über den Busch weiß, habe ich von euch gelernt.«

Der älteste der drei Schwarzen spuckte verächtlich aus: »Nichts hast du gelernt, wenn dir der gelbe Stein den Kopf verwirrt. Wir haben dich gesehen, wie du dem Gold gefolgt bist wie ein Dingo, der Blut gerochen hat. Aber du kannst es nicht nehmen. Nicht von dort.«

»Aber das könnt ihr nicht verlangen! Das ist meine Chance, so etwas findet man nur einmal im Leben! Ich werde reich sein – und ihr auch. Ihr könnt euch Fleisch in Dosen kaufen, Gewehre, Schnaps, damit könnt ihr alles kaufen!«

Ein Blick in ihre Gesichter sagte ihm, daß er verloren hatte.

Er fluchte.

»Warum dort! Endlich einmal habe ich Glück, und dann muß es ausgerechnet an so einem Platz sein.«

Er schrie, wurde trotzig. »Ihr könnt mich nicht hindern, mir zu nehmen, was ich gefunden habe! Versucht doch, mich aufzuhalten. Ihr habt nicht das Recht dazu. Ihr habt überhaupt kein Recht. Ihr seid nichts als niggers!«

»Und du bist nichts als ein kardiya. Wir dürfen dich nicht mit dem

Speer töten und nicht mit den Händen erschlagen, weil du ein kardiya bist, aber du gehörst auch zu unserem Clan, und deshalb können wir dich auf andere Weise töten.«

Und der Älteste von ihnen hob einen weißen Knochen hoch und begann zu singen.

Der Mann hatte noch achtundzwanzig Stunden zu leben.

»Ich bin ein Weißer. Ihr könnt mich nicht umbringen mit eurem Hokuspokus!« schrie er, aber er hatte lange genug unter ihnen gelebt, um sich zumindest nicht ganz sicher zu sein.

Während er sein Pferd sattelte und zu seiner Hütte ritt, sang der Schwarze weiter, und weil auch er nicht sicher wußte, wie seine Magie auf den kardiya wirken würde, tat er noch etwas anderes. Er schickte jemandem einen Traum.

Der weiße Mann schlief schlecht; er schwitzte stark und wälzte sich auf seinem Bett in der Rindenhütte.

Als er aufwachte, war es schon Mittag.

Fing der Zauber schon an zu wirken? Er fühlte sich miserabel, sein Kopf dröhnte. Er konnte nichts essen, konnte sich nicht entschließen, etwas zu tun, saß nur den ganzen Tag vor seiner Hütte und starrte den Teekessel an.

Gegen Abend entschloß er sich, in die Stadt zu reiten, wo er lange nicht gewesen war. Menschenmengen, Mengen weißer Menschen waren ihm mehr und mehr zuwider geworden, er hatte schon ein paar Jahre lang kaum ein englisches Wort gesprochen – außer mit ihr, außer als sie da war.

Aber heute fühlte er, daß er die Gesellschaft anderer Weißer brauchte, daß er die Hilfe anderer Weißer brauchen würde, weil er nicht allein dorthin zurückgehen könnte. Unter Weißen konnte ihm der Todesfluch des Schamanen nichts anhaben.

Es war nur seine Fantasie, die ihm Streiche spielte.

Zu lange weg von der Zivilisation, das war's. Die Gesellschaft der nigger war nichts für einen weißen Menschen. Er spuckte auf sie.

Er nahm seinen Kessel voll Gold, knüpfte einen dreckigen Lappen darum, so daß nicht jeder sofort sehen konnte, was er da bei sich trug, und ritt zur Stadt.

Je näher er den Siedlungen der Weißen kam, desto besser fühlte er sich. Er lachte, drehte sich um und zeigte dem Wald die erhobene

Faust. »Sing nur! Sing, soviel du willst, mir kann das nichts anhaben!«

In demselben Moment, als er den Pub betrat, auf die Theke zusteuerte und mit einem trotzigen Grinsen seinen Kessel auf das blankgescheuerte Holz stellte, ruckte der Zeiger seiner Lebensuhr wieder ein Stück vorwärts: noch fünf Stunden.

Zwölf

Wie man es auch drehte, es paßte nicht zusammen.

Man hatte nicht viel Aufhebens gemacht um den Tod eines Tramps, nur eine oberflächliche Untersuchung, um dem Gesetz Genüge zu tun, das besagt, daß man nicht einfach einem anderen Menschen die Lampe ausknipsen darf, keinem weißen Menschen jedenfalls.

Die Ungereimtheiten in diesem Fall aber hatten niemanden allzu lange beschäftigt.

Ich hatte nicht viel anderes zu tun als herumzusitzen und nachzudenken; mein Lieblingsplatz dafür war ein von weißen Flußgummibäumen gesäumter Bach, der wie eine schattige Allee durch das Weideland führte. Sein Bett war jetzt nahezu ausgetrocknet. Es gab nur noch schlammige Pfützen in seiner Mitte, dennoch waren die grasigen Ufer grün; viele Tierspuren im feuchten Sand, Känguruh-, Opossum- und Kaninchenspuren und die Abdrücke riesiger dreizehiger Vogelfüße, Emus wahrscheinlich.

Die Spuren erinnerten mich an das Muster auf dem Stein.

Also der Stein: Emily McIngall hatte ihn von ihrer Mutter geerbt, ihre Mutter hatte ihn zusammen mit Dudeks Sachen von einem Ranger bekommen, in eine Decke eingenäht.

In eine Decke genäht?

Ein Stein von dieser Größe und diesem Gewicht hätte in eine Decke eingenäht ziemlich merkwürdig ausgesehen, alles andere als unauffällig; wie eine Schlange, die eine Beule hat an der Stelle, wo sie gerade das Kaninchen verdaut. Nach dem, was Dudek an dem Abend in der Kneipe hatte sehen lassen, konnte ich mir nicht vorstellen, daß irgendwer so völlig ohne Neugier gewesen sein sollte, selbst ein Crocodile Dundee reinsten Herzens; eine Spezies, an die ich nicht glaubte.

Dudek hatte den Stein nicht bei sich, als er ermordet wurde, sonst hätte ihn ja der Mörder und nicht Emily McIngall gehabt ... Je mehr ich darüber nachdachte, desto mehr verspürte ich das dringende Bedürfnis, Miss McIngall noch einige Fragen zu stellen.

Ich fuhr zurück zur Farm, packte ein paar Sachen zusammen, sagte Janet, wo ich hinwollte, welchen Weg ich nehmen würde und wie lange ich glaubte, unterwegs zu sein; etwas, das man in Australien immer tun sollte, für alle Fälle.

Diesmal nahm ich die Abkürzung durch den *outback* und die Anderson Downs, was ich bereits nach den ersten fünfzig Kilometern bereute. Es war ein trockener Glutofen, und bei jedem entgegenkommenden Fahrzeug mußte ich an den Straßenrand fahren, die Augen zukneifen und etliche Minuten warten, bis ich wieder sehen konnte, wo die Straße war.

Ich trank wie Münchhausens Gaul mit dem abgeschnittenen Hinterteil, und dann hatte ich auch noch einen Platten. Na ja, ich will hier keinen mit der Beschreibung des Wutanfalls langweilen, den ich hatte. Es erleichtert immer gewaltig, wenn man sich ohne Publikum austoben kann, so daß man sich nicht komplett zum Affen macht. Anschließend nahm ich einen langen Zug aus meinem Wasserkanister und begab mich an die Arbeit.

Ein *road train* kam vorbei, eine dieser irrsinnig langen, schweren Zugmaschinen, vorn mit *bullbars* in Scheunentorgröße versehen, Gittern aus Stahlrohren, mit denen man eine Kuh, die die Dämlichkeit besitzt, sich so einem Monster in den Weg zu stellen, einfach beiseite räumen kann. Er mußte auf der engen Schotterstraße verhältnismäßig langsam fahren. Daß der Fahrer hielt, um mich zu fragen, ob ich okay sei oder irgendwas bräuchte, rechnete ich ihm hoch an, denn die Bremswege dieser Kisten sind lang, und normalerweise halten *road trains* nicht mal für den Teufel höchstpersönlich.

Ich hielt in Injune an, um meinen Wasserkanister aufzufüllen und ein Eis zu essen. Zuviel Zucker war zwar nicht klug bei der Hitze, aber es besänftigte meine üble Laune etwas.

Habe ich mich mal verächtlich über den Aquarium-Effekt des Autofahrens ausgelassen? Von wegen »draußen und eins sein mit der Natur«? Das hier war die Kehrseite: Wenn's staubt oder stinkt, macht man das Aquarium einfach von innen dicht.

Ich erreichte Emerald beziehungsweise Emilys Andenkenladen, der dreißig Kilometer vor Emerald in meiner Richtung lag, gerade mit

Einbruch der Dunkelheit. Trotzdem genügte die Lampe in Emilys Garten vollauf, um meinen Zustand zu beleuchten.

Der Laden war selbstverständlich schon geschlossen, aber sie war hinten beim Wohnwagen gewesen, hatte mich gehört – »Gibt nur eine Maschine, die diese Sorte Krach macht« – und ohne weiteres zum Abendessen eingeladen.

»Gibt es hier irgendeine Möglichkeit, daß ich mich ein bißchen waschen kann?« fragte ich.

»Ja, da hinter dem Wohnwagen ist meine Dusche. Bitte bedien dich.«

Es war eine kleine Kabine aus rohen dünnen Baumstämmen, der Boden war mit weißen glattgeschliffenen Kieseln aufgeschüttet. In der Leitung röchelte und rumpelte es, als ich den Hahn aufdrehte; erst kam rostigbraune Brühe, dann pieselte ein dünnes Rinnsal aus dem Duschkopf.

Es dauerte eine Weile, bis ich damit die Staubkrusten heruntergerieben hatte. Aber dann fühlte ich mich wieder menschlich. Ich stieg in meine Jeans, die ich, so gut es ging, vor dem Duschen ausgeklopft hatte, und in mein Ersatz-T-Shirt.

Emily hatte inzwischen den Tisch gedeckt. Zwei saftige Steaks brutzelten auf dem offenen Grill, dazu gab es Brot, Bier, und es stand eine Schüssel gartenfrischer Tomaten auf dem Tisch zur Selbstbedienung. Ich war froh, wenigstens zum Nachtisch etwas beitragen zu können: eine Ananas, die ich mir für unterwegs gekauft hatte. Emily besaß einen guten Appetit und offensichtlich noch alle ihre eigenen Beißerchen; sie haute genauso rein wie ich.

Während des Essens hatte es immer wieder im Baum über uns geraschelt, als säße da ein größeres Tier drin, aber da die alte Dame sich nicht darum kümmerte, fragte ich nicht danach. Der Baumbewohner stellte sich selber vor. Es war eine Opossum-Mama mit einem Kleinen im Beutel. Sie kamen herunter, als wir mit dem Essen fertig waren, und die Mama erbettelte mit ihren schwarzen Krallenhänden unsere Reste.

»Sie kommt immer erst, wenn ich fertig bin«, sagte Emily stolz, »sie weiß genau, daß ich beim Essen nicht gestört werden will.«

Wir unterhielten uns über das Leben hier draußen und wie sie damit zurechtkam.

»Ich würde es nicht anders haben wollen.« Sie schob ihren Teller mit einem zufriedenen Seufzer von sich und lehnte sich im Stuhl zurück. »Je älter ich werde, desto weniger kann ich Menschenmengen ertragen. Sieh dir bloß an, wieviel Platz ich habe.« Sie machte eine ausschweifende Handbewegung, die die Wüste ebenso einschloß wie den weiten Himmel über uns.

»Aber ist es nicht manchmal sehr einsam, langweilig? Was kann man denn hier tun?«

Sie lachte: »Oh, meistens tue ich gar nichts. Nein, das ist nicht wahr. Ich lese viel, es gibt eine fahrende Bücherei, die kommt einmal in der Woche; ich kann Saphirsplitter sammeln nach dem Regen, wenn's mir Spaß macht; Nachbarn besuchen. Weißt du, ich mag meine Nachbarn besonders gern, weil man sich nur hört und sieht, wenn man Lust dazu hat. Und dann gibt es immer noch eine Menge Tiere zu beobachten. An kühleren Tagen mache ich gern lange Spaziergänge durch den Busch.«

Sie hatte wie ihre Mutter lange Jahre als Lehrerin gearbeitet, aber es hatte sie immer weiter weg von den dicht besiedelten Gegenden gezogen; sie hatte auf einigen größeren Viehstationen unterrichtet, hauptsächlich die Kinder der schwarzen Viehtreiber und die Kinder der Farmer in der weiteren Umgebung per Funk. Mit Vierzig hatte sie angefangen zu reisen, sie wollte den Kontinent sehen; nahm alle möglichen Arbeiten an, wenn das Geld ausging; verkaufte, kochte, gab Nachhilfestunden oder brachte einem Schafzüchter die Buchhaltung in Schuß.

Den größten Teil unserer Unterhaltung bestritt sie; ich hatte ja vergleichsweise wenig zu erzählen.

Bevor sie in ihrem Wohnwagen und ich im Schlafsack auf einem Liegestuhl verschwand, sagte sie dann: »Ich weiß schon, warum du gekommen bist. Hätte ich mir denken können, daß ein kluger Junge wie du drauf kommt. Ich werde dir sagen, was du wissen willst, aber nicht heute abend. Das sind Dinge, die ich lieber am hellen Morgen besprechen mag als in der Nacht, wenn die Fantasie wacher ist als der Verstand.«

Aber auch am anderen Morgen gab es erst einmal Ablenkungen.

Sie war vor mir wach und hatte bereits Kaffee und Rosinenbrötchen auf dem Tisch, als ich die Augen aufschlug. Dafür wollte ich wenigstens abwaschen – fair ist fair. Anschließend bat mich Emily, ihr ein bißchen zu helfen; sie wollte ein Loch im Dach ihres Wohnwagens schweißen – »damit's mich nicht wegspült, es kann jeden Tag losgehen jetzt«. Aber als sie ihr Arbeitsmaterial ordentlich auf einem Lappen sortierte, fehlte etwas.

Also fuhr ich sie mit der Harley zum nächsten *hardware store*; sie hatte hohe Stiefel an, Armeehosen, Lederjacke und meinen Helm auf dem Kopf; sie kniff mich in die Rippen mit ihren spitzen dünnen Fingern und quietschte vor Vergnügen, fehlte nur noch, daß sie mir wie ein Kind »schneller, Papa, schneller« in die Ohren kreischte.

Wir reparierten ihren Wohnwagen, das heißt, sie kletterte aufs Dach, und ich reichte ihr von unten die Teile zu, schloß das Schweißgerät an die Sauerstoffflasche und drehte den Hahn auf. Oben saß Emily mit ihrer Schutzmaske vor dem Gesicht rittlings auf dem Dach, umgeben von Feuer, Qualm und Funkenregen. Alles war dann in einer Viertelstunde erledigt.

Sie kam herunter, ich fing sie auf, hielt sie einen Moment in der Luft, fühlte ihre zerbrechlichen alten Knochen, ein dürrer kleiner Vogel war sie, und setzte sie vorsichtig ab.

»Wenn die Männer meiner Generation so gewesen wären wie ihr Jungs heute«, lächelte sie, »dann hätte ich vielleicht geheiratet.«

Sie räumte zusammen, wusch sich die Hände in einer Plastikschüssel und kippte das Wasser sorgfältig auf ihre Tomatenpflanzen. Wir setzten uns wieder an den Tisch. Jetzt war es fällig.

»Also?« fragte sie. »Was ist dir aufgefallen?«

»Ich glaube nicht, daß es der Ranger war, der Ihrer Mutter den Stein gebracht hat. Ich denke, Dudek hatte ihn bei sich, als er getötet wurde, und er hatte ihn nicht mehr, als sie ihn gefunden haben. Also muß er auf einem anderen Weg in die Hände Ihrer Mutter gelangt sein.«

»Stimmt«, sagte sie.

Sie wäre nie in eine solche Situation geraten, wäre da nicht das Mikroskop gewesen. In diesen Tagen war ein Mikroskop immer noch ein kleines Wunder, ein Wunder in einer Holzkiste von fünfundzwanzig Zentimetern Höhe und zwölf Zentimetern Kantenlänge, mit nur einem Okular und schon etwas abgestoßen durch den langen Gebrauch in einem Krankenhaus, auch mit ein paar Flecken, Chemikalien oder Blut wahrscheinlich. Sie war stolz darauf, es über eine Schulfreundin, die Ärztin geworden war, für ihre Schule ergattert zu haben. Sie hatte den Holzkasten geschrubbt und mit Mandelöl poliert, den Grünspan von den Messingteilen gerieben und sogar die beweglichen Teile gefettet, obwohl das gar nicht nötig gewesen wäre. Und nun würde sie ihren Kindern, diesen kleinen halbwilden Buschbewohnern, die Augen öffnen über die Vielfalt und die bestaunenswert kluge Einrichtung der Schöpfung, die sie umgab.

Glühend vor Begeisterung war sie am Nachmittag nach dem Unterricht losgeritten, um Pflanzenproben, Federn und Tierhaare zu sammeln; die harten lanzettförmigen Blätter, mit denen der Eukalyptus sich vor Austrocknung schützt, das weiche, schwammige Gewebe eines Kaktus, Gräser und Samen, die abgestreifte Haut einer Schlange; sie freute sich selbst darauf, das alles durch das Mikroskop zu betrachten und für ihre Schüler die Strategien der Natur zu entschlüsseln.

Sicher würde es wieder Proteste einiger Eltern geben, die solche Beschäftigungen für verschwendete Zeit hielten; sie sollte den Kindern gefälligst das beibringen, was sie brauchten, also Lesen und Schreiben und vor allem Rechnen.

Aber sie war jung, frisch ausgebildet an einem College in Sydney, und sie wollte unbedingt diesen Kindern, ihren Kindern, eine größere Perspektive, mehr Respekt vor der Schöpfung einimpfen, als ihre Eltern sie hatten.

Und so hatte sie sich von ihren Gedanken treiben lassen, bis der Einbruch der Dämmerung sie überrascht hatte, und sie wußte, es war wenig ratsam, in der Dunkelheit die drei Stunden durch den Busch zurückzureiten. Die Wahrscheinlichkeit, daß ihr Pferd sich in einem der Kaninchenlöcher die Beine brach, war einfach zu hoch.

Sie fürchtete schon, die Nacht im Freien verbringen zu müssen, da sah sie das Licht eines Lagerfeuers durch die Bäume schimmern, und als sie vorsichtig näher heranging, das Pferd am Zügel führend, da erkannte sie die Rindenhütte und einen Mann am Feuer, und sie wußte, auf wen sie da gestoßen war.

Man hatte ihr von dem verrückten Dudek erzählt, der irgendwo da draußen unter den Eingeborenen hauste, »verbuscht« – verwildert, un-

willig oder sogar unfähig, mit zivilisierten weißen Menschen zu verkehren. Schüchtern ging sie auf ihn zu, und während sie ihre Situation erklärte, betrachtete sie ihn.

Obwohl er nicht aufstand, konnte sie sehen, daß er ein großer, kräftiger Mann war. Man hätte ihn als gutaussehend bezeichnen können, wenn seine Gesichtszüge nicht eine gewisse Grobheit aufgewiesen hätten, vorstehende slawische Wangenknochen, volle Lippen, die hellen Augen leuchteten in dem braunen Gesicht zwischen zusammengekniffenen Lidern hervor.

Er seinerseits betrachtete sie in aller Ruhe. Mit einer gewissen Unverschämtheit nahm er sie ganz in Augenschein. Er begann mit den Brüsten; sein Blick ging über die schmale Taille zu den Beinen in der Reithose, die an den Hüften und Schenkeln zu weit war, bis zu den Waden. Ganz zuletzt betrachtete er ihr Gesicht, umrahmt vom kastanienbraunen Locken, aber ihm lag nicht viel am Gesicht.

Er bot ihr schließlich einen Platz an seinem Feuer an, gab ihr zu trinken und zu essen, Tee, Fladenbrot und eine gebratene Schlange, von der sie kaum ein paar Höflichkeitsbissen herunterbrachte. Er antwortete so einsilbig auf ihre Fragen, daß sie schließlich ganz aufhörte, in ihrer Verlegenheit zu plappern.

Er wies ihr einen Platz in seiner Hütte an, sein eigenes Bett, und zeigte mit einem Knurren, daß er gedachte, draußen am Feuer zu schlafen, aber später in der Nacht kam er zu ihr und tat das, was man damals mit »die Situation ausnutzen« umschrieb.

Weil sie wußte, weder Schreien noch Bitten noch Weinen würden irgend etwas ändern können, ließ sie es über sich ergehen.

Sobald es hell wurde, sattelte sie ihr Pferd und ritt den langen Weg zurück.

Als sie nach einigen Wochen wußte, daß sie schwanger war, ritt sie noch einmal zu ihm, in der vagen Hoffnung, er werde zu seiner »Verantwortung« stehen, aber er lachte sie aus.

Und als dann ihr Zustand nicht mehr zu übersehen war, wurde sie zum Gemeinderat gerufen und hatte ihre Entlassung entgegenzunehmen.

Sie erzählte ihnen, was geschehen war, daß es nicht ihre Schuld war, aber sie sagten: »Sie hätten das wirklich besser wissen müssen! Wären Sie früher nach Hause geritten!«

Es wäre sinnlos gewesen, ihnen auch nur die kleinsten Anfänge von Gleichberechtigung erklären zu wollen, etwa das Recht sich aufzuhalten, wo und wann eine Frau wollte.

Also ging sie auf ihre Argumente ein.

»Haben Sie noch niemals einen Fehler gemacht? Gab ihm ein kleiner Fehler von mir das Recht, die Gastfreundschaft so auszunutzen?« fragte sie.

»Nun, wissen Sie, so wie Sie herumlaufen, in Hosen und dann allein ... kein Wunder, wenn sich ein Mann da provoziert fühlt.«

Sie schlug vor, ihr Baby anderswo auszutragen und auf die Welt zu bringen, um die Moral der Kinder von Birds Nest nicht zu gefährden, bat jedoch wiederkommen zu dürfen, aber die ehrenwerten Bürger blieben fest. Eine Lehrerin soll ein Vorbild sein. Das war sie nun nicht mehr.

Einige der Frauen am Ort hätten gern geholfen, aber sie wurden von ihren Männern daran gehindert, auch nur mit »Dudeks Hure und wer weiß mit wem sie's sonst noch getrieben hat« zu sprechen, und so packte Maria McIngall ganz allein ihre paar Sachen zusammen, ein Koffer voller Kleider, eine Wäschekiste, zwei armselige Pappkartons mit Büchern und das Mikroskop in seinem glänzenden, nach Mandelöl duftenden Futteral. Die halbe Gemeinde sah hinter den Vorhängen zu, wie sie die Koffer und Kisten auf einen Ochsenkarren lud.

Einige schämten sich, aber das wußte sie nicht.

Meine Kehle war ganz trocken, ich fühlte mich ungemütlich und verlegen. So geht es mir immer, wenn ich solche Geschichten höre; ich fühle mich ein bißchen schuldig als Mann, obwohl ich natürlich genau weiß, daß das nichts mit mir zu tun hat. Manchmal reagiere ich dann aggressiv, wenn eine meiner Freundinnen mir wieder mal wütend das neueste skandalöse Gerichtsurteil vorbetet – »Männerjustiz!« –, weil ich diesen unausgesprochenen Pauschalvorwurf nicht mehr ertragen kann, aber das hier, das machte mich einfach traurig.

»Konnte sie dann in Brisbane besser zurechtkommen?«

»Ein bißchen. Aber Brisbane war damals auch nur eine Kleinstadt. Na, sie konnte arbeiten, keine Stelle an einer Schule, damit war's vorbei, aber sie hat Nachhilfestunden gegeben und einigen Geschäftsleuten die Bücher geführt – gegen einen Hungerlohn versteht sich. Die Herren hatten einen guten Riecher dafür, was sie verlangen konnte in ihrer Lage. Wir sind durchgekommen.«

»Und dann ist sie noch einmal nach Birds Nest zurückgekehrt ...«

Da war dieser Traum, der sie rief und sie auch nach dem Wachwerden nicht losließ. Acht Jahre lang hatte sie sich bemüht, sich nicht an Birds Nest und an ... diesen Menschen zu erinnern. Sie vermied es sogar, von ihm als »diesem Mann« zu denken; allein das Wort »Mann« mit allen seinen Implikationen ließ sie für die wenigen ungeschützten Momente, in der die Sperre des Unterbewußtseins versagte, die Fassung verlieren. Dann wurden ihre Augen groß und leer, sie war unfähig weiterzuarbeiten, starrte in die Luft, bis jemand sie rüttelte oder ansprach.

Die Nachhilfeschüler lachten hinter ihrem Rücken darüber, und Emily haßte diese Momente, in denen ihre Mutter ganz und gar abwesend war, kalt und steif, und bei einer noch so zarten Berührung zusammenzuckte, als hätte sie eine giftige Spinne auf dem Arm.

Die eine, die vernünftige, erwachsene Maria McIngall, hatte diesen Teil ihres Lebens energisch gestrichen – sechs, durchgefallen, Klasse wiederholen. Schullehrerin, die sie war, glaubte sie an Arbeit und Selbstdisziplin. Aber die andere Maria McIngall, ganz tief drinnen, die wußte, daß es noch nicht vorbei war.

Sie sah im Traum Andrzej Dudek mit einem Kessel voll Gold in den Händen. Er war von einem milchigweißen Licht umgeben. Das Gold strahlte seltsam intensiv, brannte sich in ihr Gehirn ein, funkelte, brannte, bis es das ganze Bild einnahm; Gold, Gold, Gold! Und eine seltsame hypnotische Musik schwebte ganz am äußersten Rand ihrer Wahrnehmung, monoton und tief, beharrlich, schnarrend, bellend; animalisch und bezaubernd wie die Stimme der Erde selbst.

Und als sie aufwachte und ganz sicher wußte, daß sie nicht mehr schlief und träumte, da war das Bild immer noch da; eine Vision von Reichtum und Sorglosigkeit, nicht nur für ihre Tochter, so aufopfernd und selbstlos war sie durchaus nicht, auch für sich: Sie hatte sich ein anderes Leben ausgemalt, hatte es satt, die hoffnungslosen Bälger arroganter Eltern auf ihrem Sofa in ihrem privaten Reich hocken zu sehen und die patronisierende Behandlung durch die glatzköpfigen, ält-

lichen Ladenbesitzer, deren Bücher sie führte. Und je länger sie auf der Bettkante saß, das Schild aus Vernunft und Selbstbeherrschung so kurz nach dem Erwachen noch gesenkt, da wurde die Vision zur Realität.

Sie hätte eigentlich nicht sagen können, warum sie solche Eile fühlte, aber sie gab das Kind einer Nachbarin, einer freundlichen Italienerin, unter deren Sechsen ein Siebentes kaum auffiel, und am Morgen nahm sie die erste Kutsche in Richtung Westen.

Sie hatte nicht die Absicht, noch einmal einen Fuß nach Birds Nest zu setzen. Deshalb stieg sie in Toowoomba aus, mietete ein Pferd; später erinnerte sich niemand an die junge Frau mit den kurzgeschnittenen Haaren und den harten Gesichtszügen; oder niemand konstruierte einen Zusammenhang.

Sie wechselte hinter dem Mietstall ihre Kleidung, die Reithosen hatte sie seit damals nicht mehr getragen, aber sie paßten noch; sie war nach der Schwangerschaft nicht auseinandergegangen, ihr Leben war nicht bequem. Der lange Ritt kostete sie den größten Teil des Tages, sie mußte oft absteigen, war das Reiten nicht mehr gewohnt, und der Weg war schlecht, weil sie die Hauptstraße meiden wollte, und so mußte sie die Feldwege benutzen.

Als es dunkel wurde, erreichte sie Dudeks Hütte. Er war nicht da.

Sie machte Feuer und setzte sich mit dem Rücken zur Wand der Hütte, die Pistole im Schoß griffbereit. Sie wartete.

Diesmal hatte sie vorgesorgt. Diesmal würde er sie nicht überrumpeln, und sie gedachte bei der bevorstehenden Auseinandersetzung die Oberhand zu behalten.

Sie war aber doch eingeschlafen, als Dudek kam. Sie schreckte hoch, hörte sein Pferd schnauben und wiehern, als es das fremde Tier witterte.

Und da war er, sein Gesicht hatte den letzten Rest von Ansehnlichkeit verloren, es war jetzt nur noch grob und brutal, geschwollen und rot vom Alkohol. Er widerte sie an.

Dudek stieg vom Pferd und kam auf sie zu.

»Was willst du hier? Soll ich dir noch ein Kind machen?«

Ihre Hände begannen zu zittern, aber sie zwang sich, ruhig zu bleiben.

Und da sah sie den Kessel, genau wie in ihrem Traum.

»Du hast Gold gefunden?«

»Und? Was geht es dich an?«

Er stand vor ihr, eine Hand am Gürtel, der andere Arm umspannte den Kessel, dreiundneunzig Kilo pure männliche Überheblichkeit; sie fühlte sich unsicher und sogar ein wenig dumm und lächerlich und beschimpfte sich selber dafür. »Wenn du also reich geworden bist, dann sorge für deine Tochter. Ich will nichts für mich, Dudek, aber du hast eine Pflicht gegenüber deinem eigenen Fleisch und Blut.«

»Ich pisse auf diese Pflicht! Aber wo du schon einmal hier bist ...« Er machte einen Schritt auf sie zu, sie wich zurück, hob die Pistole.

»Laß mich in Ruhe, Dudek, versuche das nicht noch einmal, sonst erschieße ich dich, ich schwör's!«

Mit einem einzigen blitzschnellen Schlag seiner haarigen Pranke hatte er ihr die zierliche kleine Damenpistole weggeschlagen.

Sie zitterte, hilflos; er nahm ihr Kinn in die Hand, beugte sich zu ihr herunter, küßte sie; sie stieß ihn weg.

Er lachte, ging an ihr vorbei zum Eingang seiner Hütte, warf mit einer nachlässigen Gebärde seinen Hut auf eine Bank, sagte: »Dann eben nicht, bist sowieso alt und häßlich geworden, alte Jungfer! Wer will dich noch haben.«

Er sah sie nicht einmal an.

Ihr war, als zerbröselte ihr Leben wie ein trockener Kuchen; alles, was sie zusammengehalten hatte, zerfiel in einer Sekunde, sogar ihr Gesicht verlor die Form, verwandelte sich in eine apokalyptische Fratze. Plötzlich stand sie hinter ihm, hatte eine Schaufel in der Hand. Die Schaufel mußte dort an der Wand gelehnt haben, später sah sie dort auch eine Hacke stehen; sie holte weit aus und schlug zu. Er fiel mit dem Gesicht in den Dreck.

Sie stand eine Ewigkeit da, bevor ihr zu Bewußtsein kam, was sie getan hatte; hörte jetzt erst, mit der Verzögerung weiter Entfernung das dumpfe Knacken und den feuchten Nachklang von zerberstender Schädeldecke, ein Geräusch wie von einem auf Stein zerplatzenden Kürbis.

Sie schrie gellend.

Und glaubte schon, der Teufel sei augenblicklich gekommen, sich zu holen, was nun zweifellos ihm gehörte: Neben der Hütte stand ein Skelett.

Das Skelett sah sie an, kam auf sie zu und streckte die Hände nach ihr aus. Aber dann, als es vor ihr stand, erkannte sie die dunkle Haut und den lebendigen Körper unter der weißen Bemalung. Es war ein Aborigine; im Schatten der Bäume konnte sie jetzt noch zwei von ihnen sehen. »O Gott! Ich habe ihn getötet, ich habe ihn umgebracht!« schluchzte sie.

Der Knochenmann legte ihr eine Hand auf den Arm, und diesmal zuckte sie nicht zurück. Sie fühlte sich seltsam beschützt und wurde ruhig.

Eine ganze Weile standen sie so, ehe ein weiteres hörbares Wort fiel.

»Er mußte sterben. Es war seine Zeit«, sagte er in gutem Englisch, »nimm dein Pferd und geh! Wir kümmern uns um das hier.«

Ungeheuerlicherweise fühlte sie sich erleichtert, ganz kühl. Sie sammelte das Gold ein, hob ihre Pistole auf und ließ sie unterm Rock verschwinden, sah sich in der Hütte um, um sicherzugehen, daß sie nichts hinterlassen hätte, was auf ihre Anwesenheit deuten könnte.

Dabei fand sie den Stein.

Ohne nachzudenken, steckte sie ihn in die Tasche, wickelte den Kessel mit dem Gold in ihre Jacke, stieg auf das Pferd und ritt davon.

»So hat sie es mir erzählt, als ich alt genug war, um zu verstehen und den Mund zu halten«, beendete Emily McIngall ihre Geschichte.

»Dann haben die Aborigines die Leiche den ganzen langen Weg zur Stadt geschleppt?«

»Ich nehme es an. Vielleicht haben sie befürchtet, daß der Verdacht auf sie fallen könnte, so nah am Reservat, und wo doch jeder wußte, daß Dudek engeren Kontakt mit ihnen hatte als mit jedem Weißen.«

»Und warum hat der Aborigine gesagt, daß es ›Zeit‹ war?«

»Kannst du dir das nicht denken?«

Ich konnte schon, aber es war schwer zu begreifen und zu glauben, hier in der Sonne an Emilys Campingtisch.

»Er muß das Gold an einem ihrer heiligen Orte gefunden haben, und er hat ein Tabu gebrochen. Und dafür haben sie ihn mit einem Todesfluch belegt, so mit Knochen zeigen und so …«

Ich lachte verlegen, es kam mir doch zu fantastisch vor.

»Auf jeden Fall haben sie geglaubt, daß Mutter das Werkzeug ihres Fluchs war, sie ihn also nicht wirklich getötet hat. Und Mutter hat es vorgezogen, das auch zu glauben.«

»Dann hat dieser … Zauberer – oder wie heißt das hier? – ihr den Traum geschickt?«

»Ein Schamane – *kurdaija*. Wie sonst könnte es gewesen sein. Mutter hatte nicht die geringste Neigung zur Hellseherei. Normalerweise war sie so nüchtern wie eine Amtsstube am Montagmorgen.«

»Aber wie konnten die Aborigines wissen, was zwischen Dudek und Ihrer Mutter vorgefallen war, daß sie ihn so sehr haßte?«

»Oh, junger Mann, mache nie den Fehler, diese Leute zu unterschätzen. Vielleicht, nein, ganz sicher hatte einer von ihnen gesehen, was neun Jahre davor in dieser Nacht geschehen war. Man weiß nie, wann und wo sie plötzlich auftauchen. Sie wissen vieles, auch wenn sie es nicht immer merken lassen. Da geht eine ganze Menge vor hinter diesen schwarzen Augen. Sie beobachten uns Weiße so genau, wie es nur Unterlegene tun. Weißt du, die Dummheit des Siegers ist, daß er meint, den Besiegten nicht mehr beachten zu müssen. In unserer vermeintlichen Überlegenheit, der Überlegenheit von Waffen und Technik, haben wir gemeint, es nicht nötig zu haben, die Aborigines zu verstehen. Aber das war ein Fehler – in vieler Hinsicht.«

Dreizehn

Es gibt zwei Wege, eine Kokosnuß zu knacken. Man kann sich ansehen, wie sie funktioniert, die schwachen Stellen in der Schale finden, die von der Natur vorgebohrten Löcher vorsichtig öffnen, um den Saft nicht zu vergeuden. Dann schlägt man ein, zwei Mal an den richtigen Punkt, und man hat sauber und bequem die zwei Hälften in der Hand und kann sich das weiße Fleisch schmecken lassen. Die Leute, die mit Kokosnüssen aufgewachsen sind, wissen, wie man das macht.

Wer von zu Hause nur Äpfel und Birnen kennt, der muß fragen und/oder es ausprobieren.

Das ist eine Methode.

Man kann aber auch die Kokosnuß mit einem Panzer überfahren.

Das war anscheinend Jims Methode.

Er war nicht fürs Detektivspielen, die Zusammenhänge und Vorgeschichte interessierten ihn nicht, aber er war genau wie wir zu dem Schluß gelangt, das Gold müsse sich noch irgendwo auf dem Land der Aborigine-Gemeinde befinden. Er hatte zuerst ein bißchen an der Kokosnuß herumgeklopft, sie geschüttelt und sich dann für die Panzermethode entschieden. Er hatte versucht, die Zungen der Aborigines mit Alkohol zu lösen. Als das nicht funktionierte, hatten er und Bruce (der Beschreibung nach, die Zeugen des Vorfalls lieferten) sich bei der *outstation* einen von Munggarauis Jungs gegriffen und ihn verprügelt.

Er hatte ihnen gar nichts gesagt. Er spuckte nur Blut und wurde ohnmächtig.

Mit einem zweiten Aborigine hatten Bruce und Jim nicht viel mehr Glück. Sie hatten ihn langsam und mit Genuß am ganzen Körper blau geschlagen, zwischendrin immer wieder höflich nachgefragt, ob er etwas Weiterführendes zu sagen habe; aber auch er verstummte komplett, sobald sie ihm den Stein vor die Nase gehalten hatten.

Daraufhin war Bruce ein bißchen wütend geworden, hatte zwei Hütten abgebrannt und auf die Schafe geschossen. Es würde Tage dauern, sie wieder einzufangen, bis auf die drei, die jetzt im Kühlhaus des Supermarkts lagen.

Das wäre halb so schlimm, und die zwei Idioten hätten die Prügel verdient, schon weil sie geholfen hatten, innerhalb der Gemeinde einen schwunghaften Handel mit Alkohol aufzuziehen, sagte Pete.

»Das Problem ist, daß sie nicht aufhören, hier irgendwie den Schnaps reinzuschmuggeln, und das macht uns alle noch kaputt. Ihr müßt das verstehen: Viele von unserem Volk sind sehr arm, in einer Weise, die früher unbekannt war, weil es ihnen nicht mehr möglich ist, auf die traditionelle Weise zu leben. Aber in eurer Welt ist auch kein Platz für sie – jedenfalls nicht, wenn sie sich nicht völlig aufgeben. Wir dürfen nicht mehr als Nomaden leben, müssen an einem Ort bleiben und uns auf das weiße System einlassen, aber sie geben uns trotzdem keine guten Jobs. Die Menschen verlieren ihr Selbstwertgefühl, und da sind sie besonders anfällig für schnelles, billiges Vergessen, sogar noch mehr als Weiße in der gleichen Situation.«

»Aber warum werden deine Leute denn so schnell alkoholabhängig? Warum lassen sie sich so gehen?« fragte ich naiv. Ich dachte an die traurigen Szenen, die ich im Norden so oft gesehen hatte, diese selbstvergessenen, zusammengesunkenen Gestalten, das bittere, alkoholisierte Gelächter.

»Ach, hör schon auf. Unter Weißen gibt es genauso viele Schnapsdrosseln. Sie bemühen sich bloß, nach außen den schönen Schein aufrechtzuerhalten, weil sie beigebracht bekommen haben, daß sie nur so ihren Platz in der Gesellschaft halten können. Aber wenn du erst gar keinen Platz hast – wozu dann so tun als ob, sag mir das!«

Er ballte die Fäuste, und ich wußte, daß meine Fragen ihn verletzten. Aber ich wollte verstehen, was hier in diesem Land vor sich ging.

»Jim sagt, bei den Aborigines gehören Rausch- und Trancezustände sowieso zur Kultur ...«

»*Oh! The bloody fuckin bugger!* Kerle wie er drehen dir das Wort im Mund um! Ja, wir haben eine andere Einstellung zu dem, was ihr Trancezustände oder Rausch nennt. Das ist ein traditioneller und positiver Bestandteil unseres Lebens gewesen, aber früher konnten wir diesen Zustand durch Rituale und Tänze erreichen. Wir haben niemals Drogen benutzt, obwohl die Schamanen einige kennen. Aber unsere jungen Leute haben ihre Träume verloren. Indem man die Aborigines zwangsumgesiedelt hat, hat man sie von ihren Traumpfaden und sozialen Bindungen, vom Sinn des Lebens getrennt. Als Ersatz haben sie angefangen zu trinken.«

Ich wußte von Greg, daß Pete bei der berühmten *tent embassy* dabeigewesen war: 1972 hatten einige Vertreter der Aborigines ihre Zelte direkt vor dem Regierungsgebäude in Canberra aufgebaut, um gegen den Landdiebstahl zu protestieren. Am Ende wurde die Angelegenheit gewaltsam durch die weiße Exekutive beendet, aber die Medien der Welt hatten zur Kenntnis genommen, daß es da ein ungelöstes Problem gab. Ich konnte mir einigermaßen vorstellen, wieviel Pete daran lag, seine Leute aus dem Kreislauf von Apathie und Chancenlosigkeit herauszubringen.

Er starrte durch die geweißte Wand hindurch, sah nicht mich, sondern Schatten seiner Vergangenheit oder der Erinnerungen seines Clans. »Du glaubst, du weißt etwas über uns? Du bist weiß. Du kannst nicht einmal anfangen zu verstehen, was für ein Gefühl das ist, wenn man dir zweihundert Jahre lang eingetrichtert hat, wie minderwertig du bist, deine Kultur in den Staub getreten, dir deine Kinder entfremdet, dein Land gestohlen und deine Familien auseinandergerissen hat.«

Er sah mir hart in die Augen, aber dann breitete sich ein verlegenes Lächeln über sein Gesicht aus, sein Blick wurde wieder weich: »*Sorry*, du kannst ja nichts dafür. Du interessierst dich ja sogar wirklich für uns. Darüber bin ich froh.«

Ich konnte aber noch nicht lockerlassen. »Aber jetzt seid ihr doch wieder auf eurem traditionellen Land. Und habt ihr denn nicht alle beschlossen, daß Japaljarra Trockenzone sein soll?«

»Na ja, die Frauen haben durchgesetzt, daß die *canteen* geschlossen worden ist, weil sie am meisten darunter zu leiden hatten. Die Männer haben sich gefügt, weil sie verdammt genau wissen, daß es nicht gut für sie ist, daß sie es nicht unter Kontrolle haben, wenn sie erst einmal anfangen. Aber wenn sie erst einmal angefangen haben, dann vergessen sie alles. Und jetzt stehe ich vor der Situation, daß fünf von sieben Männern, mit denen ich heute Vieh mustern wollte, nicht arbeitsfähig sind, aber wir haben versprochen, morgen früh zu liefern. Und zwei haben ihre gesamte Arbeitslosenhilfe, das *sitting-down-money*, in Schnaps investiert; alles ist aus dem Ruder!«

Pete saß hinter seinem Schreibtisch in dem kleinen Büro der *Black Cattle Company*, vergrub sein Gesicht in den Händen. »Warum habt ihr das angefangen? Seht euch nur an, was ihr angerichtet habt!«

»Es tut mir leid.«

Pete schnaubte verächtlich. »Das ist unsere Geschichte. Das ist die Geschichte dieses ganzen Planeten. Immer tut es jemandem leid, hinterher.«

Jetzt war es an mir, aufmerksam einen Flecken auf der Wand zu fixieren.

»Es geht alles in Stücke! Jetzt fangen sogar ein paar von uns schon an, von Gold zu faseln und den *royalties*, die das bringen würde. Aber sie haben keine Ahnung, wovon sie da reden. Ich war da! In Boulder, in Calgoorlie, in Arnhem Land. Ich habe gesehen, was die Maschinen dem Land antun.«

»Also doch! Du hast uns angelogen. Es gibt einen Zusammenhang zwischen dem Gold und diesem bemalten Stein, den wir von Emily McIngall bekommen haben.«

»Nein«, schrie Pete. »Nein, nein, nein!«

Er schlug bei jedem Nein mit der flachen Hand auf den Tisch.

»Das ist es ja gerade. Die ganze Aufregung und der Schaden, der angerichtet worden ist und ganz bestimmt noch angerichtet werden wird – für nichts! Weiß der Teufel, woher Dudek sein Gold hatte. Vielleicht hat er's auf dem *claim* von jemand anderem gestohlen, und deshalb konnte er auch nicht damit rausrücken, wo er's herhatte. Aber nicht von hier. Hier gibt es nichts als Sand und Stein!«

»Okay, Pete. Wir glauben dir ja. Aber Jim glaubt dir nicht. Wir waren nicht die einzigen, die drauf gekommen sind. Es wäre auch ohne uns passiert. Habe ich dir erzählt, daß jemand ins Schulhaus von Birds Nest eingebrochen ist, nur um den Namen von der Frau rauszukriegen, die Dudek beerbt hat?«

Pete schüttelte den Kopf. »*Damned*«, sagte er nur.

Josy kam hereingestürmt, Baby wie immer auf die Hüfte geklebt; Farbe an den Fingern, Farbe an der Nasenspitze.

»Jetzt reicht es, Pete!« brüllte sie. »Wenn du nichts unternimmst, dann tue ich es. Barney hat sich heute nacht im Suff auf mein neues Bild gesetzt. Das muß aufhören! Ich fahre jetzt zur Polizeistation. Kommst du mit oder nicht?«

Pete seufzte resigniert. »Gut, Josy, reg dich nicht auf, ich komme mit und rede mit der Polizei, aber es wird nichts nützen. Mike und ich, wir hatten diese Diskussion schon ein paarmal.«

»Wir kommen auch mit«, bot Rhonda an.

Pete und Josy fuhren im Jeep vorneweg, wir zwei auf der Harley in gutem Abstand hinterher, weil es ziemlich staubig war. Zwischendurch hielten wir noch kurz an, weil Rhonda einen Bekannten begrüßen mußte, daher erreichten wir gerade rechtzeitig die Polizeistation, um folgende Unterhaltung mitzukriegen:

Mike Stark: »Dies ist ein freies Land, Josy. Ich habe es Pete gesagt, ich habe es eurem Chef da unten gesagt, und ich sag's dir auch gern noch mal: Wir lassen uns doch von euch nicht vorschreiben, wer wo was trinken darf. Das ist euer Problem, nicht meins. Ihr wolltet unbedingt gleichberechtigte Bürger dieses Landes werden. Gut, jetzt seid ihr gleichberechtigte Bürger. Das heißt aber auch, daß ihr keinen besonderen Schutz mehr genießt.«

»Schutz?!« kreischte Josy wütend.

»Ja, Schutz, Ma'm. Wir wußten, daß ihr *blackfellas* nichts vertragt, also war's euch verboten. Is wie mit deinen Kindern, Josy: Was ihnen nicht guttut, das gibst du ihnen auch nicht.«

»Wir sind keine Kinder!«

»Eben. Ihr seid freie Bürger und dürft tun und lassen, was ihr wollt. Aber ich will euch gern entgegenkommen: Nennt mir einen Burschen, der randaliert hat, und ich sperre ihn zur Abschreckung ein.«

»Einsperren, das ist alles, was Ihnen dazu einfällt, ja?«

»Ja. Und gleich noch was, wo wir gerade beim Thema sind: Ich hab gehört, ihr habt einen Antrag gestellt, den Straßenverkauf der Hotels am *highway* verbieten zu lassen. Aber das kommt überhaupt nicht in Frage, daß wir uns von euch unser verdammtes Feierabendvergnügen versauen lassen. Verdammte Scheiße!«

»Wenn ich so was sagen würde, dann würden Sie mich auch einsperren«, tobte Josy.

»Verdammte Scheiße, ja, das würde ich.«

Er grinste besonders freundlich, als Rhonda und ich in sein Blickfeld kamen, lupfte sogar den Hut vor Josy, »Ma'm, Pete«, und das war das.

Zwei Tage später machte eine Gruppe von Clan-Leuten, die im Kartenspiel gewonnen hatten, eine Spritztour in die Wüste. Sie nahmen zu sechst das Auto des Supermarkt-Managers, und vorher brachten sie sich noch ordentlich in Stimmung, das heißt: Sie fuhren als erstes zu einem Alkoholversteck und tankten bis zum Anschlag, und dann ging es in wilder Fahrt über die Schotterpiste und durch die Berge.

Sie kamen erstaunlich weit.

Sergeant Stark sagte, er habe den Wagen schon riechen können, bevor er die Bremsspuren sah; und damit meinte er nicht den Benzingeruch.

Ein Mann und eine Frau waren tot, die anderen vier hatten mit diversen Brüchen und Prellungen knapp überlebt, als sie eine Kurve nicht gekriegt hatten. Der Wagen war geradeaus über ein Mäuerchen gerast und einen fünfzig Meter langen Abhang hinuntergekugelt, bis er in einem Bachbett auf dem Verdeck liegenblieb. Zum Glück war er wenigstens nicht in Brand geraten.

Pete war außer sich.

Als er es uns erzählte, beschlossen Rhonda und ich, zu Jim und Holly zu gehen und ihnen alles zu sagen, was wir wußten, in der Hoffnung, daß sie aufhören würden, bei den Aborigines Druck zu machen.

Am Ende fuhr ich allein hin, weil wir dachten, daß ich irgendwie einen Draht zu Jim hätte.

Sie saßen beide auf der Veranda des alten Farmhauses, so wie beim erstenmal, als ich mit Greg hingekommen war.

Diesmal war die Begrüßung bedeutend freundlicher.

Jim holte mir einen Stuhl, Holly brachte mir ein Glas und schenkte uns allen ein; Barossa-Valley-Rotwein, ein Pinot Noir. Nicht schlecht. Ich schmatzte genießerisch, hielt das Glas gegen das Licht, ein dunkles, bläuliches Karminrot. Der Wein duftete nach Pflaumen, schmeckte voll und fruchtig, dabei keine Spur von süß, wie ich es schon ein paarmal bei australischem Wein erlebt hatte.

Wir unterhielten uns über Wein, über die Unterschiede zwischen europäischem, kalifornischem und australischem Wein, und ich hätte fast vergessen, weshalb ich gekommen war.

Jim konnte zivilisiert genug sein, wenn er wollte. Er hatte den Charme eines Skorpionfisches; hübsch anzusehen, graziös, scheinbar friedlich, aber schnell und giftig, wenn er angriff. Ich meine, ich sehe ihn vor mir, wie er da saß, in seinen schwarzen Hosen, schwarzem

Hemd und Brokatweste, die glänzenden Haare im Nacken zusammengebunden. Er lächelte und machte Konversation, sprang mühelos von einem Thema zum nächsten; alles, was das Leben lebenswert macht: Wein, Essen, Bilder, Literatur.

Er bewegte sich kaum beim Reden; nicht so wie ich, meine Hände sind ständig in Bewegung, wenn ich etwas erzähle. Er hatte seine Hände hinter dem Kopf verschränkt oder eine ruhig auf der Stuhllehne, während die andere langsam den Wein im Glas kreisen ließ. Aber es war nicht wirklich Ruhe, was er ausstrahlte, eher eine verdeckte beherrschte Aggressivität; ein Skorpionfisch, der mit aufgestellten Stacheln durch das Wasser schwebt, eine Schlange kurz vor dem Zustoßen.

»Die Aborigines früher«, sagte er, »die haben es richtig verstanden; die haben nicht so geschuftet wie die Weißen; keine Acht- oder Zehn- oder Vierzehn-Stunden-Tage, nur um sich Vorräte anzuschaffen, von denen sie nicht wissen, ob sie sie je nötig haben werden. Die hatten in zwei, drei Stunden alles zusammen, was sie zum Leben brauchten, und den Rest des Tages konnten sie Spaß haben.«

»Also, ich würde die Rituale und das Geschichtenerzählen nicht nur so als Spaß bewerten«, warf ich ein, »ich habe gehört, daß das durchaus ihre Form der Schule, des Lernens und Lehrens und der sozialen Organisation ist ... war.«

»Na klar, aber das haben die doch nicht als Arbeit betrachtet.«

»Wohl nicht – aber sie haben ja nichts so wie wir als Arbeit betrachtet, als einen Job, den man haßt und den man hinter sich bringt, weil's eben sein muß.«

»Sie hatten überhaupt keine Trennung von Freizeit und Arbeit, Pflicht und Spaß. Ihr Leben bestand aus Fressen, Sex und Träumen. Beneidenswert – oder?« Jim hob das Glas in meine Richtung.

Das erinnerte mich daran, weshalb ich gekommen war.

»Ich hätte nicht geglaubt, daß du dir so viele Gedanken über sie machst.«

»Warum nicht? Ich mag die Aborigines.«

»Wenn du sie magst, warum machst du sie dann fertig?«

Er nahm einen Schluck, grinste spöttisch. Seine perfekten weißen Zähne blitzten zwischen den schmalen Lippen. »Fertigmachen? Ich?«

»Du verkaufst Schnaps in der Trockenzone, und was ist mit denen, die ihr verprügelt habt? Da warst du doch mit dabei! Die Beschreibung paßt genau auf dich und diesen Kerl, der dich neulich bei der Viehauktion am Wickel hatte. Wieso arbeitest du überhaupt mit dem zusammen, was hat er mit den Aborigines zu tun?«

Jim beugte sich vor und funkelte mich an. »Mein Lieber, du stellst eine Menge Fragen, die dich nichts angehen. Aber du bist sympatico. Und deshalb rede ich auch ganz offen mit dir, hombre. Also erstens der Alkohol: Ich tue gar nichts Illegales, es hilft ihnen, an etwas ranzukommen, was sie haben wollen und was ihr vertrockneter Rat von traditionshörigen Greisen ihnen verbieten möchte …«

Ich dachte an den Unfall, an die beiden Toten und wurde langsam wütend. Jim's Charme verblaßte. »… du glaubst, du kannst sie knakken, und sie erzählen dir im Suff, wo das Gold ist, darum geht's dir doch. Und wenn du dabei noch einen kleinen Gewinn machen kannst, dann nimmst du den auch noch mit, und es ist dir egal, ob jemand dabei draufgeht! Zwei von den Menschen, die du angeblich so magst, sind nämlich tot, im Rausch mit dem Auto über 'ne Klippe gegangen.«

»Na und.« Jim war ungerührt. »*Don't drink and drive* – kein Alkohol am Steuer, das wissen sie so gut wie du und ich. Wenn sie sich nicht dran halten, ist das nicht meine Schuld.«

»Und was ist mit den beiden, die grün und blau geschlagen worden sind? War das auch legal und nicht deine Schuld?«

Er schnalzte mit der Zunge, verzog bedauernd das Gesicht: »Das war echt Scheiße, Mann, das fand ich auch nicht gut, aber du hast ja einmal mitgekriegt, was Bruce für ein brutales Arschloch ist, eine Maschine, sag ich dir, ein Muskelberg ohne Hirn. Es ist mit ihm durchgegangen. Ich hab ihm gesagt, er soll aufhören, aber er hört nicht auf mich. Er wollte von ihnen was über den verdammten Totemstein wissen, aber sie haben ja das Maul nicht aufgemacht.«

»Ach nee! Also du hast mir eins über die Rübe gezogen und den Stein geklaut.«

Er grinste und hob die Hände, die Handflächen mir entgegengestreckt. »Ja, hab ich. *Sorry.*«

Holly hatte bis dahin geschwiegen, jetzt sah sie mich vorwurfsvoll an: »Und das alles ist genauso deine Schuld wie unsere. Sieh mal, Jim hat dir unsere Situation erklärt: Wir ham 'ne Menge Schulden bei 'n paar unangenehmen Brüdern. Ich meine, die fackeln nicht lange, die brechen Jim die Hände oder schicken mich auf'n Strich, wenn wir nich irgendwie die Kohle beibringen ...«

»Habt ihr sie eingeweiht?«

»Na ja, was sollten wir machen. Wir mußten ihnen ja irgendwas versprechen.«

Sie sah so verzweifelt aus, fast hätte sie mir leid getan.

»Ihr habt vielleicht Nerven. Und da schickt ihr diese brutalen Gangster den Aborigines auf den Hals, nur auf die vage Möglichkeit hin, daß da vielleicht was zu holen ist? Mann, die wissen weniger über die ganze Sache als wir.«

»Ach ja?« sagte Jim.

Ich erzählte es ihm, ich packte alles aus, was Rhonda und ich uns gedacht und herausgefunden hatten.

»Ihr seht also: Bei den Aborigines ist nichts zu holen.«

»Glaub ich nicht«, sagte Jim kalt, »daß der Totemstein nachgemacht ist, aber eins ist sicher: Uns erzählen sie es nicht, falls es da was zu erzählen gibt. Dir vielleicht. Dich scheinen sie ja zu mögen. Wir könnten immer noch zusammenarbeiten. Du redest noch mal mit diesem Pete, wir booten Karl aus und machen halbe-halbe, äh, Verzeihung: vier Viertel. Na – was ist? Dann lassen wir auch deine heißgeliebten Schwarzen zufrieden.«

»Vielleicht«, sagte ich, um Zeit zu gewinnen.

Jim betrachtete das Interview als beendet und verschwand im Haus.

Ich ging die Stufen hinunter und über den Hof, zum Molkereigebäude, wo ich meine Harley hatte stehenlassen. Holly kam mir hinterher.

»Hey«, sagte sie, »*pretty.*«

Ich drehte mich um, sie kam auf mich zu und legte mir die Arme um den Hals.

»Überleg dir gut, auf wessen Seite du stehst – auf meiner zum Beispiel?«

Sie küßte mich, biß mir sanft in die Lippen, eine ihrer Hände wanderte zu meiner Gürtelschnalle, sie ließ die Fingerspitzen in meine Jeans wandern und streichelte meinen Bauch.

Die prompte Reaktion amüsierte sie.

»Ein hübscher Junge mit einer großen Maschine«, gurrte Holly.

Ihre Finger strichen außen über den Reißverschluß, ihre Schenkel preßten sich an meine. Es war ekelhaft. Ein klarer Fall von sexueller Belästigung.

Ich wollte sie nicht gegen mich aufbringen, daher schob ich sie sanft von mir, küßte sie auf die Stirn und machte, daß ich wegkam.

Blieb nur noch der *hard on*, der ließ sich nicht so schnell besänftigen.

Da traf es sich gut, daß ich Rhonda entdeckte.

Sie stand auf einer Weide und hielt ein junges Pferd an der langen Leine, ließ es immer im Kreis um sich herumlaufen, irgendein Training vermutlich. Ich schaute mich um, schon vorher schuldbewußt, keine Menschenseele weit und breit. Ich stellte die Harley am Straßenrand ab, Rhonda sah hoch, sie hatte das Motorengeräusch gehört.

Ich war verwirrt und frustriert von all der Gewalt, die plötzlich um uns herum losgebrochen war, und aufgereizt von Hollys unerwarteter Anmache hatte ich immer noch einen Steifen. Ich nahm Rhonda in den Arm, drückte mich eng an sie, so daß sie gleich merkte, was los war. Sie hatte keine Gelegenheit zum Protest, ich verschloß ihr den Mund mit Küssen, zerrte sie hinter einen breiten Baum, zog ihr die Reithose von den Hüften, öffnete meinen Reißverschluß und nahm sie dort stehend gegen den Stamm. Danach sanken wir zusammen ins Gras, sie weinte ein bißchen an meiner Schulter, und ich kam mir wie ein Schwein vor. Aber es hatte mir gutgetan.

In dieser Nacht schliefen wir nicht miteinander, sondern saßen lange auf den Stufen der Veranda. Das halbwilde oder, wenn man so will, halbzahme Opossum kam vom Dach geturnt, holte sich ein paar Weintrauben, fauchte aber, als ich versuchte, es anzufassen.

Wir redeten leise, weil ihre Eltern schon schlafen gegangen waren; Janet und Greg kamen meist nach Anbruch der Dunkelheit nach Hause, aßen und gingen mehr oder weniger gleich zu Bett.

»Ich liebe dich, Rhonda«, sagte ich und rieb meinen Kopf an ihrer Schulter, so wie ein Kater, der seinen Menschen markiert, um die Dramatik der Bemerkung zu entschärfen. Der Gedanke war mir eben erst durch den Kopf geschossen, und ich hatte mich selbst damit überrascht, ihn laut auszusprechen.

»Den Teufel tust du, red nicht so'n Quatsch«, war die Antwort, aber sie entzog sich mir nicht. »Du weißt und ich weiß, was es ist, es macht Spaß; also verdirb es nicht, indem du eine labbrige Romantik drüberbutterst. Hast du das nötig?«

Nein, hatte ich nie gehabt, mir war diese eher weibliche Angewohnheit, Sex unbedingt mit Liebe entschuldigen zu müssen, immer auf die Nerven gegangen, aber ich hatte mich tatsächlich in dieses kleine Wildpferd verliebt. Es hatte keinen Sinn, darüber zu streiten. Die Affaire war ohnehin zeitlich begrenzt, und ich habe nie viel davon gehalten, die Gegenwart mit dem Gewese um eine unbekannte und unberechenbare Zukunft zu beschweren – obwohl es mir diesmal schwerer fiel als gewöhnlich.

So widersprach ich ihr nur mit Gesten, zog sie fest an mich und hielt sie dort, bis sie eingeschlafen war.

Ich betrachtete ihre verfilzten blonden Haare, ihre entspannten Züge, den eigensinnigen Mund und die Sommersprossen, die pochende Ader an ihrem Hals und die Füße, die in den zerlöcherten Socken seltsam rührend aussahen. Ich fühlte ihre Körperwärme, fühlte sie auf eine andere Art als sonst: Sie erregte mich nicht.

Es kam einer Andacht ziemlich nahe, eine ruhige Bewunderung dieser Manifestation von Leben, unendlich kompliziert und zerbrechlich, zugleich widerstandsfähig, zäh, gleichzeitig gradlinig bis zur Oberflächlichkeit und von unerwarteter Tiefe – ich hatte nur noch keine Zeit gehabt, sie auszuloten, und würde diese Zeit auch nicht haben. Ich saß einfach nur da und freute mich, daß es sie gab.

Ich war bisher noch nie besonders interessiert gewesen an seelischen Tiefen und nach der ersten Begeisterung schnell gelangweilt, abgestoßen von Komplikationen und Diskussionen, Besitzansprüchen und Verantwortung irgendwelcher Art. Und wenn es romantische Empfindungen gegeben hatte, dann vermutlich nur als Spiegelungen eigener Projektionen. Ich war meistens schnell und heftig entflammt, berauscht vom Gefühl des Verliebtseins, aber nie besonders enttäuscht, wenn es vorbei war.

Was auch hier der Fall sein konnte – beruhigte ich mich selbst.

Ich hob sie hoch, trug sie in ihr Zimmer aufs Bett, zog sie bis auf die Unterwäsche aus und deckte sie zu. Ihr Kopf rollte auf die Seite, und sie schnarchte ein klein wenig, es nahm ihr nichts von ihrer Würde.

Liebe? Keine Ahnung. Aber ich mochte sie wirklich, was möglicherweise mehr ist.

Ich dachte, ich mochte sie so, wie sie war, ohne Abstriche und ohne den Wunsch, irgend etwas zu verändern oder zu verbessern. Aber ich konnte es ihr einfach nicht sagen, nicht so, selbst wenn sie es sich angehört hätte.

Wir hatten ein paar Tage nicht mehr über Dudeks Gold oder Aborigines gesprochen; ich hatte mein Detektivspiel praktisch eingestellt. Seit aus unserem Spiel für ein paar Unbeteiligte tödlicher Ernst geworden war, empfanden wir beide wohl unausgesprochen die Säuernis der Realität.

Ich fuhr in der Gegend herum und zur Küste, legte mich gelegentlich in die Sonne, um meine Bräune aufzufrischen, besuchte einen Naturpark und kam endlich dazu, die vielen Bücher zu lesen, die ich gekauft hatte. Ich kaufe Bücher wie andere Leute Wein oder etwas besonders Gutes zu essen, kann mich sehr darauf freuen und hebe oft die erwartungsgemäß besten auf bis zum Schluß, so wie mancher die Spargelköpfe erst am Schluß ißt. Manchmal unterbreche ich die Lektüre auch an den spannendsten Stellen, um den Genuß hinauszuzögern und zu verlängern.

Pete fand mich an meinem Lieblingsplatz, an dem mittlerweile völlig ausgetrockneten, rissigen Bachbett. Die weißen Eukalyptusbäume waren von der Trockenheit unbehelligt, sie haben tiefe Wurzeln. Ihre ledrigen Blätter hingen fast senkrecht und gaben nur noch einen flirrenden Halbschatten. In diesem Schatten saß ich, das Buch im Schoß, und trank durch halbgeschlossene Augen das Licht, das so klar und hart war, daß es mir Herzstiche verursachte.

Pete hatte mit Greg, so sagte er, in der Nähe Zäune repariert, und er hatte mich von einer Anhöhe aus gesehen.

Er ließ sich neben mir ins trockene Gras sinken.

»Einen hübschen Platz hast du dir ausgesucht.«

Er nahm mein Buch in die Hand, sah sich den Umschlag an, las den Klappentext: »Ah – das kenne ich nicht, ist es spannend?«

»Mehr stimmungsvoll als spannend, er nimmt sich viel Zeit zum Erzählen, und ich finde, das entspricht ziemlich gut der Gegend, in der das hier spielt ...« (David Malouf: »The Great World«) »Du kannst es haben, wenn ich damit fertig bin. Ich kann die ganzen Bücher sowieso nicht nach Hause mitschleppen.«

»Danke«, sagte er, »ich mag Bücher, auch wenn ich nicht oft zum

Lesen komme. Ich lese meist die Abrechnungen der *Cattle Company* und den *Farmers Weekly.*«

»Gibt es auch Aborigine-Schriftsteller?«

»Sicher. Noch nicht so viele, aber es werden mehr. Wenn du willst, tausche ich dein Buch hier gegen eins von einem schwarzen Autor.«

Wir rauchten und schwiegen eine Weile, schauten mit zusammengekniffenen Augen aus unserer Schatten-Oase über das Weideland.

»Gaby«, sagte Pete dann, »würdest du mir einen Gefallen tun?«

»Sicher.«

»Ich möchte gern etwas suchen. Allein will ich nicht gehen, falls ich auf einen von den Schmugglern stoße. Einen von uns kann ich aber nicht gut mitnehmen, und Greg möchte ich da nicht mit reinziehen.«

Sollte Pete jetzt auch von dem Dudek-Fieber angesteckt sein?

Nein, viel simpler. Er hoffte, das Versteck zu finden, in dem die Abtrünnigen aus seiner Sippe ihren Alkoholvorrat aufbewahrten.

»Und dann?«

Er machte die Handbewegung von Zündholz an einer Reibfläche. Ich konnte mir vorstellen, warum er dazu nicht jemand von seinen eigenen Leuten mitnehmen mochte. Ich hatte auch den Eindruck, daß er mehr wollte als meine Hilfe bei einem kleinen Rollkommando, daß ich sanft manipuliert wurde; aber ich vertraute Pete.

Wir fuhren in seinem Wagen bis zu einer Stelle etwa fünf Kilometer vor dem Gemeindeland, ließen den Wagen stehen und schlugen uns rechts durch Malleebüsche und stacheliges gelbes Gras.

Wir gingen in einiger Entfernung voneinander in weitem Bogen nordwestlich, und Pete ermahnte mich, aufzupassen, wo ich hintrat.

Der Boden war bedeckt mit trockenen Blättern und kleinen Zweigen, ein ideales Versteck für unangenehmes Viehzeug, und ich war dankbar für meine hohen Stiefel. Pete trug die üblichen knöchelhohen Wildledertreter ohne Socken.

Ich wußte nicht, worauf ich achten sollte, aber Pete schien eine ziemlich genaue Vorstellung davon zu haben.

Nachdem wir eine halbe Stunde gelaufen waren, immer mit Blicken rechts und links den Boden abtastend, entdeckte ich einen schmalen Trampelpfad, der aus Richtung Japaljarra in den Busch führte. Im selben Augenblick fand auch Pete auf seiner Außenbahn den Pfad und stieß einen leisen Pfiff aus.

»Hier, Gaby, hier kommen sie entlang, wenn sie sich an ihrem geheimen Platz betrinken wollen. Ich habe ein paar von ihnen in die Richtung verschwinden sehen und schon so was vermutet. Komm!«

Wir folgten dem Pfad und kamen zu einer plattgetretenen Lichtung unter dem Schirm einer Gruppe von Casuarinabäumen.

Sie hatten sich wenig Mühe gemacht, ihre Spuren zu verwischen. Leere Flaschen, ein Turnschuh und rostige Konservendosen säumten den Platz, ein zerrissenes Hemd hing über einem niedrigen Ast.

Wir fanden auch schnell das Versteck, eine Grube voller Flaschen, mit ein paar Ästen und flachen Steinen bedeckt. Es muß für mindestens hundert Dollar Schnaps gewesen sein, die billigsten Sorten, Rotwein und Brandy.

»Ausgerechnet unter einem Wasserbaum«, knurrte Pete. »Unsere Ahnen wußten, welche Bäume und Wurzeln Flüssigkeit liefern konnten, wenn es kein Oberflächenwasser mehr gab – und die Casuarinas gehörten dazu.«

Es kostete einige Zeit, all die Flaschen aufzuschrauben und auszugießen. Pete wollte sie nicht einfach zerschlagen, wegen dem Krach und der Verletzungsgefahr.

»Und jetzt«, sagte er mit dem alten verschmitzten Pete-Grinsen, als wir fertig waren und die Flaschen und Dosen in einer stinkenden Lache in der Grube schwammen, »jetzt machen wir ein kleines Feuerchen.«

Er richtete sich auf, prüfte kurz den Wind, hielt dann sein Feuerzeug an den Haufen und flambierte das Ganze. Es puffte, spuckte, bunte Flämmchen waberten; der hohe Alkoholgehalt sorgte für guten Brand. Wir blieben dabei, bis alles abgefackelt war, und bedeckten den Rest mit Sand.

»Ein paar Leute werden am nächsten Samstag mächtig schlecht gelaunt sein«, kommentierte Pete zufrieden.

Auf dem Rückweg liefen wir nebeneinander her.

»Pete«, sagte ich, »ich hab's immer noch nicht kapiert. Warum ist Alkohol für deine Leute so schwer zu beherrschen? Ich meine, jedes Volk hat doch seine Rauschmittel und ordnet das irgendwie ein – mit Ausnahmen natürlich.«

»Es sind nicht unsere, es sind fremde Rauschmittel, mit denen wir nicht zurechtkommen. Sie öffnen nicht die Seele, sondern sie machen stumpf, und sie zerstören. Aber viele von meinen Leuten planen nicht weiter als morgen, für sie ist es schwer genug, in der Gegenwart zu leben, und sie versuchen, wo immer es geht, ihr zu entkommen.«

»So benutzen wir Alkohol auch – zum Entspannen und Fröhlichwerden.«

»Richtig. Rauschmittel sind in jeder Kultur eine Fahrkarte in die *dreamtime*. Wir hatten andere Fahrkarten, aber die sind nicht mehr gültig.«

»Na schön«, sagte ich, »aber du kommst doch auch klar mit dem Leben heute ...«

Er lächelte. »Ich hatte Glück, eine gute Ausbildung ... ich habe gelernt, das Beste aus beiden Welten für mich zu nutzen.«

»Der *two times man*?«

»Ja, der Mann, der in zwei Zeitaltern lebt.«

»Pete, sag mal, glaubst du, ich könnte mal bei so einem Ritual dabei sein, einer Zeremonie oder so was?«

»Du meinst Magie, tanzende Eingeborene, ja?«

So hatte ich es nicht ausgedrückt, aber schon gemeint.

Pete lachte gutmütig und war nicht im mindesten beleidigt. »Wie wär's mit einem Regentanz?« Er machte ein paar Tanzschritte, fuchtelte mit den Händen in der Luft und brummelte etwas, das mehr nach Abba klang als nach Aborigines.

»Okay.« Er versetzte mir einen kumpelhaften Schlag auf den Rükken, auffallend bei Pete dieser Hang zum Körperkontakt, eher eine weiße Eigenschaft; die Aborigines, die ich vor Pete gesehen hatte, mieden Berührungen dieser Art; es mußte mit seiner langen Karriere in den Männercliquen der Dockarbeiter und Viehtreiber zu tun haben. »Warum nicht? Da ergibt sich sicher eine Gelegenheit.«

Vierzehn

Ich sollte ihn von der Außenstation abholen. Ich hatte mit Janet und Rhonda besprochen, was am besten mitzunehmen war.

»Brot und vakuumverpackte Steaks«, meinte Janet, »sonst mußt du *wichety-grubs* essen.«

»Ich staune, daß er dich mitnimmt«, sagte Rhonda. »Mich hat er noch nie irgendwohin mitgenommen, aber dafür Josy. Sie hat mir gezeigt, wie die Frauen früher im Busch zu essen und zu trinken gefunden haben, alle möglichen Wurzeln und Beeren, und dann haben wir uns hingesetzt und von allem gekostet. Und sie hat mich bemalt! Mit dem ›Grüne-Pflaumen-Traum‹.« Rhonda kicherte. »Wir haben uns die nackten Brüste bemalt ...«

»Da war sie ja bei dir schnell fertig.«

Spitze: ein Ethno-Picknick, dachte ich, die Art von Erlebnis, von dem man hinterher bei Burger, Pommes und Bier leicht schaudernd erzählen kann.

»Aber das machen sie auch nur noch so zum Zeitvertreib am Wochenende«, fuhr Rhonda fort. »Ich bin gespannt, was der alte Munggaraui mit dir vorhat.«

Das war ich auch. Ich wußte nicht, was zu erwarten war, und war auch ein wenig enttäuscht, daß nur wir beide allein gehen sollten.

Munggaraui erwartete mich vor der Funkhütte der Außenstation. Er saß auf einem Autowrack und ließ die nackten Füße baumeln. Als er mich ankommen sah, verzog er sein faltiges Gesicht zu einem breiten, freundlichen Lächeln und hob eine Hand.

Er hatte staubige verwaschene Khakihosen an, die Hosenbeine aufgekrempelt, aber trotz der Hitze ein ziemlich dickes Unterhemd und noch ein Wolljackett drüber, kein Hut. Seine Beine waren zerkratzt von Dornen und voller entzündeter Insektenstiche.

Ich sagte »*Hi!* Danke, daß Sie mich mitnehmen wollen.«

Er nickte und lächelte.

Als nächstes wollte er gern in meine Satteltasche sehen; er machte das durch Gesten deutlich. Ich zeigte sie ihm.

Er klopfte auf den Schlafsack, nickte: »Gut.«

Taschenmesser, Stablampe, *Billycan*, Tee, der Wasserkanister waren ebenfalls »gut«, aber die Steaks, die gefielen ihm nicht.

Er schüttelte den Kopf, zeigte zur Sonne, hielt sich die Nase zu: »Nicht gut.«

Munggaraui rief seine Frau aus einer der Hütten und gab ihr unsere Steaks. Sie bedankte sich nicht, sondern nahm sie einfach und verschwand.

Okay, okay: doch *bushtucker*, Buschfutter; ich würde es überstehen.

Er winkte mir, setzte sich ohne weiteres hinten auf mein Motorrad; Gepäck hatte er nicht, nur eine zusammengerollte Wolldecke. Ich zuckte die Achseln, kletterte auf meinen Sitz und fuhr los.

Wie fuhren zwei Stunden über Staubpisten durch die hügelige Landschaft, die Anderson Downs. Dahinter erstreckte sich flaches Land; so weit man blicken konnte, kaum von einzelnen Baumgruppen oder anderen Markierungen unterbrochen.

Exakt in dem Moment, als ich dachte, »hier würdest du dich sofort verirren«, piekte mich Munggaraui in den Rücken und winkte mich von der Piste, die immerhin noch Reifenspuren zeigte.

Ab jetzt ging es mitten durch die Pampa; ich nahm mal an, daß er wußte, was er tat. Der Boden war bedeckt von einem nicht enden wollenden Teppich aus gelben Grasbüscheln und niedrigem vertrockneten Gestrüpp, der Eindruck war ein Muster aus Braun- und Gelbtönen.

Wir sahen die Spuren mehrerer kleiner Buschfeuer, und ich mußte einige Male abrupt den scharfen Spitzen der Überreste verkohlter Büsche ausweichen.

Zweimal blieben wir in losem Sand stecken und mußten absteigen und die Maschine schieben, bis wir wieder auf festen Grund gelangten, wo die Räder greifen konnten. Munggaraui ließ mich auch immer wieder anhalten, um mich auf Tierspuren aufmerksam zu machen oder auf Wellensittiche, die aus den vereinzelt stehenden Bäumen aufflogen. Mein Instinkt läutete sämtliche Alarmglocken; dieses Land schien so trocken wie die Hölle, und mit fünf Litern Wasser würden wir bei einer Panne nicht weit kommen.

Aber nach einer weiteren Stunde langsamer Fahrt durch niedrigen Busch nahm die Landschaft eine geringfügig andere Farbe an, sie wechselte von rotbraun zu silbrig-grün. Nachdem wir noch einen Hügel überquert hatten, kamen wir zu einer kleinen Gruppe von abgerundeten Sandsteinfelsen, von den weißstämmigen Bäumen umgeben, die auf das Vorhandensein von Wasser deuteten, wie ich inzwischen gelernt hatte.

Munggaraui bedeutete mir, anzuhalten. Die ganze Zeit über hatte er nur wenig gesprochen, ein paar Worte gebrochenes Englisch und den Rest in seiner eigenen rollenden gutturalen Sprache mit den vielen, klingenden Vokalen. Er stieg ab und zeigte mir die Strecke, die wir gekommen waren. *»Songline«*, sagte er.

Wir waren auf einem Traumpfad gefahren, entlang einem unsichtbaren Weg, einem von vielen, die ganz Australien mit einem dichten Netz bedecken, sichtbar nur für diejenigen, die von der ganz eigenen Genesis dieses Landes wissen und die seine Lieder singen können.

Und das ist die Geschichte, die Munggaraui mir erzählte, so gut, wie ich sie wiedergeben kann; er erzählte ebenso mit seinem ganzen Körper wie mit Worten, er wurde zu den Tieren, die in dieser Geschichte eine Rolle spielen:

»Der alte Mann Ilbad, einer der Vorfahren, die dieses Land gemacht haben, hatte ein Lager aufgeschlagen, dort drüben an der Straße, von der wir gekommen sind. Er war da mit seinen beiden Kindern, einem Mädchen und einem Jungen. Dann ging er los und suchte was zu essen für sich und die Kinder.

Als er zurückkam, brachte er einen großen Goanna, und sie rösteten ihn, und die Kinder aßen den Goanna. Aber sie waren noch hungrig und zerkauten die Knochen ganz laut, kracks, knacks! Und Ilbad wurde ungeduldig und fragte, was sie denn wollten. ›Mehr zu essen, wir sind noch so hungrig‹, sagten die Kinder. Da wurde Ilbad wütend und warf einen großen Knochen nach dem Mädchen. Er brach ihm den Arm. Er warf auch einen Knochen nach dem Jungen, aber er verletzte ihn nicht.

Die beiden Kinder rannten fort. Ilbad tat es leid, daß er sie so schlecht behandelt hatte, und er folgte ihnen; aber er konnte sie nicht einholen, weil sie sich in Hunde verwandelt hatten. Der eine Hund hinkte.

Die Hundekinder zogen durchs Land und setzten überall *puppies* in die Welt. Das sind die Leute, die heute noch dort leben. Schließlich kamen sie zu einem Ort, der ihnen gefiel. Da machten sie ein Wasserloch und einen kleinen Wasserfall. Dann sagten sie: ›Wir sind jetzt Regenbogen. Wir müssen hierbleiben‹.«

Ungefähr so ging Munggarauis Geschichte.

Er richtete sich aus seiner Position als Regenbogen-Hund auf und lachte und winkte mir, ihm zu folgen.

Wir gingen um den Felsen herum, und da war das Wasserloch, ein kleiner Tümpel im Schatten der Felsen, halb überwuchert mit Schlingpflanzen und Gras. Das Wasser verschwand in einer Öffnung zwischen den beiden größten Steinen.

Munggaraui machte mir ein Zeichen, zurückzubleiben.

Ich machte es mir im Schatten eines Flußgummibaums gemütlich, nahm mir den Hut ab, wischte mir den Schweiß aus der Stirn und steckte mir eine Zigarette an.

Er ging zum Wasserloch und, so hat es mir Pete später erklärt, kündigte den Geistern der schwarzen Hunde unsere Anwesenheit an.

Danach erst durfte ich näherkommen und mich zu ihm setzen.

Er reinigte die Wasserstelle, fischte verrottete Pflanzen und Holz heraus, riß die wuchernden Ranken aus, arbeitete flink und konzentriert wie ein Gärtner in einem hochherrschaftlichen Park. Dabei sang er, es war eher ein Sprechgesang, erzählte eine weitere Geschichte, die ich nicht verstand.

Schließlich holte er aus seiner Jackentasche einige kleine Plastiktüten mit Farben, vermengte sie auf einem flachen Stein mit Wasser und begann methodisch, einige der stark verblaßten Zeichnungen an den wettergeschützten Unterseiten der Felsen zu erneuern.

Als er damit fertig war, sah er traurig aus.

»Die jungen Leute vergessen das«, erklärte er, »wenn ich tot bin, wird niemand mehr herkommen.«

Wir saßen eine Weile und sahen uns sein Werk an.

Er stand auf, lächelte wieder und schlug sich auf den Bauch: »Essen, essen!« Wir gingen auf die Jagd.

Aus seinem Gürtel, unter dem Jackett verborgen, holte er einen Boomerang und schleuderte ihn zum Spaß in die Bäume, von wo ein Schwarm weißer Kakadus aufflog. Sie kreisten über unseren Köpfen –

einer schiß mir auf den Hut – und flogen zu einer etwas entfernteren Baumgruppe.

Munggaraui lachte übermütig, tanzte barfuß im Sand und ahmte die Vögel perfekt nach. Er war für sein Alter bemerkenswert agil.

Wir sahen hoch in einem abgestorbenen Baum ein Bienennest, aber es war noch nicht groß genug, um Honig zu enthalten. Ich war ausgesprochen erleichtert, denn ich hatte mich schon völlig von Bienen zerstochen gesehen, und das nur, um klebrige Bienenspucke aus Waben zu lutschen. Das also blieb mir erspart. Aber Munggaraui zeigte mir, wie man unter Malleebüschen Wasser finden kann, verschiedene eßbare Wurzeln und Samen, Insektengallen mit süßen zuckrigen Fäden, die er herauslutschte, und auch *wichety grubs*, fingerdicke weiße Maden, die er aus der Rinde eines verrotteten Baumstumpfes herauspulte.

Mein schwer verhohlener Ekel machte ihm großes Vergnügen; drei oder vier Maden aß er an Ort und Stelle, frisch aus dem Baum, den Rest trug er auf einem Rindentablett zurück zum Lager.

Dann kletterte er einen der Bäume hoch und pflückte eine unglückselige Echse aus den Zweigen, die sich vor uns geflüchtet hatte. Das Geräusch ihres brechenden Rückgrats ging mir durch und durch.

Zum Feuermachen nahm er allerdings ein Plastikfeuerzeug; so weit ging das Steinzeitleben wohl doch nicht, daß er sich nicht ein paar Bequemlichkeiten erlaubt hätte. Es gab also wieder mal gerösteten Goanna, geröstete Maden, dazu frisch aus dem Teich gerupfte Seerosenstengel, die geschält nach Sellerie schmeckten, sowie Toastbrot aus der Plastiktüte und Billy-Tee.

Ich konnte mich schließlich überwinden und aß ein paar von den gebratenen Engerlingen. Ich holte tief Luft, schloß ergeben die Augen und steckte mir entschlossen eine in den Mund: Die geröstete Schale knackte unter meiner Zunge, und dann zerging das nußartig schmekkende, zarte weiße Fleisch in meinem Mund. Es war halb so schlimm. Wenn sie von außen nicht so scheußlich ausgesehen hätten, wäre ich versucht zu behaupten, sie hätten geradezu köstlich geschmeckt, aber ich ließ es nach ein paar Höflichkeitsbissen gut sein.

Munggaraui beobachtete mich und kicherte in sich hinein.

Die Dunkelheit fiel wie ein Bühnenvorhang. Ich machte es mir in meinem Schlafsack bequem, als Kissen benutzte ich meine Satteltaschen.

Der Himmel war klar und kalt. Ich genoß das Schauspiel funkelnder Sternstraßen und Lichtnebel und sah Figuren, die ich zu Hause niemals wahrgenommen hatte; es lohnt sich ja selten, nachts überhaupt zum Himmel aufzublicken. Ich versuchte, mir das alles einzuprägen, stellte es mir als Negativ auf meiner Gehirnrinde vor, wo ich es aufheben konnte für die Jahre, in denen ich so etwas nicht mehr zu Gesicht bekommen würde.

Munggaraui saß unten am Wasserloch. Ich bedauerte, daß er sein Didjeridoo nicht mitgebracht hatte, aber dann fing er leise an zu singen, und ich wußte, er sang nicht mir etwas vor, sondern den Geistern im Wasser.

Und ich träumte ... oder war ich wach? Die Dunkelheit war intensiver geworden, eine ganz vollständige Dunkelheit, eine Welt ohne Sonne, Mond und Sterne, eine Welt unbeweglich, ohne Hast oder Absicht, aber voller Erwartung.

Ich dachte, daß meine Augen offen sein müßten. Der Blick schweifte mit kätzischer Empfindlichkeit über eine umbrafarbene Ebene, in der es nichts gab außer schattenhaften Andeutungen von Dingen, die sein könnten, aber noch nicht waren. Eine gespannte Unruhe ging aus von den Schlammlöchern und den Nicht-Bergen und den Nicht-Bäumen.

Und dann sah ich die Sonne angehen wie eine gewaltige Deckenlampe, einfach so, als habe sie eben gerade beschlossen, geboren zu werden.

Als ihre allerersten Strahlen tastend über die schlammige, braune Ebene wanderten, erwärmten sie die, die unter der Erde geschlafen hatten. Es gab ein Räkeln und Recken und Strecken wie in einem Korb voller neugeborener Katzenkinder. Einige der Wesen standen auf und sahen sich um. Ich sah eines, das mehrmals die Gestalt wechselte, fließend und mühelos, wie Merlin in Disneys Kinderfilm. Ich mußte leise lachen, als es mir einfiel und das Ding aus der Traumzeit den Dingokopf in Kombination mit dem Menschenkörper und Emufüßen oder den schuppigen Echsenkörper mit dem rosa Kopf eines Galahs ausprobierte. Als endlich alles passend erschien, ging das Wesen los und benannte die Dinge, die auf das Sein warteten. Es sang, und da entstanden Berge, Menschen, Tiere und Pflanzen. Es setzte seinen ledernen Wassersack nieder, nahm einen Stock und stach Löcher hinein. Der Wassersack lief aus und bildete einen kleinen Teich.

Am Ufer machte das Wesen einen Pflaumenbaum und aß von den Früchten. Dann stöhnte es wohlig auf und sagte: »Ich bin müde von all dem Singen. Ich werde hierbleiben und ausruhen.«

Ich sah ihm zu und fühlte mich auf eine seltsame Art froh und entspannt.

Als ich in der klaren Morgensonne aufwachte, konnte ich mich an alles genau erinnern. So ein verrückter Traum und so realistisch. Dabei war die kleine Zeremonie am Wasserloch doch kaum so beeindruckend gewesen. Verfiel ich etwa der Touristen-Krankheit? Mein Gott, ich hasse diese Trottel, die mit Düsenjets aus aller Welt anreisen, um irgendwelche übriggebliebenen Primitiven demütigst zu bestaunen, den Untergang solch edler Wildheit zu beweinen, und dann schleunigst wieder in ihre klimagekühlten Großstadtwaben zurückkehren, um fleißig weiter an diesem Untergang zu feilen. Also was zum Teufel tat ich hier? Konnte ich möglicherweise wie Pete das Beste aus beiden Welten haben? Konnte ich nicht. Hatte ich mir einfach einen spannenden Film angesehen? Das wäre eigentlich beschämend, hätte seine Würde ebenso verletzt wie meine. Benutzte ich die Welt wie ein Buffet?

Aber ihm schien es nichts auszumachen. Vielleicht war es in Ordnung, meine Neugier eine Brücke, die zu bauen er gern helfen wollte. Vielleicht genügte das fürs erste.

Ich sah den alten Mann an, der Sand auf unser Frühstücksfeuer warf und gelassen seinen Boomerang in den Gürtel steckte. Er füllte den Wasserkanister, und wir holperten den langen Weg durch Busch und offene Graslandschaft zurück – schweigend.

Ich hätte ihm gern meinen Traum erzählt und ihn so vieles dazu gefragt. Aber er hätte mich ja doch nicht verstanden, jedenfalls nicht bei einer so komplexen Geschichte. Und mir fehlten seine schauspielerischen Fähigkeiten. Ich wäre mir auch albern dabei vorgekommen.

Pete wartete auf uns in der Außenstation.

Ich bedankte mich bei Munggaraui, lud mein Motorrad auf die Ladefläche von Petes Lastwagen und fuhr mit ihm zurück.

»Na, wie hat es dir gefallen?« fragte Pete.

»Ganz gut«, sagte ich, »aber hör mal, der alte Mann spricht ja ziemlich wenig Englisch. Der will wohl gar nichts mit der weißen Welt zu tun haben?«

Pete warf den Kopf zurück und lachte schallend. »Hat er's wieder gemacht? Hat er dir den Steinzeit-Nomaden vorgespielt?«

»Vorgespielt?«

»Na ja, Munggaraui ist ein ganz gebildeter Mann. Er spricht fließend Englisch und Französisch und war schon mehrmals zu Vorträgen nach Paris und in die USA eingeladen. Du müßtest ihn mal sehen, auf dem Flughafen von Sydney, im Anzug und mit seiner Kroko-Lederaktentasche in der Hand!«

Mir stieg heiße Röte ins Gesicht. »Was?! Dann hat er mich reingelegt?«

Pete wurde wieder ernst: »Nein, Gaby, im Gegenteil. Ich denke, er hat dir einen kurzen Blick in die *dreamtime* erlaubt. Dafür solltest du ihm dankbar sein. Weißt du, er hat es sehr satt, immer wieder dieselben Fragen zu beantworten. Er hat andere Möglichkeiten, sich mitzuteilen, wenn er will. Und wenn ich dich so ansehe, glaube ich, du hast ihn auch so verstanden.«

Vielleicht hatte Pete recht. Ich war mir da nicht sicher.

Was ich gesehen und erlebte hatte, war schön, aber mir so fremd: Ich hätte auf einem anderen Planeten gewesen sein können.

Am Abend stand ich bei Janet in der Küche und half ihr bei der Zubereitung des *tea* – Tee gleich warmes Abendessen. Beim ersten Mal, als von »Tee« die Rede war, hatte ich Sorge, statt eines anständigen Essens ein Stück Kuchen serviert zu kriegen. Ich tat die Sträflingsarbeit: Kartoffeln schälen für fünf hungrige Personen. Rhonda kam von draußen reingeschneit. Sie gab ihrer Mutter einen schallenden Kuß und kniff mich in den Hintern.

»Oh, Rhonda, weißt du, wer angerufen hat?«

»Nein, woher sollte ich.«

»Patrick!«

»Patrick!?!!«

Die Stimmlage machte mich sofort eifersüchtig: erfreut, erstaunt, begeistert, vertraut und selbstverständlich.

»Er sagt, in drei Wochen hat er die Navy hinter sich, dann kommt er nach Hause.«

Seltsamerweise sah Janet dabei nicht Rhonda, sondern mich an. Schon gut, ich hab's kapiert. Da gab es etwas Festes, und ich sollte nicht dazwischenfunken. Das reizte mich.

Später in der Nacht habe ich sie dann gefragt: »Wer zur Hölle ist Patrick?«

»Der Mann, den ich heiraten werde.«

Eiskalt sagte sie das, einfach so.

»Und da schläfst du mit mir?«

»Warum nicht? Mir fällt ja nichts ab dabei.« (Gott! Diese modernen Frauen. Es hätte doch wirklich genügt, wenn die Männer so unverfroren leben würden.) »Sieh mich nicht so an! Bloß weil du mich bumsen darfst, hast du noch lange keine Rechte über mich.«

»Nein, versteh mich nicht falsch, keine Rechte. Aber ich dachte ... ich mag dich wirklich. Warum können wir es nicht miteinander versuchen? Warum nicht ich?«

»Weil es nicht laufen würde. Wir sind so unterschiedlich. Wo würden wir leben? In einer Stadt in Deutschland? Was würde ich da tun? Däumchen drehen, den Dackel ausführen?«

»Ich könnte hierbleiben. Es gefällt mir sehr gut in Australien.«

»Ach wirklich? Und was würdest du mit einem Literaturstudium hier anfangen – hier, in Cedar Glen, zwischen Pferden und Kühen und Känguruhs?«

»Ich könnte den Kühen was vorlesen. Neueste amerikanische Untersuchungen haben gezeigt, daß sie dann mehr Milch geben.«

»Idiot!«

Ich streichelte ihre Haare, kämmte mit den Fingern die Knoten aus. »Ich könnte was anderes lernen.«

»Ach komm, hör schon auf. Du hast dich bis auf den heutigen Tag nicht im mindesten für meinen Alltag interessiert. Du hast dir nicht mal meine Pferde angesehen. Pat gehört übrigens bald der Hof, auf dem sie stehen.«

Sie beendete mein halbherziges Werben mit einem langen Kuß, der mich zum Schweigen und auf andere Gedanken brachte.

Fünfzehn

Nach den ersten kühlen Nächten zu Beginn der Regenzeit hatte sich die Hitze in den letzten zwei Wochen wieder unerträglich aufgebaut; die Luft war so trocken, daß ich das Gefühl hatte, ununterbrochen trinken zu müssen. Wer konnte, hielt sich in klimagekühlten Räumen auf; die anderen gingen draußen langsam und mürrisch ihrer Beschäftigung nach.

Alle waren verschwitzt und gereizt – außer Rhonda, sie brachte es fertig, immer so kühl auszusehen, als käme sie eben von einem erfrischenden Bad.

Greg und Pete hatten das Vieh auf die Nordweide getrieben, die einzige Weide, wo es noch Wasser gab, einen sumpfigen kleinen *billabong*, einen Tümpel, über dem die Mücken und Fliegen zu Milliarden tanzten und surrten.

Die seltsame Stimmung mag vielleicht zur Erklärung, nicht zur Entschuldigung für Mike Starks Verhalten dienen, der es rundum ablehnte, nach Josy zu suchen.

Immerhin war sie erst seit vierundzwanzig Stunden weg, und Stark meinte grantig, ja, dann sei sie eben auf *walkabout*, diese Schwarzen würden ja alle ab und zu mal so einen Anfall kriegen, das läge ihnen eben im Blut. Wenn sie nächste Woche immer noch nicht zurück sei, dann dürften Pete und Barney gern wiederkommen, bis dahin habe er anderes zu tun.

Es nützte nichts, daß Barney erklärte, Josy habe das Baby nur für einen Nachmittag zu einer Freundin gegeben; sie habe allen erklärt, daß sie Geld für ein Bild bekommen habe und nach Toowoomba wollte, um neue Farbe zu kaufen.

»Na ja, wahrscheinlich hat sie statt dessen einen gehoben und schläft jetzt irgendwo ihren Rausch aus.«

Pete unterdrückte nur mit Mühe seine Wut: »Josy trinkt nichts, keinen Tropfen. Das wissen Sie doch genau, Mike.«

Pete hatte von seinem Büro aus bereits sämtliche Krankenhäuser und Polizeistationen der näheren und weiteren Umgebung angerufen, in den Hotels und Rasthäusern an der Hauptstraße gefragt, und Barney hatte sich in den Bus gesetzt und war einen halben Tag lang in der Kreishauptstadt herumgelaufen. Aber weder im Busbahnhof noch in dem Künstlerbedarfsgeschäft, wo Josy immer kaufte, hatte irgendwer eine junge Schwarze von Anfang Zwanzig mit einem rosa Minirock und einem kanariengelben T-Shirt gesehen. Und wenn sie niemand gesehen hatte, dann war sie auch nicht dagewesen, davon war Barney überzeugt; er fand, und hatte damit wahrscheinlich recht, daß seine Frau ziemlich spektakulär aussah.

Stark kratzte sich den Stiernacken und wischte sich die Schweißperlen von der Stirn. Er war an sich kein mieser Kerl, nur war seine Sicht der Welt eben geradlinig und simpel. Er hatte keinerlei Fantasie.

»Ja, was denkt ihr euch denn, Leute? Soll ich halb Queensland absuchen, von Brisbane bis zur Simpson-Wüste? Wie stellt ihr euch das vor? Wo soll ich denn anfangen, kann mir das einer mal verraten?«

Pete schluckte die Bemerkung, die ihm in den Sinn kam, herunter und zog Barney am Hemdsärmel aus der Polizeistation.

»Macht euch keine Sorgen, ich wette, morgen ist sie wieder da, und dann hat sie bloß bei 'ner Freundin übernachtet oder 'n kleinen Ausflug gemacht«, brüllte Stark hinter den beiden her. Während er sich wieder in die Papiere über einen Autodiebstahl vertiefte, murmelte er noch: »Ich wette, sie liegt mit 'nem Kerl im Bett. Soll Barney sich seine Alte doch selber wieder einfangen.«

Aber in der Nacht kam Pete nach Cedar Glen.

Er klopfte gegen die Scheiben vom Gästezimmer, und als er mich da nicht fand, kombinierte er völlig richtig und kam zu Rhondas Tür.

»He, he, psst! Rhonda, bist du wach? Psst, Rhonda! Ist Gabriel bei dir?«

Rhonda ging zum Fenster und schob es ein Stück weit hoch. »Ja, er ist hier, aber sag es nicht meinem Vater. Was gibt's denn?«

»Es ist wegen Josy, ich habe sie gefunden.«

Wir zogen uns schnell etwas über und gingen zu Pete raus.

Wie er sagte, war am Abend Holly rotzfrech, als gehörte ihr der Laden, mit ihrer blauen Karre nach Japaljarra eingeritten. Sie war zu Pete ins Haus gegangen – »klopf, klopf, ich darf doch mal ...« – und hatte ihm ein Ultimatum gestellt: Sie hatten Josy, und Pete hatte etwas, das sie und Jim dringend brauchten; ob man nicht vernünftigerweise einfach tauschen wolle. Keine Frage, die Heranziehung von Polizei, »diesem Trottel Stark«, würde unweigerlich zu Unannehmlichkeiten für die arme kleine Josy führen.

»Was um alles in der Welt könntest du haben, Pete, das sie brauchen?« fragte Rhonda.

Pete sah uns mit einer Mischung aus Wut und Bitterkeit an. »Könnt ihr euch das nicht denken? Sie haben diesen angeblichen Totemstein und wollen unbedingt herausfinden, wo Dudeks Goldader liegt. Ich soll sie ihnen zeigen.«

Wir schwiegen.

Pete ließ den Kopf hängen. »Was soll ich nur tun? Ich habe ihnen nichts zu sagen. Sie denken, sie hätten da eine Schatzkarte in der Hand, aber sie haben gar nichts. Ich kann mit dem verdammten Ding nichts anfangen, es ist nicht mal echt. Dudek hat es gemalt, und er allein weiß – wußte, was es zu bedeuten hat.«

Wenn wir Pete bis dahin angezweifelt hatten, an diesem Punkt war uns völlig klar, daß er tatsächlich keine Ahnung hatte. Er hätte Josy niemals in Gefahr gebracht. Er liebte Josy und war stolz auf sie, und er war auch soweit ein Aborigine, daß ihm die Familie über alles ging.

»Weißt du, wo man sie festhält?« fragte ich. »Wenn wir das wissen, dann holt einer von uns die Polizei, dann kann Stark nicht mehr ablehnen, dir zu helfen.«

»Aber sie haben gesagt, keine Polizei, sonst tun sie Josy was an!«

»Ach ja, so was sagt man wahrscheinlich immer in so einer Situation, aber ich kann mir einfach nicht vorstellen, daß Jim und Holly so eiskalt sind. Jim ist ein Schmock, ein kleiner Gauner. Der schmuggelt, dealt und schummelt sich durchs Leben, aber der kann doch niemandem ernsthaft was tun.«

»Ich hoffe, du hast recht.«

»Warum gehen wir nicht einfach runter zum alten Farmhaus an der Molkerei und sehen nach? Vielleicht sind sie da. Und wenn wir wissen, womit wir's zu tun haben, dann sehen wir weiter«, schlug Rhonda vor.

Und das machten wir.

Petes alter Jeep stand am Straßenrand, wir ließen ihn einfach den

Berg runterrollen, um Lärm zu vermeiden, und der Schwung reichte auch gerade, um uns die eineinhalb Kilometer bis zum Holzgatter an der Molkerei zu tragen, das weiß im Dunkeln schimmerte.

Dahinter lag der Flachbau der Molkerei, und weiter hinten leuchtete Licht aus einem Fenster am alten Stephens-Haus.

Wir schoben den Jeep noch ein Stück weiter und halb auf eine Wiese, wo er vom Molkereigelände aus nicht gesehen werden und wo auch keiner reindonnern konnte, wenn – fabelhafter Zufall – doch jemand mitten in der Nacht die Straße langgefahren käme.

Dann schlichen wir uns zum Haus.

Das erleuchtete Fenster befand sich an der Vorderseite, rechts vom Eingang, da wo die Stützpfeiler bis zum Boden über einen Meter hoch waren. Rhonda, die leichteste von uns dreien, kletterte auf meine Schultern, um in das Zimmer zu sehen.

Sie hatten Vorhänge zugezogen, aber die waren zum Glück so schäbig und zerfetzt, daß Rhonda mit einigem Kopfdrehen und Jonglieren meinerseits ganz gut Einblick hatte.

»Ich sehe sie. Josy ist wirklich da, an einem Stuhl festgebunden ... und da steht Holly, macht sich irgendwie am Kühlschrank zu schaffen ... und Jim ist auch da, er sitzt auf dem Sofa gegenüber der Tür.«

Ich ließ sie runter.

»Was jetzt?«

»Wir könnten einfach reinmarschieren. Drei zu zwei ...«, flüsterte Pete.

»Ich würde lieber *Pa* holen«, flüsterte Rhonda zurück.

Ich hätte jetzt beleidigt sein sollen. In jedem anständigen Film wäre *ich* da einfach reingestürmt wie Rambo, bäng, pow!, und die Sache wäre erledigt gewesen.

Aber ich war eigentlich Rhondas Meinung: je größer die Übermacht, desto besser; scheiß auf die Fairneß, scheiß auf die Heldentaten.

In dem Augenblick hörten wir es klatschen und Josy aufschluchzen.

Pete stürmte in zwei Schritten die Stufen hoch – scheiß auf die Strategie – und über die Veranda zur Tür. Rhonda und ich konnten nichts anderes machen als hinterherzusprinten. Pete riß an der Tür, die natürlich abgeschlossen war.

Zu dumm. Den Überraschungseffekt hatte Pete uns nun versaut.

Holly kam zur Tür gestöckelt, öffnete: »O hallo, Pete, ist dir doch noch was eingefallen«, und wir traten ins Zimmer, nur um in den Lauf von Jims Revolver zu blicken, ein richtiger Revolver, groß und schwer, passend zu Jims Tex-Mex-Macke.

»Kommt doch alle rein. So ist's nett. Aber Pete, wozu hast du die denn mitgebracht? Die brauchen wir nun nicht mehr.«

Er streifte Rhonda und mich mit einem verächtlichen Blick.

Josy saß auf einem Holzstuhl, Arme und Beine an Stuhlbeinen und Lehne festgebunden. Sie hatte geweint, und eine Seite ihres Gesichts war etwas verschwollen.

»Tja«, sagte Jim, »was soll ich machen. Holly kann ein ziemliches Biest sein. Ich hatte nur gesagt, daß sie gut aussieht, die Kleine, und schon ist Holly losgegangen wie 'ne Rakete.«

Er räkelte sich im Sofa, vor sich auf einem kleinen Tisch eine Flasche Rotwein, ein Glas, eine Linie weißen Pulvers und einen Hundertdollarschein. Seine Augen glitzerten, er schien das alles sehr zu genießen.

»Komm Jim, laß doch den Quatsch«, sagte ich. »Du dealst ein bißchen, du kokst ein bißchen, aber du bist doch kein richtig Krimineller. Laß uns gehen, und wir halten den Mund. Du weißt, was auf Entführung steht.«

Er lachte böse und stand auf. Ich machte einen Schritt auf ihn zu, wollte ihn berühren, nur so ganz locker zur Beruhigung; es kam fast automatisch, weil ich glaubte, ihn zu kennen, einen Draht zu ihm zu haben.

Aber er machte eine blitzschnelle Bewegung, schlug mir die Hand herunter und hob den Revolver.

»Der liebe Gabriel. Der vernünftige Gabriel! Ich hab dir schon mal gesagt: Halte mir keine Moralpredigten. Sieh dich doch um, wer fragt denn nach Gesetzen? Doch nur kleine Leute, Schwächlinge, kleine jämmerliche Schwächlinge wie du. Aber ich brauche deine Gesetze und deine Scheißmoral nicht. Ich kriege, was ich will.«

»Du meinst, Karl kriegt, was er will«, sagte Holly.

»Halt's Maul! Diese Schlampe weiß nicht, was sie redet. Karl macht Druck. Karl will sein Geld, und er will es sofort, ersatzweise auch das Gold. Gut, machen wir ihn erst mal glücklich. Aber ihr glaubt doch nicht, wenn da wirklich eine Goldmine ist, daß ich sie Karl überlasse, das würde Gabriel tun, nicht wahr, Gaby ...«

Und dann machte er einen Fehler.

Er drückte mir den Revolverlauf ins Gesicht.

Er hätte vielleicht sogar damit durchkommen können, langsam, aber nicht so hastig. Sogar Pazifisten wie ich haben rudimentäre Selbstverteidigungsreflexe. Außerdem hatte mich Greg gerade erst ein bißchen trainiert und in die Herrlichkeiten australischer Buschkneipenraufereien eingeführt. Ehe ich denken konnte, hatte ich ihm den Revolver aus der Hand geschlagen und ihm einen Maultiertritt gegen das Schienbein versetzt und dann, als er sich krümmte, einen Haken in die Magengrube. Er ging zu Boden, Rhonda hüpfte hoch und klatschte Beifall, als wären wir beim Rodeo.

Pete nahm den Revolver, lief rüber zu Josy, wo sich ihm Holly in den Weg stellte. Das trug ihr eine gewaltige Schelle ein. Sie flog bis aufs Sofa.

Rhonda befreite Josy von den Stricken, und Pete nahm sie auf seine Arme – sie konnte nicht stehen, die Stricke hatten ihr das Blut in den Beinen abgeschnürt.

Ich stand über Jim und konnte es gar nicht fassen.

Jim umklammerte sein malträtiertes Schienbein und spuckte nach mir: »Du kleines Arschloch kämpfst wie eine Frau!«

Ich zuckte die Achseln. »Na und, aber ich kämpfe. Das hättest du nicht gedacht.«

Hatte *ich* auch nicht.

Wir gingen zur Tür, ich öffnete sie für Rhonda und Pete mit Josy auf dem Arm. Jim rappelte sich hoch hinter uns, aber was konnte er uns Helden anhaben.

Unsere siegreiche Prozession ging über die Veranda, die Stufen runter, Pete zuerst, dann Rhonda, dann ich. Plötzlich hörten wir einen Wagen durch den Hof rumpeln, eine niedrige Limousine, für Feldwege nicht geeignet, sie setzte zweimal auf.

Wir standen wie versteinert; ich hörte, wie oben Jim zur Tür kam und sich am Rahmen festhielt. Der Wagen hielt, rutschte noch im Dreck, als der Fahrer heraussprang, und wir hörten ihn Bruce befehlen: »Greif sie dir!«

Nun war ja Bruce ein bißchen blöde, und er stierte, hopste auf seinen Riesenquanten unentschlossen hin und her, wen er denn nun greifen sollte von uns vieren.

Und das nutzte Pete.

Er sprang mit seiner Josy aus dem Lichtkegel der Scheinwerfer und wurde vom Dunkel verschluckt.

Ich rannte los, die Auffahrt hoch zum Jeep, dachte, Rhonda würde mir folgen, da hörte ich sie schreien.

Ich drehte mich um.

Bruce hatte sich endlich entschlossen und hielt Rhonda mit einem Arm an sich gedrückt. Er erinnerte mich absurderweise an einen kleinen Jungen mit einem Teddybären.

Sie schrie, trat und biß, aber das war, als ob man einen Roboter beißen wollte oder auf die Gummiwand einer Tobsüchtigenzelle eindrosch. Das Vieh verzog keine Miene. Ich ging zurück zum Haus.

Jim hatte sein Lächeln wiedergefunden. »Rhonda, Gabriel, darf ich euch Karl vorstellen.«

Jetzt wurde mir wirklich flau: Karl, das war ein anderes Kaliber. Jim, der war als Gangster genauso zweitklassig wie ich als Rambo, aber dieser Mann hier war in der Wolle gefärbt, der jagte mir die Schauer über den Rücken.

Er war eigentlich schmächtig, trug einen sauteuren Anzug, soweit ich es einschätzen konnte, vermutlich Gucci-Slipper; an ihm war nichts, das an einen Zuhälter erinnerte. Er hatte Klasse. Sein Gesicht war blaß, beinahe bleich, schütteres Haar, glatt nach hinten gekämmt, schmale Lippen wie ein Strich, und er trug eine goldgerahmte Brille mit runden Gläsern.

Er sprach leise, wie einer, der gewohnt ist, daß man ihm zuhört.

»Was ist hier los?« fragte er.

Jim erklärte es ihm.

»Ich habe dir gesagt, laß keinen rein, bis Bruce wieder da ist.«

Jim entschuldigte sich nicht. Er war nicht Karls Hund.

Karl starrte ihn einen Moment an, dann musterte er Rhonda und mich: »Wer ist das?«

»Das ist das Stephens-Mädchen und ihr *lover*; die, von denen wir erzählt haben.«

»Die die Karte gefunden haben?«

»Den Stein, Karl.«

»Stein, Karte, egal. Also sie hängen mit drin?«

Jim nickte.

»Okay, dann ist es ja gleich, ob wir die Schwarze haben oder das Mädchen hier. Du hast gesagt, sie ist eng mit diesem Aborigine befreundet?«

Jim nickte wieder, grinste mir zu. Rhonda hatte aufgehört, in Bruces Armen zu strampeln.

»Also«, Karl wandte sich an mich, »es hat sich nichts geändert. Du wirst diesen Pete dazu veranlassen, uns bei der Suche zu unterstützen.«

Keine ausgesprochene Drohung, keine weitere Erklärung, eine Feststellung. Es war auch nicht mehr nötig. Die Bedingungen waren klar.

Karl winkte Bruce mit einem kaum sichtbaren Handzeichen, und Bruce schleppte Rhonda wie ein Paket die Verandatreppe wieder hoch.

Jim machte eine spöttische Verbeugung vor ihr.

Karl folgte, drehte sich dann noch einmal zu mir um: »Ich würde mich an deiner Stelle beeilen. Du hast drei Stunden.«

Ich rannte zum Jeep.

Sie hatten ihn bereits gefunden – die Reifen waren zerstochen.

Drei Stunden! Ich rannte zurück zur Farm. Der Weg über die Straße bedeutete eineinhalb Kilometer, die Zeit hatte ich nicht. Ich nahm die Abkürzung über den Steilhang, kletterte über Zäune, rutschte im feuchten Gras, klammerte mich an Wurzeln und Grasbüschel. Meine Kondition war miserabel. Nach dreihundert Metern hämmerte meine Pumpe wie kurz vorm Auseinanderfliegen, aber ich keuchte weiter, drei Stunden waren wenig Zeit. Ich zweifelte nicht einen Moment an Karls eiskalter Entschlossenheit. Drei Stunden! Schweißüberströmt, keuchend, atemlos und zerkratzt erreichte ich den Zaun, der den Stephens-Garten umgab, kletterte über den Zaun, rannte zur Harley, zögerte nur ein halbe Sekunde, sah zurück zum Farmhaus, dessen Fenster dunkel und friedlich waren. Sollte ich Greg wecken? Ich entschied mich dagegen, schob die Harley zur Straße, ließ sie kommen und fuhr los.

Wo war Pete?

Ich hoffte, ihn und Josy auf der Straße nach Japaljarra aufgabeln zu können. Sie konnten ja noch nicht weit sein ohne den Jeep, und sie würden das Geräusch meiner Maschine erkennen, es war ja die einzige dieser Art weit und breit, nicht zu überhören.

Also fuhr ich zunächst langsam und rief gelegentlich.

Einmal dachte ich, ich hätte jemanden gesehen, und hielt an, aber es war nur ein gelbes Riesenkänguruh, das verschreckt in meinen Scheinwerfer blinzelte.

Ich fuhr langsam weiter.

Als ich weit über die Entfernung hinaus war, die sie gelaufen sein konnten, gab ich Gas und fuhr nach Japaljarra zu Petes Haus. Vielleicht hatte jemand sie mitgenommen.

Sie waren nicht da, weder bei Pete noch bei Josy zu Hause. Barney steckte den Kopf aus der Tür, verschlafen und der Fahne nach betrunken. Er hatte keine Ahnung, was lief, und ich sagte es ihm nicht, um ihn nicht noch mehr zu beunruhigen. Ihn mitzunehmen hätte mir auch nicht geholfen bei seinem Zustand.

Ich sah auf die Uhr, diese ganze Aktion hatte mich über zweieinhalb Stunden gekostet. Mir lief die Zeit weg. Verdammt, das mußte doch sogar Karl einsehen: Ich konnte schließlich Pete nicht herzaubern.

Aber etwas gab mir die Idee, daß es Karl völlig egal wäre. Mir mußte was einfallen, und das sofort.

Ich fuhr zurück und überlegte fieberhaft, während ich fuhr.

Als ich über den Hügel kam, von dem aus man die Molkerei sehen konnte, war mir immer noch nichts eingefallen.

Ich hielt an.

Sechzehn

Bruce, der Idiot mit der eingedrückten Visage, wartete auf mich.

Er lehnte am Treppengeländer vom alten Stephens-Haus. Sein massiver unförmiger Umriß löste sich aus dem Schatten. Er hämmerte ein-, zweimal mit der geballten Faust an die Holzwand: »Er ist wieder da.«

»Er?« hörte ich Karl sagen, Tonfall gereizt; es lief nicht wie gewünscht.

Dann der Befehl: »Sieh nach, was wir haben.«

Jim: »Okay, ich gehe, aber nicht, weil du es sagst. Ich bin nicht dein Angestellter, klar?«

Karl: »Wir werden sehen.«

Die Tür öffnete sich, und Jim stand im Licht, das aus dem Zimmer fiel. Ich konnte seinen Gesichtsausdruck nicht sehen, aber das war auch nicht nötig.

Der Tonfall war gehässig. »Ach nee, unser deutscher Freund, ganz allein. Hat euer schöner Pete euch im Stich gelassen?«

Er kam näher, die Treppe herunter.

Bruces Hand glitt in seine Jackentasche, und er folgte Jim einen Schritt in meine Richtung.

»Du dämliches Arschloch!« zischte Jim halblaut.

Bruce reckte sich den Hals aus, um zu verstehen, was wir sprachen, aber er traute sich offensichtlich nicht von seinem angewiesenen Platz weg.

»Hättet ihr euch mit uns zusammengetan, dann säßet ihr jetzt nicht so in der Scheiße. Ich könnte immer noch versucht sein, euch zu helfen. Kannst du mir irgendeinen guten Grund nennen, warum ich sollte?«

»Um nicht im Knast zu landen.«

Jim versuchte immer noch, nach zwei Seiten zu pokern. Im Augenblick war er zwar auf der Gewinnerseite, aber er kannte auch Murphys Gesetz.

Laut sagte er: »Hast du irgendwas zu bieten?«

Ich kramte in meiner Hosentasche, holte den Zettel heraus und strich ihn glatt. Es war die Kopie von der Zeichnung auf dem Stein, die ich gemacht hatte, und dazu ein paar hastig im Dunklen gekritzelte Notizen.

Jim griff danach. Ich zog den Zettel weg und hielt ihn hinter meinen Rücken.

»Erst will ich Rhonda sehen.«

Karl erschien auf der Veranda, hielt Rhonda an den langen blonden Haaren. Er tat ihr weh, das konnte ich an ihrem verzogenen Mund sehen, aber sie gab keinen Laut von sich.

»Du hast sie gesehen, jetzt gibst du Jim den Wisch. Was ist das? Und wo ist dieser Schwarze?«

»Pete. Er ist nicht wieder mitgekommen, war nicht scharf darauf, euch zu sehen. Aber er hat mir erklärt, wie die Zeichen auf dem Stein zu verstehen sind. Es steht hier drauf.« Ich wedelte mit dem Zettel.

»Her damit.«

»Erst laßt ihr Rhonda gehen.«

»Erst will ich den Wisch sehen. Vielleicht hast du ja bloß deine Telefonnummer draufgeschrieben.«

Jim angelte nach dem Zettel, ich gab nach.

»Bring ihn her«, ertönte Karls Stimme scharf von der Veranda, was Jim dazu veranlaßte, sich extra langsam und in Ruhe meinen Plan selber anzusehen.

»Was bedeutet das? Hat dieser Abo das geschrieben, oder hat da ein Huhn draufgeschissen?«

Ich erklärte es ihm: »Hier, das ist die Zeichnung auf dem Stein. Ihr könnt vergleichen, ihr habt den Stein ja schon. Also, die geschlängelte Linie ist ein altes Bachbett. Die Punkte sind Bäume – ich bezweifle allerdings, daß die heute noch so stehen wie damals, als Dudek den Plan gemalt hat. Die Zeichen, die er in den Stein geritzt hat, bedeuten Nordwest, drei Kilometer, und das X und das X mit dem Balken drüber sind Markierungen an irgendwelchen großen Felsbrocken, die soll Dudek da eingemeißelt haben – hat Pete gesagt.«

Rhonda stieß einen Schrei aus. Karl hatte sie an den Haaren gerissen, um unsere Aufmerksamkeit auf sich zu ziehen.

»Drei Kilometer nordwestlich von wo?«

Ich tat erstaunt. »Dudeks Hütte natürlich.«

Jim drehte sich zu Karl um: »Kann stimmen. Da habe ich ihn damals beim Rumstöbern erwischt.«

Karl: »Drei Kilometer Nordwest von Dudeks Hütte, dann ist der Ort, den wir suchen, im Reservat.«

»Ja«, fiel es mir ein zu sagen, praktisch noch als Dekoration zu meiner schönen Schatzkarte, »und deshalb haben sie den Ort so lange geheimgehalten. Pete sagt, es ist ein heiliger Platz, wo Dudek das Gold gefunden hat, und sie wollten nicht, daß die Weißen da überall herumbuddeln. Das hätte ihre Chancen, das Land zurückzukriegen, gleich Null gemacht.«

Wenn ich nur gewußt hätte, wie nah ich damit der Wahrheit gekommen war!

Karl nickte. Es klang plausibel genug. Ich hielt mit Mühe einen Seufzer der Erleichterung zurück.

»Jetzt laßt Rhonda gehen.«

Karl machte sich nicht einmal die Mühe einer Antwort.

Jim sah mich grinsend an und hob die Schultern. »Ich hab dir ja gesagt, daß ihr tief in der Scheiße sitzt. Sie wird uns natürlich Gesellschaft leisten, und gnade ihr Gott, wenn wir nichts finden.«

Das war der Moment, in dem ich es für angebracht hielt, blitzartig abzutauchen.

Hier gab es nichts mehr, was ich hätte tun können.

Wie hatte ich nur annehmen können, daß sie Rhonda und mich unbehelligt gehen lassen würden, nur auf ein Stück Papier hin. Also sollten sie uns wenigstens nicht beide haben.

Ich machte mich selbst zum Unsicherheitsfaktor.

»Gaby!« Rhonda rief hinter mir her, als ich in die Schatten der Ställe verschwand.

Jim kicherte: »Ein Kavalier im Stil der Alten Welt, Baby. Was hast du erwartet?«

Ich hörte einen spitzen Aufschrei von Karl, dann das Klatschen einer Ohrfeige.

»Mach das nicht noch mal, Biest!«

Ich nahm an, daß Karl auf irgendeine Art Rhondas Frustration zu spüren bekommen hatte.

Vom Dach der Molkerei aus sah ich zu, wie sie Rhonda in den

Chrysler verfrachteten. Holly kam aus dem Haus, eine Tragetasche über der Schulter, aber Karl fing sie ab. »Was glaubst du, was das wird – ein Familienpicknick? Du bleibst hier.«

Holly versuchte, sich an ihm vorbeizuschieben: »Jim, sag ihm, daß ich mitgehe!«

Jim kümmerte sich nicht um sie.

»Jim, du Mistkerl. Wir gehören doch zusammen!«

Bruce legte ihr die flache Hand vor die Brust und schob sie zurück in Richtung Haus, wie ein Möbelstück oder einen lästigen Hund. Da stand sie an der Treppe und stampfte mit dem Fuß auf vor Wut.

Bruce sollte fahren, und Karl ließ Jim vorn auf der Beifahrerseite einsteigen. Er selbst setzte sich neben Rhonda auf den Rücksitz, eine Hand in ihrem Nacken.

Es dämmerte bereits, als sie die gewundene Einfahrt hochrollten, auf die Landstraße einbogen und in Richtung Sonnenuntergang davonfuhren, nach Westen, zur Dudek-Hütte. Sie verschwendeten keine Zeit.

Holly sah mich vom Dach der Molkerei klettern und rannte mir nach, als ich meine Harley suchen ging. »Gabriel! Was willst du jetzt machen? Holst du die Polizei? Willst du allein hinterher? Warte! Das ist Wahnsinn, nimm mich mit!«

Ich drehte mich um und musterte sie, ihre dünnen Klamotten und die Stöckelschuhe. Nein, ich konnte mir nicht vorstellen, daß sie im Busch eine Hilfe wäre, selbst wenn sie hätte helfen wollen.

Anyway – eine wie sie half nur sich selbst.

»Nein danke«, sagte ich. Ich zog die Maschine aus dem Gebüsch und rollte langsam an.

»Machoschwein«, kreischte Holly in höchster Wut hinter mir her. »Ihr seid alle Arschlöcher! Saukerl!« Und in einem Nachgedanken: »Nazi!«

Normalerweise ärgerte mich diese Spezialbeschimpfung für zufällig in Deutschland Geborene, aber jetzt hatte ich wirklich andere Sorgen.

Siebzehn

Sie warteten auf mich hinter einer S-Kurve.

Ein Schuß ließ vor mir ein paar Kiesel vom Asphalt springen und erinnerte mich daran, sorgfältiger auf Abstand zu achten. Ich ließ einen guten Kilometer zwischen dem Chrysler und mir, so daß ich ihn auf der einsamen Straße vor mir immer wieder auftauchen sah.

Die Sonne stieg schnell und steil, ein neuer Tag im Backofen. Aber es schien mir eine seltsame Unruhe in der Luft zu liegen, es war drükkend, wie vor einem Gewitter; der Himmel sah bleiern und ölig aus, mit ockerfarbenen Schlieren. In der Ferne, in der weiten Ebene unterhalb der Anderson Downs, glaubte ich einen *willy-willy*, eine Windhose zu sehen, die roten Staub mit sich wirbelte. Sie reichte vom Boden bis in den dunstigen Himmel, eine dünne, unregelmäßig gewundene Säule wie ein Stalagmit in einer Tropfsteinhöhle.

Wir fuhren immer weiter nach Westen, es bestand keine Gefahr, sie zu verlieren. Ich wußte ja, wohin sie wollten. Ich wußte aber auch, daß sie dort nichts finden würden, nicht einmal das vermeintliche Bachbett; dort gab es im Umkreis von fünf bis zehn Kilometern nichts als Sand, Steine, vereinzelte Akazien und strohtrockene Eukalyptusbäume.

Eine Stunde später war meine Kehle so trocken, daß ich nicht mal mehr husten konnte, und meine Augen tränten unter der Schutzbrille. Es knirschte zwischen meinen Zähnen.

Ich hatte ununterbrochen das flimmernde Band der Straße vor mir beobachtet, um ja nicht die beigefarbene Limousine aus den Augen zu verlieren, wenn sie wieder aus irgendeinem Tal auftauchte. Vor mir auf dem Asphalt verschwammen kleine Fata Morganen und lösten sich in Luft auf, wenn ich in sie hineinfuhr. Um meine Augen zu entlasten, muß ich dann irgendwann einmal hochgesehen haben zum Himmel, und da bemerkte ich eine dunkle Wolke am Horizont; nein, eigentlich nichts so Strukturiertes wie eine Wolke – der Horizont auf gesamter Breite war plötzlich verdunkelt, als ob die Sonne es sich anders überlegt hatte und ins Bett zurückgekehrt war.

Wie eine Wetterwand am Meer stieg es hinter der Erdkrümmung hervor. Ein eigenartiges surrendes Geräusch ging von dort aus, die dunkle Front vergrößerte sich rasch, nahm bald schon den halben Himmel ein.

Ich dachte an ein Gewitter oder einen Heuschreckenschwarm, so wie ich oft welche in Fernsehdokumentationen gesehen hatte.

Ein Gewitter konnte es nicht sein. Es gab keine sich ballenden Wolken, keine Amboßformation, und das Ganze ging auch viel zu schnell.

Die erste starke Böe peitschte mir stechende Sandkörner ins Gesicht, und mir wurde schlagartig klar, was uns da entgegenkam: Ein Sandsturm, der über dem dürren *outback* entstanden war, fegte von den Bergen herunter zur Küste und trug Tonnen von Sand und Ackerboden mit sich. Eine rotbraune Walze nahm Gestalt an und bewegte sich rasend schnell auf uns zu.

Ich konnte Karls Wagen nirgends entdecken, befeuchtete mein Halstuch mit Wasser aus dem Kanister und band es mir über Mund und Nase.

Und dann war der Sandsturm über mir.

Trotz eingeschaltetem Scheinwerfer konnte ich bald keinen Meter weit mehr sehen. Feiner pudriger Staub drang durch die Ränder meiner Schutzbrille und unter das Tuch. Die ungeschützten Hautpartien an Gesicht, Hals und Armen brannten von vielen nadelfeinen Stichen.

Die Geschwindigkeit der Walze war gar nicht hoch, vielleicht fünfzig, vielleicht sechzig Stundenkilometer, aber das genügte, um größere Sandkörner zu Geschossen werden zu lassen.

Hustend und halbblind machte ich, daß ich vom Motorrad herunterkam.

Ich zog die Maschine dorthin, wo ich den Straßenrand vermutete, und warf mich hinter einem dicken Baum lang auf die Erde, meine Jacke über den Kopf gezogen. Das half zwar etwas gegen die schmerzhaft stechenden feinen Kristalle, trotzdem hatte ich bald das Gefühl zu ersticken.

Ich kämpfte meine aufsteigende Panik nieder und war froh, daß ich Rhonda einigermaßen geschützt im Wagen wußte. Aber ich dachte, daß sie mich jetzt endgültig abgehängt hatten.

Das Zeitgefühl ging mir bald verloren; es können zwei oder auch drei Stunden gewesen sein, die ich da an diesen Baum gekauert lag. Mein Kopf brummte vom Anstieg der Luftelektrizität.

Endlich ließ der Sturm nach, und das Tageslicht drang wieder zu mir nach unten durch. Aber die Temperatur mußte um gute zehn Grad gefallen sein. Mir klapperten die Zähne.

Es war immer noch düster. Staubfahnen breiteten sich hinter der Hauptwalze wie Luftschlangen aus.

Sobald man wieder einigermaßen etwas erkennen konnte, stand ich auf und versuchte mich zu orientieren.

Ich lief einige Schritte am Straßenrand entlang und rieb mir die Sandkrusten von den Wimpern, schnaubte und spuckte, als ich den Wagen hörte.

Sie mußten nur ein paar hundert Meter weiter stehengeblieben sein. Sie versuchten, den Motor anzulassen, aber der gab nur ein sägendes Geräusch von sich und erstarb schüttelnd. Sie saßen fest. Das war doch was!

Geduckt hinter den Büschen und im Graben schlich ich mich auf die Geräuschquelle zu. Ich hörte Karl fluchen und Befehle erteilen.

»Mach's doch selber!« Das war Jims höhnische Stimme. »Ich geh pissen.«

Als ich um den nächsten Baum herumspähte, sah ich die Limousine halb im Straßengraben geparkt. Jim ging vom Wagen weg auf eine kleine Baumgruppe zu. Die Motorhaube war aufgeklappt, und Bruce machte sich an den Eingeweiden des Wagens zu schaffen. Rhonda saß reglos auf der Rückbank, und Karl neben ihr hatte sein Fenster heruntergekurbelt, den Kopf draußen, und trieb Bruce an.

Eine bessere Gelegenheit würde es nicht geben. Fieberhaft suchte mein kleiner grauer PC nach einer Strategie.

Ich erinnerte mich, am Straßenrand eine überfahrene Schlange gesehen zu haben, und kroch zurück, um sie zu holen. Sie war sehr tot, und ich mußte sie mit einem kräftigen Ruck vom Asphalt lösen, knapp eineinhalb Meter lang, dünn, silbergrau und schon ziemlich zäh.

Mit dem Vieh in meiner Hand – vorsichtshalber trug ich sie kurz hinter dem Kopf gepackt – pirschte ich mich von hinten an den Wagen heran, auf der Seite, auf der Karl immer noch aus dem Fenster hing und schimpfte.

Zum Glück sah Rhonda mich kommen.

Ich hielt die Schlange kurz hoch und wies mit dem Kinn auf Karl. Sie sagte etwas zu ihm, das ihn lange genug ablenkte. Er zog den Kopf wieder ins Wageninnere und sah Rhonda an. Bruce war tief über den Motor gebeugt und stand außerdem hinter der aufgeklappten Haube.

Mit zwei Schritten war ich am Fenster.

»Hallo, Karl!« rief ich.

Er fuhr herum, und ich warf ihm die Schlange durch das offene Fenster in den Schoß. Er ging hoch wie ein Silvesterknaller, schrie, fuchtelte und schlug mit den Händen nach dem armen toten Reptil. Es war sehenswert. Und während Bruce auf der Fahrerseite herumkam, um ihm zu Hilfe zu eilen, konnte Rhonda auf der anderen Seite entwischen.

Ich packte sie am Arm und zog sie mit mir.

Wir rannten und stolperten die Straße entlang, und ich betete, daß die Harley im Sandsturm nicht genauso abgesoffen war wie der Chrysler.

Wie durch ein Wunder sprang sie an, sobald wir sie aufgerichtet hatten und draufsaßen. »Ich liebe dich, Baby!«

Keinen Moment zu früh. Jim und Bruce kamen durchs Unterholz gespurtet, gerade als wir mit qualmenden Reifen und bockendem Vorderrad losfuhren, vorbei an Jim, vorbei an Bruce und vorbei an Karl, der mit hochrotem Kopf an der Seite des Wagens stand und die Faust hinter uns herschüttelte.

Wir lachten wie die Irren, als wir an ihm vorbeizogen.

Wir lachten noch etliche Kilometer weiter – bis wir unseren großen Fehler bemerkten.

In der Eile und Freude, zu entkommen, war ich einfach in die Richtung losgebraust, in der die Maschine gelegen hatte, das heißt: nach Westen, landeinwärts auf der einzigen Straße, weg von Birds Nest und weg von Polizeistationen oder irgendeiner Ansiedlung, in der Hilfe zu erwarten gewesen wäre.

Und sie waren bereits wieder hinter uns.

Achtzehn

Es war einigermaßen aussichtslos. Statt in irgendeiner Weise zu unserer Verteidigung aktiv werden zu können, wurden wir vorwärtsgetrieben, unbeweglich in der Bewegung, ohne Plan, ohne Ziel und immer weiter weg von jeder menschlichen Ansiedlung.

Wir dachten beide kurz daran, nach Japaljarra zu fahren, als wir den Abzweig passierten, aber in stummer Übereinkunft fuhren wir daran vorbei. Es war nicht fair, die Aborigines in eine Auseinandersetzung zwischen Weißen hineinzuziehen; wir hatten mit dieser verrückten Geschichte schon genug Unheil auf unsere Freunde gezogen. Seit zweihundert Jahren war es immer die Gier der Weißen gewesen, die ihr Leben gestört und zerstört hatte. Sie hatten mit dieser Sache nichts zu tun. Ich nahm es Pete und Josy nicht einmal übel, daß sie sich aus dem Staub gemacht hatten.

All diese Gedanken gingen mir durch den Kopf, während die blauen Buckel der Dividing Range näherrückten. Der Himmel war nach dem Durchzug der Staubwalze nicht wieder klar geworden, sondern grau, tiefliegend und schwer geblieben. Wäre ich Filmregisseur – genauso hätte ich unsere Stimmung und die drohende Gefahr bildlich übersetzt.

Sie holten immer weiter auf.

Meine Harley-Davidson, die nicht für Straßenrennen gebaut ist, hatte auf Dauer gegen einen starken Automotor keine Chance. Außerdem war abzusehen, wann uns trotz Doppeltank das Benzin ausgehen würde. Also schien mir die beste Aussicht auf Entkommen im Gelände zu liegen, nicht auf der Straße, da ist ein Motorrad einem PKW immer überlegen – solange der Stoff reicht.

Nach einer kurzen über die Schulter gebrüllten Beratung wies Rhonda mich bei nächster Gelegenheit nach rechts auf eine enge Staubstraße, die sich rasch im Gebüsch verlor.

Das war schon besser.

Ich kurvte vorsichtig um Bäume und Sträucher herum, im groben immer in nordwestlicher Richtung in die unteren Ausläufer der Berge hinein. Sie würden den Wagen stehenlassen müssen, wenn sie uns hierher folgen wollten, und ich konnte mir nicht vorstellen, warum sie das tun sollten. Sie hatten den verdammten Stein, und sie hatten den Zettel mit meiner wundervollen Schatzkarte darauf. Sollten sie doch erst mal damit suchen gehen.

Aber ein krankes Hirn wie das von Karl funktioniert nicht so.

Wir hatten ihn an der Nase herumgeführt und vor seinem Hund blamiert, das machte uns anscheinend zur Nummer eins auf seiner Prioritätenliste. Vielleicht hatte er auch einfach Freude an der Jagd.

Der Pfad endete abrupt an einer Steilwand. Ich brachte die Maschine schlitternd und schlingernd zum Stehen. Am Ende der Straße vor uns ging es gute sechzig Meter abwärts in einen kleinen Canyon.

»Weißt du, wo wir sind?« fragte ich Rhonda.

»Ich denke, das muß der Blackdog Creek sein«, sagte sie. Sie war sich nicht ganz sicher. Aber zum Nachdenken blieb uns keine Zeit.

»Hier lang!« hörten wir Jim rufen, dann das scharfe trockene Geräusch von einem Gewehr, das entsichert wird.

Wir schoben die Harley ins Gebüsch und stolperten den Fußweg in den Canyon hinunter.

Unten verlief ein flacher kleiner Fluß, von irgendwo oben aus den Ranges kommend, durch kleine Schluchten und Seitentäler, mit Grotten, Miniaturwasserfällen und Sandbänken. Zu jeder anderen Zeit hätte ich stundenlang stehen und staunen mögen, so schön war es hier.

Der Bach war an manchen Stellen zehn oder fünfzehn Meter breit, aber nirgends mehr als knöcheltief. Zu beiden Seiten ging es in einer sanften Steigung hoch bis zu den Steilklippen, so daß ein schmales Stück geschützter Dschungel entstanden war, ein Mikroklima mit Baumfarnen, Lianen und niedrigen Palmen. Wir überquerten den Bach auf ein paar flachen Steinen, hasteten auf der anderen Seite durch den Wald und schreckten einen Leguan auf, der blitzartig an der glatten Rinde eines Eukalyptusbaumes hochschoß. Aus dem undurchdringlichen Grün über uns beschimpften uns ein paar Papageien.

Unsere Verfolger hatten sich aufgeteilt, um systematisch die beiden Ufer abzukämmen, Jim und Bruce auf unserer, Karl auf der gegenüberliegenden Seite. Irgendein Tier brachte ein paar Steine am gegenüberliegenden Hang ins Rollen, was Karl dazu veranlaßte, die ganze Seite mit Maschinengewehrfeuer zu bestreichen.

Bruce lachte heiser und quäkend. Er hielt es für einen Riesenspaß.

»Karl fühlt sich unsicher«, flüsterte Rhonda. »Das ist nicht sein Revier. Er ist keine Natur gewöhnt.«

Seine Reaktion auf die Schlange sprach dafür. Der kühle befehlsgewohnte Stadtmobster fing an, die Nerven zu verlieren; kein Grund zur Freude für uns. Er wurde dadurch nur irrationaler.

»He, laß uns umkehren«, schrie Jim. »Sie können hier überall sein. Wie lange sollen wir noch in diesem verdammten Canyon herumstolpern? He, Karl! Das bringt doch nichts!«

»Halt die Schnauze!« war die Antwort von drüben. »Die kommen hier nicht mehr lebend raus. Ich mach sie fertig.«

Wieder eine Gewehrsalve.

Und etwas später: »Bruce, paß auf, daß er nicht kneift.«

Jim: »Pfoten weg, Idiot! Wo soll ich denn schon hin?«

Ein Ast knackte unter meinen Stiefeln. Rhonda fuhr zusammen.

Wir konnten nicht immer so weiter vor ihnen herschleichen. Früher oder später würden sie uns hören oder sonst irgendwie erwischen. »Toter Mann« war angesagt.

Es würde ohnehin bald dunkel werden, und vielleicht würden sie dann abziehen. Eine Nacht im Freien würde diese Asphaltcowboys garantiert etwas abkühlen.

Ich zog Rhonda am Ärmel und wies nach oben zum Steilhang. Wir hatten bereits zwei kleine Zuflüsse und Nebenschluchten passiert. Es sollte eigentlich da oben irgendwelche Höhlen geben.

Wir sahen uns um. Rhonda entdeckte ein paar hundert Meter weiter vorn, direkt unter den Klippen, ein dichtes Gestrüpp, wie ein großer grüner Schirm, den jemand zum Trocknen aufgespannt und abgestellt hat.

Wir bewegten uns darauf zu, so leise, wie es möglich war. Das war nicht besonders leise, aber unsere Verfolger machten selbst so reichlich Spektakel, daß es kaum auffiel.

Wir bogen links ab und rannten geduckt den Hang hoch.

Auf halber Höhe lagen zwei riesige *boulder*, zwei rundgeschliffene Findlinge aus Sandstein, hinter denen wir einen Augenblick verschnaufen konnten. Der eine der beiden Findlinge war etwas eckiger als der andere und hatte oben noch eine flache Felsplatte aufliegen, wie einen Doktorhut.

Wir warteten, bis unsere Verfolger wieder zwischen den Bäumen verschwunden waren, erreichten unser kleines Versteck, zwängten uns zwischen dichtes Gebüsch und Felswand und erlebten eine Überraschung: Halb von Wurzeln und hängenden Moosen verdeckt, gab es einen Spalt im Felsen, etwa einen Meter fünfzig hoch, knapp vierzig Zentimeter breit; groß genug, daß ein Mensch sich hindurchzwängen konnte.

Ich leuchtete mit meinem Feuerzeug hinein. Schatten fielen von der Decke und sausten mir durch die Haare. Es waren ein paar Fledermäuse, die wir aufgestört hatten. Mit schrillen Pfiffen lösten sie sich von ihren Schlafplätzen und flatterten an unseren rasch eingezogenen Köpfen vorbei ins Freie.

Ich zwängte mich durch den Spalt. Dahinter wurde es gleich etwas geräumiger. Ich zog Rhonda hinter mir her. Ein besseres Versteck würden wir nicht finden.

Es war eine schmale langgezogene Höhle, ein Gang führte weiter in den Felsen hinein. Wir verzichteten darauf, ihn zu erkunden, um das Feuerzeug nicht unnötig zu verbrauchen. Ich leuchtete nur den vorderen Teil kurz ab, sah gut genug aus für den Moment. Vornean war es auch wärmer. Der Boden war trocken und sandig. Man konnte sich sogar ausstrecken, und an einer Seite floß in einer ausgewaschenen Rinne sauberes, klares Wasser, ein weiterer Zufluß für den Blackdog Creek. Zu Hochwasserzeiten hätten wir hier wahrscheinlich nicht so bequem liegen können – dann würde das Wasser möglicherweise den ganzen Gang ausfüllen.

Von draußen hörten wir die Suchparteien hin- und herrufen. Einmal kamen sie uns ziemlich nahe, aber sie konnten den Eingang zu unserem Versteck nicht sehen; wir hatten ihn ja auch nur durch Zufall gefunden.

»Verdammt, wo sind sie denn hin?«

»Keine Ahnung. Sie können nicht weit sein. Da vorn ist alles frei. Das hätte ich gesehen, wenn sie da durchgelaufen wären!«

»Und wenn sie sich hinter unserem Rücken wieder zum Eingang vom Canyon geschlichen haben?«

»Haben sie nicht. Ich weiß, sie hocken hier irgendwo und drücken sich in den Dreck wie die Karnickel, und ich kriege sie.«

Wenn wir gehofft hatten, sie würden bei Einbruch der Dunkelheit aufgeben, so hatten wir uns verschätzt. Sie schlugen direkt unterhalb unserer Höhle zwischen den großen Findlingen ein Nachtlager auf. Bruce baute eine Feuerstelle, Jim sammelte trockenes Holz. Wir hörten sie Zweige abbrechen, vermutlich als Matratzenersatz.

Sie schienen es recht gemütlich zu haben. Einer holte Vorräte aus dem Wagen, den sie oben an der Klippe abgestellt hatten.

In kürzester Zeit brannte unten am Fluß ein Freudenfeuer, das die ganze Umgebung beleuchtete.

»He!« brüllte Jim. »Wir wissen, daß ihr da irgendwo im Gebüsch hockt und langsam kalte Ärsche kriegt. Kommt lieber freiwillig raus und bittet um unsere Gastfreundschaft.«

Ein Flasche zersplitterte. Schnaps hatten sie also auch.

Bruce kicherte: »Ihn will ich nicht. Die hübsche Blonde soll herkommen! Kitty, Kitty, komm zum lieben Brucie!«

»Ja! Rhonda – wie wär's«, schrie Jim. »Wenn du recht nett zu uns bist, verzeihen wir dir vielleicht.« Dreckiges Gelächter folgte wahrscheinlich einer entsprechenden pantomimischen Vorführung.

Sogar Karl schien amüsiert. Er ließ ein kurzes schnaubendes Gelächter hören: »Die *sheila* könnt ihr euch meinetwegen teilen. Aber der Kerl gehört mir. Den nehme ich Stück für Stück auseinander.«

»Oh, und übrigens, Gaby«, fing Jim wieder an, »falls du daran denkst, etwa wegzufahren – vergiß es. Sieh mal, was ich gefunden habe!«

Er hielt etwas hoch; ich konnte es im Mondschein blitzen sehen, und das Geräusch war unverkennbar; ein Schlüsselbund. Meine Hand fuhr in meine Hosentasche – die Motorradschlüssel waren weg. Sie mußten mir beim Klettern aus der Tasche gerutscht sein, und ausgerechnet Jim hatte sie gefunden.

Das bedeutete Schachmatt. Die Chancen, sich im Dunklen an ihnen vorbeizuschleichen, waren gleich Null – und wenn, wie sollten wir zurück in die Stadt kommen?

Sie hatten es warm und brutzelten sich irgend etwas. Der Duft von gebratenem Fleisch zog uns in die Nase, und ich hätte fast alles gegeben für einen Schluck Brandy. Wir saßen zitternd vor Kälte aneinandergedrückt in der Höhle, tranken eiskaltes Quellwasser und teilten uns einen zerdrückten Schokoriegel, den Rhonda in ihrer Jackentasche gefunden hatte.

Ich könnte nun behaupten, daß unsere Liebe das alles aufgewogen hätte, aber das tat sie nicht.

Wir fühlten uns nichts weiter als rundherum elend.

Das Punkteverhältnis änderte sich in der Nacht.

Es begann zu regnen; erst fielen ein paar dicke Tropfen, dann fing es an, sintflutartig zu schütten. Ihr Feuer ging aus, und wir hörten sie fluchend durch die Nacht stolpern, um unter irgendwelchen Bäumen Schutz zu suchen.

»Heilige Scheiße nochmal, Karl, laß die zwei Nieten doch hier verrecken. Warum gehen wir nicht zurück zum Wagen?«

»Nein«, zischte Karl giftig, als würde er uns persönlich für den Regen verantwortlich machen. Sein teurer Anzug hatte sicher Schaden genommen.

»Aber Boß«, schaltete sich der plattnäsige Idiot Bruce ein, »wir brauchen doch bloß im Auto auf sie zu warten. Das Motorrad steht doch auch da oben.«

»Halt's Maul! Was kapierst du schon! Kennst du die Gegend? Nein. Weißt du, ob's einen anderen Weg hier raus gibt? Nein. Also halt's Maul.«

Der Regen ging runter wie ein Vorhang. Aus dem flachen friedlichen Bach wurde innerhalb einer halben Stunde ein reißender Strom. Wir hörten die mitgerissenen Kiesel klicken und poltern.

Zum Glück wurde meine Vermutung unserer kleinen Quelle nicht oder noch nicht so bald wahr: Das Wasser in der Rinne stieg zwar an, begann zu rauschen und zu glucksen, aber wir blieben trocken auf der sandigen Galerie.

Wir kuschelten uns aneinander, so gut es ging, und dösten ein bißchen.

Unsere Verfolger wurden vom ansteigenden Fluß den Hang hinaufgetrieben und suchten unter überhängenden Felsen Schutz.

Als ich in der Morgendämmerung vorsichtig nach draußen kroch und durch die Zweige spähte, entdeckte ich Karl, der nur zehn Meter weiter unter einem Vorsprung zusammengerollt lag und schlief. Bruce saß neben ihm, mit dem Rücken an den Felsen gelehnt, und rauchte.

Der Tabakduft brachte mich fast um den Verstand; meine Finger glitten automatisch zur Brusttasche meines Hemdes zu den Zigaretten, aber ich bremste mich rechtzeitig.

Dann sah ich etwas interessantes: Die Front bröckelte.

Jim hatte sich davongemacht.

Das war ihm alles eine Spur zu irre, nicht sein Ding, ganz wie ich es gehofft hatte.

Ich entdeckte ihn flußaufwärts, wie er schwankend durch die Strömung auf die andere Seite watete.

Er war gerade in der Mitte angekommen, da entdeckte ihn auch Bruce.

Er stierte ungläubig – das gab Jim noch einmal eine halbe Minute Vorsprung –, dann rüttelte er Karl wach. »Da! Er haut ab!«

Karl fuhr hoch.

»Wer? Der Deutsche? Wo? Warum tust du nichts, *stupid bugger*!«

Er entdeckte Jim im Fluß und reagierte blitzschnell, riß Bruce das Gewehr aus der Hand und begann ohne Vorwarnung zu schießen.

Ich dachte schon, er hätte ihn erwischt; Jim ruderte mit den Armen und fiel ins Wasser. Er stand aber gleich wieder auf und hüpfte im Zickzackkurs aufs andere Ufer zu. Wahrscheinlich hatte er beim ersten Schuß nur vor Schreck das Gleichgewicht verloren. Er war auch schon zu weit weg.

»Du bleibst hier!« brüllte Karl und rannte ein Stück hinter Jim her, aber er konnte ihn nicht mehr einholen.

Aus meinem Versteck sah ich Jim die Böschung hochrennen.

Ein paar Minuten später hörte ich das unverkennbare, kraftvolle Geräusch des Harleymotors. Mein Baby! Sie sprang an trotz Staubsturm und einer Nacht im Regen; ich hätte vor Wut am liebsten laut geheult.

Ich kroch zu Rhonda in die Höhle zurück, und wir berieten uns flüsternd. Ihre Lippen waren violett vor Kälte, und sie zitterte trotz der zwei Jacken, die sie anhatte, ihrer eigenen und meiner.

Wir beschlossen, weiterhin abzuwarten und uns nicht zu rühren.

»Jetzt, wo Jim abgehauen ist, werden sie sicher mehr daran interessiert sein, ihm zu folgen, als weiter nach uns zu suchen.«

»Ja-a«, klapperte Rhonda mit den Zähnen, »und vermutlich hat er sich jetzt deine Karte unter den Nagel gerissen.«

»Na, viel Spaß damit!«

»Wieso – ist sie nicht echt? Ich dachte, daß Pete ...«

»Ich habe Pete gestern nacht nicht einmal gefunden.«

Sie starrte mich entgeistert an. »Du hast nicht ... mein Gott! All das Theater um ein Fantasieprodukt, ein ausgedachtes Gekritzel? Du hast Nerven!«

Karl und Bruce zogen ab, wie wir es uns gedacht hatten. Wir sahen ihnen aus unserem Versteck hinterher, wie Karl Bruce zum Testen in den Fluß schickte.

Es war ein Schauspiel: Bruce hockte sich in aller Ruhe auf einen Stein und zog die Schuhe und die Socken aus – sie mußten ohnehin bereits quietschnaß sein. Er rollte auch ordentlich seine Hosenbeine hoch; es hätte nur gefehlt, daß er seine Schuhe und seine Socken in Reih und Glied oben auf dem Stein arrangierte. Ich meine, Bruce war genau der Typ, der beim Einsteigen ins Auto die Füße nach draußen hält und den Dreck von den Schuhen klopft, ehe er sie ins Wageninnere schwenkt. Trotz unserer ungemütlichen Lage mußten wir lachen.

Wir konnten es nicht hören, aber es schien, daß Karl die ganze Zeit kreischte und schrie. Der Mann war jetzt wirklich am Ausrasten, ein fieser kleiner Goldcoast-Al-Capone. Hier draußen waren seine Attitüden keinen Penny wert.

Dann plötzlich gab es *action*.

Alles, was wir von unserem entfernten Blickpunkt mitkriegten, war das Geräusch eines großen Motorrades und einer Polizeisirene, die sich in wilder Jagd näherten; dann brach oben auf der Klippe etwas durchs Gehölz. Rhonda umklammerte meinen Arm, aber ich spürte nichts, ich hörte und sah nichts anderes als das: Da flog meine Harley, der Motor jaulte auf, als die Räder die Bodenhaftung verloren, sie schoß wie im übelsten Film-Stunt in elegantem Bogen in den Himmel, durch den engen Canyon. Der Schwung reichte bis über den Fluß, da ging sie runter, mit Jim im Sattel; er hat nicht mal geschrien.

Der verfluchte Dreckskerl – er starb mit Stil.

Er hätte sich ja in seinem eigenen billigen Toyota den Hals brechen können, aber es mußte meine Harley sein.

Es war ein verzweifelter und glorioser Anblick, Stunden, eine Ewigkeit für mich, die sie in der Luft war, ein stählerner Pegasus.

Einen kurzen Moment lang glaubte ich, sie könnte es schaffen, sicher auf der anderen Seite oben landen und einfach weiterfahren. Dann krachte sie auf unserer Seite des Flusses in den Hang, rutschte und schlitterte die Böschung herunter und überschlug sich mehrmals. Der Tank explodierte nicht; sie rutschte weiter, knickte ein paar kleine Palmen auf dem Weg nach unten, riß eine Schneise in den Dschungel, bis sie im Fluß zwischen den flachen Steinen zu liegen kamen, der Schweinehund und mein Baby, zu einem untrennbaren Klumpen Blech, Blut und Erde verschweißt.

Oben an der Klippe standen Menschen; zwei, drei Schwarze, Polizisten, Greg; halb Birds Nest stand da oben.

Später erzählten sie mir, daß Pete und Josy gegen Morgen Snakes gefunden hatten, im Haus seiner Freundin. Sie waren gar nicht erst zur Polizeistation gegangen, dem Sergeant trauten sie nicht, aber der Constable war sofort aktiv geworden.

Als sie aber zum alten Stephen-Haus gekommen waren, waren alle ausgeflogen bis auf Holly, und aus der war außer ordinärstem Gefluche nichts rauszukriegen.

Sie waren langsam die Straße zum ehemaligen Reservat entlanggefahren, in der Hoffnung, irgendeine Spur zu entdecken, als der Regen einsetzte. Da hätten sie aufgeben müssen, aber ein paar Aborigines waren zufällig im Blackdog Canyon unterwegs, als wir kamen. Sie mischten sich zwar niemals in Streitigkeiten unter Weißen ein, aber sie erkannten Rhonda und gingen deshalb zu Pete.

Und die Sache mit Jim, das war so: Er hatte mit seinem Abgang von der Szene zu lange gewartet. Als er auf der Harley die Straße in Richtung Küste entlanggedonnert kam, fuhr er Snakes und Pete direkt entgegen, und weil sie schon von weitem erkannten, daß Roß und Reiter nicht zusammenpaßten, hatten sie ihm den Weg abgeschnitten.

Es gab eine wilde Verfolgungsjagd; sie trieben Jim zurück zum Paß, und er versuchte auf demselben Weg zu entkommen, auf dem Rhonda und ich entwischt waren. Aber als er zur Klippe kam, konnte er nicht rechtzeitig stoppen: Der Regen hatte den trockenen Pfad in eine schlammige Rutschbahn verwandelt. Das war sein Ende.

Ich rannte zur Unglücksstelle, aber es gab nichts mehr, was ich hätte tun können.

Ein paar von Jims Sachen lagen am Hang verstreut, wo sie ihm aus den Taschen gefallen waren. Ein Gegenstand zog meinen Blick an, und ich stolperte hin, um ihn aufzuheben.

Es war der Totemstein.

Ohne zu denken, hob ich ihn auf und steckte ihn ein.

Weiter unten am Fluß wurden Karl und Bruce eingesackt.

Sie waren beide naß wie neugeborene Katzen. Jemand hatte dafür gesorgt, daß sie ein unfreiwilliges Bad genommen hatten. Es kümmerte mich wenig.

Man hüllte Rhonda und mich in Decken und fuhr uns zur Farm zurück, wo uns Janet unter aufgeregtem Geschnatter in Empfang nahm. Ich ließ alles mit mir geschehen, heißes Bad und literweise Tee, ließ mich ins Bett stecken, wortlos, gelähmt.

Später kam Greg in mein Zimmer. Er hatte eine Flasche Whiskey und zwei Gläser bei sich und sorgte dafür, daß ich mich betrank wie noch nie in meinem Leben.

Ich schlief zwanzig Stunden durch, aber im Traum war ich wieder unten am Fluß. Zuerst sah ich immer und immer wieder die Harley durch die Luft fliegen, in einem entsetzlichen, unaufhörlichen Playback.

Ich glaube, ich habe im Schlaf geweint.

Und später dann, wie ein gestochen scharfes Foto, hatte ich den Blick von unten hoch zur Höhle vor mir, mehr so, als sei ich ein Verfolger und nicht der Mann im Versteck; ich sah die zwei großen Findlinge auf halber Höhe, das Bachbett.

Das war etwas seltsam Vertrautes an dem Bild, aber ich konnte nicht herausfinden, was.

Es fiel mir ein, als ich wach wurde.

Neunzehn

Ich schwang meine Füße aus dem Bett. Sie schmerzten und waren voller Blasen von der Kletterei im Canyon.

Ich liebte lange Spaziergänge durch Wiesen und Buschgelände, war da inzwischen auch ziemlich ausdauernd, aber das hatte mich natürlich in keiner Weise auf eine kilometerlange Hetzjagd zu Fuß über unebenen, steinigen Boden vorbereitet.

Ich humpelte zum Stuhl am Fenster, wo Janet meine Lederjacke über die Lehne gehängt hatte, offensichtlich abgebürstet, denn sie mußte dreck- und lehmverkrustet gewesen sein, als ich gestern mittag hier angekommen war. Sie hatte meine Sachen zum Waschen mitgenommen, aber die Jacke hing noch da. Am rechten Ärmel bemerkte ich ein paar dunkle Flecken.

Ich klopfte die Taschen ab, und da war er, der *worrystone*, wie Emily ihn genannt hatte, der Schlüssel zu Dudeks Schatz und Tod. Der Sorgenstein.

Hatte er Jim den Tod gebracht?

Ich zog ihn heraus, hielt ihn ans Licht und betrachtete die eingeritzten Zeichen, obwohl ich sie inzwischen auswendig kannte.

Und da stand es klar und deutlich: NW III X I X – nordwestliche Richtung vom Eingang zum Canyon, der dritte Zufluß; die beiden Findlinge als natürliche Landmarken, der rechte mit seinem Hut aus einer riesigen Schieferplatte; sie erinnerten ein bißchen an ein germanisches Hünengrab. Die Mine, wenn es eine gab, mußte sich in der Höhle befinden.

Ich holte meine Landkarte von Queensland heraus und breitete sie auf dem Bett aus. Ja, es könnte ein ferner Ausläufer vom Gympie-Riff sein, einem der drei reichsten Goldfelder Australiens.

Es klopfte an der Tür; ich faltete hastig die Karte zusammen, fuhr in eine saubere Jeans und rief: »*Come in!*«.

Es war Rhonda.

Sie schloß die Tür von innen, kam auf mich zu ohne ein Wort und legte mir die Arme um den Hals. Wir umarmten uns eine lange Zeit ohne die geringste erotische Regung, und ich glaube, wenn es je einen Moment gegeben hat, in dem wir uns wirklich nahe waren, dann dieser. Wir kosteten aus, am Leben zu sein; ohne zu denken, ohne zu reden.

Wenn ich sie da und dann noch einmal gefragt hätte, vielleicht hätte sie es mit mir versucht.

Aber statt dessen löste ich mich von ihr, breitete die Karte auf dem Bett aus und erklärte ihr meine Theorie.

»Alles paßt! Das muß es sein, was meinst du, Rhonda?«

Sie war aufgeregt wie ein Kind vor der Weihnachtsbescherung. »Wir fahren sofort hin? – Nein, heute geht's nicht. Ich muß Ma helfen und meine Pferde versorgen. Ich habe mich seit Tagen nicht um sie gekümmert.«

Sie tigerte im Zimmer auf und ab und sah aus dem Fenster.

»Und dann wird heute auch halb Birds Nest hier auftauchen, und wir werden alles -zigmal erzählen müssen. Du hast ja keine Ahnung, wie die Leute hier sind. Das ist ein Ereignis, das sich hier keiner entgehen läßt. Wir werden uns auf eine Version einigen müssen ...«

Den ganzen Nachmittag riß der Besucherstrom nicht ab.

Janet hatte kiloweise Kekse gebacken, sie und Rhonda und Cindy waren ununterbrochen am Teekochen und Tablettschleppen. Nachbarn und Freunde und Freunde von Freunden erkundigten sich nach unserem Gesundheitszustand, wollten aber im wesentlichen und in allen Einzelheiten die aufregendste Gangsterstory hören, die Birds Nest seit dem Mord an Andrzej Dudek je erlebt hatte.

Cindy bewunderte mich offen: »Hast du wirklich einen niedergeschlagen?« (Das gefiel ihr, der kleinen Kannibalin. Erzähle mir noch mal jemand was von der friedlichen Natur der Frauen!)

Wir versuchten, Emily McIngall und die Aborigines weitgehend herauszuhalten; statt dessen woben wir den Kern der Geschichte um Rauschgifthandel und Erpressung – Dinge, die die Einwohner von Birds Nest ohnehin für wahrscheinlicher hielten als Schatzkarten und legendäre Goldminen.

Der eine oder andere hatte von dem Totemstein gehört, aber wir sagten einfach, er sei bei der Jagd verlorengegangen. Das Ganze wirkte am Ende wie die Ausgeburt eines haschvernebelten Gaunergehirns, und diese Version kam den realistischen, hart arbeitenden Farmern entgegen.

Mike Stark kam mit Snakes, um unsere Aussage aufzunehmen; er sah es als einen Racheakt wegen der Kündigung und einen Versuch, Geld zu erpressen. Das war dann auch die offizielle Version. Im übrigen war er hochzufrieden, weil, wie sich herausgestellt hatte, Karl und Bruce wegen einiger anderer Delikte in den Staaten Southern Australia, New South Wales und Queensland gesucht wurden und er für die Festnahme auf eine Belobigung hoffen durfte.

Es bestand sogar eine schwache Möglichkeit, daß ich mein Motorrad zum Teil aus der ausgesetzten Belohnung erstattet bekäme. Das klang nicht schlecht, aber ich war noch nicht soweit, über die Harley zu reden.

Snakes drehte sich im Gehen zu Rhonda um und nahm sie beiseite. Sein Gesicht legte sich in traurige Dackelfalten, und die Ohren wakkelten vor Kummer: »Kein Gold, Rhonda? Und das, nachdem ihr euch so in den alten Fall reingekniet habt? War denn gar nichts mehr da?«

»Nicht, daß ich wüßte«, sagte sie wahrheitsgemäß.

Kopfschüttelnd und um eine Illusion ärmer zog Snakes ab.

Es dauerte eine knappe Woche, ehe endlich wieder Ruhe eingekehrt war und Rhonda und ich uns unauffällig für einen Tag verdrücken konnten. Wir versuchten, uns gegenseitig zu zügeln, damit die Enttäuschung nicht allzu groß werden würde.

Janet war nicht allzu glücklich, daß wir über Nacht draußen bleiben wollten, aber Greg fand es in Ordnung. »Gute Methode, über den Schock hinwegzukommen. Wie ich meinen Kindern immer gesagt habe: Wenn du von einem Gaul fällst – gleich wieder drauf und weiterreiten.« Daß wir ein Paar waren, schien er entweder zu akzeptieren, oder er erwartete, daß ich, da ich ja keine »ernsthaften Absichten« haben konnte, mich anständig aufführte.

Ich hatte das Gegenteil vor. Sechs Tage unter der engen Beobachtung der versammelten Onkel und Tanten von Birds Nest hatten meinen Hormonspiegel bis zum Überlaufen steigen lassen.

Wir waren in Gregs altem Pickup noch keine Stunde weit gefahren, da bog ich links in einen Feldweg ein und fiel über Rhonda her wie ein hungriger Wolf.

Ihre Reaktion war mehr als zufriedenstellend, und wir tobten uns auf dem Rücksitz des Kleinlasters aus bis zur Erschöpfung.

Ich mag Sex im Auto. Es hat etwas Unsentimentales und Zielgerichtetes. Jederzeit kann man dabei entdeckt werden, und das macht es noch reizvoller.

Wir legten ein Handtuch auf den Rücksitz. Das Kunstleder quietschte und knarrte, und Rhonda knallte bei meinem ersten Stoß mit dem Kopf an die Tür und rutschte halb die Lehne hoch. Sie mußte sich mit beiden Armen am Türgriff abstützen, mein Arsch ging wie eine Nähmaschine.

Sie mochte es. Sie schlang ihre langen Beine um meinen Rücken und erlaubte es sich, so richtig schön laut zu werden, wie es zu Hause mit den Eltern nebenan nie möglich war.

Als ich glaubte, mich nicht mehr bewegen zu können, drehte sie mich auf den Rücken und bestieg mich. Nachdem sie mit mir fertig war, hätte ich keinen Meter weit laufen mögen. Damit waren wir wieder *back to normal*. Sex war das Gebiet, auf dem wir uns beide miteinander sicher fühlten. Wenn schon was weh tut, dann ziehe ich vor, daß es meine Eier sind und nicht mein armes kleines Herz.

Als wir dann erschöpft und zufrieden aneinandergekuschelt lagen, die Beine über die Lehnen der Vordersitze gelegt, und uns eine Zigarette teilten, mußte ich plötzlich über einen Gedanken laut lachen.

»Was ist so lustig?« fragte Rhonda.

»Mir ist etwas eingefallen, was Jim über die alten Aborigines gesagt hat: ›Fressen, Sex und Träumen‹ – was für eine Art, sein Leben rumzukriegen.«

Wir lachten zusammen, aber dann …

»Warum finden wir das eigentlich komisch, sag? Ich spüre da in mir so was wie – na ja, daß ich lache, hat das nicht was von Verachtung?«

Sie sah mich verständnislos an. »Wieso?«

»Ich meine, man findet etwas komisch, weil es unpassend, ungewöhnlich, seltsam oder dumm erscheint. Wir Weißen sind so von unserer puritanischen Erziehung versaut, daß wir komisch finden, was eigentlich ganz normal sein sollte – als Lebensinhalt: Fressen, Sex und Träumen oder nenn es Kreativität. Das ist das Paradies, oder?«

»Für Christen ist das sündhaft, nur hinter Spaß und vollem Bauch her zu sein.«

»Siehste, das haben sie uns so tief eingeimpft, daß die Grundrichtung immer da ist, in der ganzen Art, wie wir die Welt sehen. Aber ›Fressen, Sex und Träumen‹ ist natürlich und gut, solange man damit niemand anderem was wegnimmt.«

»Anarchist!« Sie boxte mich, richtete sich auf und begann sich wieder anzuziehen. »Das war die *dreamtime*. Heute funktioniert das nicht mehr. Es gibt zu viele Menschen, um so leben zu können. Es ist vorbei, und es gibt kein Zurück. Für uns nicht und für die Schwarzen auch nicht.« Sie kletterte nach vorn und klemmte sich hinters Lenkrad.

Seufzend kraxelte ich hinterher. Sie war so faktenverliebt wie ein Staatsanwalt.

Es war schon nach Mittag, als wir weiterfuhren.

Zweimal kamen wir an überschwemmte Straßenfurten. Vorsichtig fuhren wir hindurch; Rhonda beobachtete durch die geöffnete Beifahrertür, wie hoch das Wasser reichte, damit uns der Motor nicht absoff.

Einmal war es richtig knapp. Der Auspuff lag kurzzeitig unter Wasser, aber wir kamen durch.

Wir brauchten noch drei Stunden bis zum Eingang vom Blackdog Canyon und eine weitere Stunde Fußmarsch bis zum Abzweig zur Höhle.

Jede Spur der dramatischen Ereignisse war beseitigt oder bereits fortgespült worden. Ich war froh darüber.

Dieses Mal hatten wir Zeit und Ruhe, die atemberaubende Schönheit des Canyons gebührend zu bewundern. Der Fluß war höher und reißender, die Trittsteine lagen unter Wasser und waren glitschig. Die Wasseroberfläche glitzerte in der Nachmittagssonne. Ich sah vielfarbige Steine und Kiesel am Grund; dunkelroter Ocker, wie geronnenes Blut (tatsächlich glauben die Aborigines, daß es sich um das gestockte Blut ihrer spirituellen Vorfahren handelt), gelber Ocker, weiße Kalkbrocken, mit denen man zeichnen kann wie mit Kreide, einige wie Mondstein schimmernde Kalzitkiesel und eine Menge Feuersteine und Tuff, Überbleibsel uralter Vulkane. An den Ufern stand frisches hellgrünes Speergras. Fleckiges Licht fiel durch die Kronen der Palmen und anderer höherer Bäume, die ich nicht kannte, schwarze und sich bunt schälende Rinden, die ananasartigen Stämme der Palmen.

Jetzt, in Stille und Frieden, erinnerte es mich an das Licht in einer Kirche.

Als wir weiter in die Schlucht hineinwanderten, entdeckten wir marmorierte Sandsteintreppen, in Jahrtausenden vom Regen ausgewaschene, funkelnde Kaskaden, Wasserbecken und schattige Grotten, deren Wände mit hängenden Moosen bedeckt waren. Es war so schön und friedlich, daß wir immer wieder stehenblieben und tief durchatmeten.

Aber das Schönste und Wunderbarste lag noch vor uns.

Wir waren dieses Mal gut ausgerüstet, hatten Schlafsäcke, Proviant, Stablampen, meine Goldpfanne, Hacke und Schaufel dabei.

Wir fanden den dritten Zufluß des Blackdog Creek auf Anhieb.

Als wir unterhalb der beiden großen Steine standen, sagte Rhonda: »*Yeah*! Wie konnten wir das bloß übersehen. Es ist alles so einfach, wenn man nur den Ausgangspunkt weiß.«

»Ich denke immer noch, es gibt etwas, das wir übersehen haben müssen. Für Dudek war der Ausgangspunkt völlig eindeutig. Wir sind nur durch Zufall drauf gestoßen.«

»Na und? Wir haben es gefunden, alles andere ist egal.«

Sie lachte und zog mich die Böschung hoch. Wir fanden den Felsspalt hinter seinem grünen Paravent, ließen die *backpacks* im Gebüsch liegen und krochen, nur mit unseren Taschenlampen bewaffnet, hinein. Wieder störten wir die Fledermäuse auf.

Das Wasser im Gang war weiter gestiegen, und der Boden unserer kleinen Galerie war jetzt feucht.

Nach ein paar Metern in den Gang hinein entdeckten wir eine Art Laufplanke, einen riesigen toten Eukalyptusstamm; ohne Rinde, weiß und ausgedorrt, die Oberfläche abgeflacht und ausgetreten wie von jahrzehntelangem Gebrauch.

Wir balancierten auf diesem Stamm entlang. Er überbrückte an einer Stelle einen tiefen Riß, einen Abgrund von mehreren Metern. Der Gang wurde höher und ging über in eine niedrige und immer noch enge Grotte. Wir blieben stehen und leuchteten mit den Stablampen die Wände ab.

Die Decke war von Feuer oder Fackeln geschwärzt, und die Wände waren gepackt voller Aborigine-Felsmalereien, meistens Abdrücke von Händen. Munggaraui hatte mir demonstriert, wie sie gemacht werden. Der »Künstler« kaut den weichen weißen Kalkstein und vermischt ihn mit Speichel, dann preßt er seine Hand gegen den Untergrund und besprüht das Ganze mit einer feinen Schicht aus Farbe und Speichel – zurück bleibt ein Handnegativ: Steinzeitgraffiti – »Ich war hier« – Fingerabdrücke für das Archiv des Lebens.

Wir sahen Umrißzeichnungen von Tieren; Känguruhs, Dingos (?). Vieles war nicht mehr zu erkennen. Einige Zeichnungen sahen ganz frisch aus, andere waren schon stark verblaßt. Sie mochten teilweise Hunderte oder sogar Tausende von Jahren alt sein.

Wir drangen weiter vor. Es ging ein paar vom Wasser ausgespülte Stufen hoch, und wir mußten unsere Schuhe ausziehen und waten. Dann wurde der Gang wieder niedrig und eng. Am Ende sahen wir durch einen schmalen Spalt Tageslicht. Als wir uns durch den Ausgang gewunden hatten, für mich war er schon reichlich eng, standen wir in einem kreisrunden kleinen Kessel. Ich denke, es war eine Gasblase im erkaltenden Vulkangestein, eine Höhle, deren Decke schon vor Millionen Jahren eingestürzt war.

Die Steilwände des Kessels stiegen fünfzig oder sechzig Meter an, nach oben zu enger werdend. Oben um den Kesselrand herum standen hohe Bäume, deren Wurzeln die Ränder überwuchert hatten und in die Grotte hineinhingen. Der Boden war zur Mitte zu hügelig erhöht, wo der Schutt der eingestürzten Decke lag, und dicht bewachsen mit weichem Moos und hüfthohen Farnen. Es war ein Ort direkt aus dem Märchen.

Vereinzelte späte Sonnenstrahlen durchschnitten den Dunst hier unten, erreichten aber den Boden nicht. Von den Wurzeln der Bäume fielen langsam und gleichmäßig dicke Tropfen. Wasser sickerte aus den Felswänden und sammelte sich in einem kleinen, klaren Teich.

Wir hatten die Quelle des dritten Zuflusses gefunden.

Und wir hatten mehr gefunden: In allen Nischen der Kesselwände, in Spalten und Überhängen lagen menschliche Knochen, in verrottende Eukalyptusrinde gewickelt. Weiß leuchtete aus den Schatten. Schädel grinsten uns aus dem Staub der Jahrhunderte an.

Rhonda stieß einen kleinen Schrei aus und legte die Hand vor den Mund. Aber ich empfand weder Schreck noch Ehrfurcht, ich war vom Goldfieber gepackt. Mein Blick streifte nur die Knochen, die Zeichnungen, den kleinen Farnwald auf dem Hügel und blieb an etwas anderem hängen.

Auf der gegenüberliegenden Seite der Grotte hatte es durch den Regen einen kleinen Erdrutsch gegeben. In dem bloßliegenden Felsen zeichneten sich milchige Quarzadern ab.

Mit drei Schritten stand ich davor und ließ die Finger über den Fels streichen, und da sah ich es: krustige, feine Ablagerungen eines gelben Metalls, kein Glimmer, kein Pyrit – zweifellos …

»Gold! Rhonda – wir haben es! Gold!«

Aber Rhonda antwortete nicht. Ich drehte mich langsam um.

Sie waren gekommen.

Ich hörte das dumpfe Dröhnen des Didjeridoo; da war niemand, der es spielte, aber es war in meinem Kopf.

Drei Aborigines standen auf dem Hügel, aufgetaucht aus dem Nichts; schweigend und vorwurfsvoll starrten sie uns an. Sie sahen fremd aus, *alien*, aus einer anderen Welt, aus einer anderen Zeit; bekleidet nur mit Lendenschurzen, die tiefbraune Haut bemalt mit weißen Streifen, als wäre Gevatter Tod einem mittelalterlichen Gemälde entstiegen.

»Aber – das ist …«, flüsterte Rhonda – fassungslos.

Er war kaum wiederzuerkennen, das joviale Lächeln, alles, was ihr vertraut erschienen war, war verschwunden. Es war Pete, der alte Munggaraui und ein anderer alter Mann. Rhonda und ich bewegten uns aufeinander zu. Unsere Schultern berührten sich.

Pete trat vor. »Ihr solltet nicht hier sein.«

»Ist das ein heiliger Ort?« fragte ich leise – weil ich es eigentlich schon die ganze Zeit über gefühlt hatte.

»Der heiligste Ort unseres Clans. Der Ort ist tabu.«

»Also hatte ich recht«, schrie ich, »du hast uns die ganze Zeit belogen. Du hättest deine eigene Tochter und Rhonda und mich verkauft, nur damit das hier nicht entdeckt wird.«

Pete seufzte, und ich erkannte unter den Farben des Traums, mit dem er sich bemalt hatte, einen Schimmer von dem Mann, den ich vor seinem Computerterminal hatte sitzen sehen, mit dem wir Vieh getrieben und am Feuer gesessen hatten.«

»Habe ich nicht die Polizei geholt? Es war kein Zufall, daß Clan-Leute hier waren und alles gesehen haben. Setzt euch«, sagte er. »Wir müssen reden.«

Wir setzten uns alle fünf im Kreis auf den moosigen Hügel. »Andrzej Dudek wollte auch hier graben. Er starb.«

»Maria McIngall hat ihn umgebracht, Emily hat es mir erzählt.«

»Nach eurem Gesetz hat sie es getan, und man hätte sie verurteilt dafür. Aber wir wissen es besser. Munggaraui hat den Todesfluch über ihn gesungen. Dudek war Mitglied unseres Clans; er wollte aufgenommen werden, und wir haben ihn aufgenommen. Er hat mit uns geträumt. Deshalb hatten wir Macht über ihn.«

Rhonda schüttelte ungeduldig den Kopf: »Das hat euch sicher gut in den Kram gepaßt, daß Maria euch die schmutzige Arbeit abgenommen hat. Jetzt könnt ihr leicht behaupten, daß sich euer Fluch erfüllt hat. Ich glaube nicht an so was.«

Munggaraui lächelte fein. Er wußte es besser. »Es ist nicht wichtig, wie er gestorben ist und durch wen. Er starb, bevor er diesen Ort zerstören konnte.«

Pete sah uns traurig an. »Ich bin halb weiß, ich bin ein Mann des zwanzigsten Jahrhunderts. Ich bin mir selbst nicht sicher, wie es wirklich war. Und ich weiß: Wir können euch nicht daran hindern, euren *claim* eintragen zu lassen. In der alten Zeit hätten wir euch getötet, dafür, daß ihr diesen Ort gesehen habt. Heute können wir euch nur bitten ...«

»Laßt diesen Ort, wie er ist. Geht weg. Kommt nie mehr hierher zurück«, sagte Munggaraui auf einmal in perfektem Englisch.

»Weißt du, was du da von uns verlangst«, sagte Rhonda heftig. »Pete! Du siehst, wie meine Eltern schuften, wie es immer gerade so hinkommt, mit all den kleinen Nebengeschäften, die Mutter noch macht, mit den Schweinen, den Hühnern und Pensionsgästen!« (Schweine, Hühner und Pensionsgäste, vielen Dank für die Reihenfolge.) »Mit diesem Gold ...«

»Mit diesem Gold, was würdet ihr tun? Sag's mir! Was? Dinge kaufen. Ihr würdet Dinge kaufen. Was fehlt dir? Du lebst, du ißt, du hast ein Haus und Kleider. Ihr kommt schon durch, besser als manche von uns. Warum willst du mehr Dinge kaufen?« fragte Pete.

Sie sah ihn an, ihre Unterlippe zitterte ein wenig, aber sie wußte nichts darauf zu sagen. Munggaraui beobachtete mich: »Du hast gesehen, Kardiya. Ich habe dich ein Stück weit mitgenommen, erinnerst du dich? Und selbst wenn dir ein heiliger Ort meines Volkes nichts bedeutet, dann denk wenigstens daran, was geschehen würde. Maschinen würden dieses Tal zerstören, diesen Ort zu Staub zermahlen.

Willst du das? Um Dinge kaufen zu können? Wir könnten versuchen, dagegen Einspruch zu erheben, wenn die Bulldozer kommen, aber dieses Tal gehört nicht zum Reservat. Und wir haben unsere Erfahrungen mit der weißen Rechtsprechung, wenn es um Bodenschätze geht.«

Pete stand auf, und wir gingen zusammen zu der Stelle, wo der Erdrutsch das Gold freigelegt hatte. Er nahm ein Messer und kratzte damit die Flocken vom Fels. Er rieb sie zwischen Daumen und Zeigefinger.

»Ja, es ist Gold da, aber wieviel? Die *nuggets*, die Dudek gefunden hat, sind vor langer, langer Zeit ausgewaschen worden. Wir haben seitdem den Fluß abgesucht und aufgesammelt, was noch da war, damit nicht noch einmal Weiße hierhergelockt würden.«

»Habt ihr damals wirklich Gold in der ganzen Gegend verteilt, um von dem hier abzulenken?«

»O ja. Aber es war nicht mehr viel, und inzwischen finden wir gar nichts mehr. Sieh dir das an: Hier beginnen ein paar dünne Ablagerungen. Vielleicht ist es ein Anfang, vielleicht ist es das Ende. Ich habe viel nachgelesen, weil ich wissen wollte, was wir hier haben. Es ist auf keinen Fall ein Ausläufer vom Gympie-Riff. Dies hier ist eine andere Art von Lagerstätte. Sehr unsicher, wieviel und ob überhaupt noch etwas da ist.«

Wir sahen ihn wohl etwas mißtrauisch an, schließlich hatte er uns schon einmal belogen.

»Bitte glaubt mir. Das ist die Wahrheit. Man müßte den ganzen Fels abtragen, mit Bulldozern und Dynamit. Und dann, hinterher, hast du vielleicht ein paar Gramm, vielleicht ein paar Kilo, aber davon kannst du nicht zurückkaufen, was du zerstört hast.«

Munggaraui stand auf.

»Ich habe keine Macht über euch. Ich kann euch nur bitten. Denkt an die Konsequenzen, bevor ihr etwas in Gang setzt, das ihr nicht ungeschehen machen könnt. Wollt ihr etwas vernichten, das schon so lange vor euch da war und lange nach euch sein kann, um Dinge zu kaufen, die morgen schon wieder vergessen sind?«

Er streckte den Arm aus.

Ich griff in die Tasche, holte den Stein heraus und legte ihn in seine offene Hand.

Er lächelte das Millionendollarlächeln, das diesen Menschen so eigen ist.

Munggaraui wußte, wie ich mich entscheiden würde.

Er legte den Stein dorthin, wohin er gehörte, und ging. Pete und der andere Mann folgten ihm und ließen uns allein zurück.

Ich ging zu dem nackten Fels, aber außer den Kalzit-Schlieren konnte ich nichts Außergewöhnliches sehen.

Wir verließen die Grotte und schlugen weiter unten zwischen den Palmen am Fluß unser Lager auf. Wir kochten Billy-Tee, aßen *dampers* und *corned beef* aus Dosen. Später liebten wir uns sanft und langsam, und dann lagen wir da, Rhondas Kopf an meiner Schulter, und schauten in den Nachthimmel. Es gab nichts zu sagen.

Manchmal hat man die Wahl zwischen Gut oder Schlecht, und wenn man verzweifelt genug ist, wählt man das Schlechte. Aber keiner von uns war verzweifelt. Ich bin nicht wirklich stolz auf das, was wir getan beziehungsweise nicht getan haben. Wir waren satt. Also konnten wir es uns leisten. Das Furchtbare auf unserer übervölkerten Erde ist, daß so viele Menschen es sich nicht leisten können, das Richtige zu tun oder an morgen zu denken.

Unser Abenteuer war vorbei, und ein Gefühl von plötzlicher Leere blieb zurück.

Aber nachdem die Enttäuschung und die Leere vergessen waren, fühle ich heute immer noch eine tiefe Zufriedenheit, wenn ich an diese versteckte kleine Grotte denke, die hoffentlich noch ein paar Millionen Jahre vor sich hat.

Auf eine Art ist es doch noch ein Schatz für mich geworden, weil es ein Ort ist, an den ich in meiner Fantasie immer zurückkehren kann, ein Geheimnis, mein Narnia.

Ich weiß, daß es Rhonda ähnlich ging. Obwohl ihre Motive weniger versponnen sind als meine. Sie liebt das Land, in dem sie geboren ist. Für sie ist das Land die einzige Realität, die zählt. Sie wird Farmerin werden wie ihr Vater. Wenn sie es anders hätte haben wollen, dann wäre sie mit mir gekommen.

Zwanzig

Es war Zeit, nach Hause zu fahren.

Ich machte telefonisch meine Reservierung für den Rückflug ab Brisbane klar, mit leichtem Gepäck diesmal.

Sie gaben eine Abschiedsparty für mich, ein Grillfest im Garten.

Ich war froh, daß Greg und Janet bald müde wurden und schlafen gingen; so hatte ich Rhonda noch ein paar Stunden für mich.

Wir verbrachten unsere letzten Stunden auf die Art, die wir beide am besten beherrschten und die am wenigsten weh tat.

Als ich aufwachte, war Rhonda fort.

Sie war irgendwo draußen bei ihren Pferden. Janet machte mir zum letztenmal ihre scheußlichen, fetttriefenden Spiegeleier, ein ledriges Steak und Pulverkaffee. Cindy gab mir einen sehr erwachsenen Kuß zum Abschied. Dann fuhr mich ihre Mama zur Bushaltestelle in Toowoomba.

Es war noch eine gute Stunde bis zur planmäßigen Abfahrt der Überlandlinie nach Brisbane. Der Bus ging einmal am Tag.

Es gab einen Warteraum mit ein paar Reihen unbequemer Plastikschalensitze und einem Getränkeautomaten mit *soft drinks*. Ich konnte es da drin nicht aushalten, es sah so trübe nach Abreise und Ende aus, also ging ich nach draußen, hockte mich auf meinem Rucksack in die Sonne, den Rücken an die Wand gelehnt, und schloß die Augen.

Jemand hupte direkt vor mir, ich fuhr hoch. Es war Pete in seinem Geländewagen, er winkte mir einzusteigen, ich warf meinen *backpack* auf die Ladefläche, wo schon einige sperrige, in Wachspapier verschnürte Pakete standen.

»Ich fahre nach Brisbane und Sydney Bilder verkaufen, ein paar Boomerangs auch und Basttaschen und so'n Zeug. Und sie wollen alle neue Farben haben und Leinwand. Malt sich besser als Baumrinden. Willst du ein Bild von Josy kaufen, ganz billig: sechshundert Dollar!«

Er lachte und pfiff und war gut gelaunt. Die ganze Fahrt über nach Brisbane erzählte er unglaubliche Geschichten aus Japaljarra, ein schwarzer Münchhausen. Er machte es mir leicht, und ich war ihm dankbar dafür.

Pete fuhr mich zum Flughafen bis vor die Abflughalle.

Als ich meinen Rucksack vom Wagen geholt hatte und ihm die Hand entgegenstreckte, angelte er nach etwas in seiner Brusttasche und gab es mir. Er drückte es mir in die Hand und schloß meine Finger darum, und bevor ich nachsehen oder viel sagen konnte, war er schon in seinen Wagen gesprungen, gab Gas, winkte und fuhr davon.

Es war ein kleiner Klumpen Gold, ein *nugget*, kaum so groß wie mein kleiner Fingernagel, mattgelb und irgendwie zerdrückt, eine Form wie ein gebrauchter Kaugummi. aber es war echtes Gold, und es hing an einer dünnen goldenen Kette. Ich befestigte die Kette an meinem Hals und ließ den *nugget* unter meinem Hemd verschwinden.

Der Rest ist nicht mehr sehr aufregend. Ich flog nach Hause, hängte das Literaturstudium an den Nagel und wurde »etwas Richtiges«, zur großen Freude meiner Eltern.

Inzwischen bin ich ein erfolgreicher Anwalt, habe viele »Dinge« gekauft und kaufe jeden Tag mehr. Ich bewohne zusammen mit zwei Katzen ein teures Appartement in einem luxussanierten Altbauviertel. Zu einer festen Beziehung habe ich es immer noch nicht gebracht.

Gestern entdeckte ich in der Menge plötzlich jemanden, einen zierlichen farbigen Mann in einem billigen Wolljackett. Zuerst sah ich ihn nur von hinten. Er stand vor einem Schaufenster und betrachtete die Rolex-Armbanduhren in der Auslage. Von Haltung und Bewegung her schien es ein alter Mann zu sein, und je näher ich kam, desto aufgeregter wurde ich; ich kannte diese Figur, die sehr dunkle, fast schwarze Haut und das krause graue Haar.

Ich legte ihm die Hand auf die Schulter. »Munggaraui!«

Aber als er sich umdrehte, war es ein fremdes Gesicht, irgendein Afrikaner. Er lächelte freundlich und verständnislos. Ich entschuldigte mich und hastete weiter. Ich war ohnehin zu meinem Termin schon spät dran.

Danksagungen

Bernd (»B. A. Albrecci«) für Inspiration, Liebe und Fertigpizza
Thomas für den kreativen Schubs beim Engpaß
Keith from Perth for addresses and newspaper-cuttings (hope you don't mind my audacity to write about Australia)
Gloria and Stephen for keeping my morals up
M. C. und »Bessie«, die mich in die Harley-Philosophie eingeführt haben
Half für Tips bei der Goldsuche
Meinen Eltern für alles

In den Pausen gern gehört: Cruel Sea, Yothu Yindi, Cliff Barnes, INXS, Crowded House, ZZ Top

Einige der Ereignisse in diesem Buch haben einen wahren Kern. Ortsnamen sind geändert, Ähnlichkeiten mit lebenden Personen rein zufällig. Es gibt keine Aboriginegemeinde »Japaljarra«. Alle die Aborigines angehenden Fakten & Mythen habe ich nach bestem Wissen und Gewissen recherchiert. (Der Kampf der Aborigines Australiens um Bürgerrechte und Land ist eindrucksvoll nachzulesen in Lorna Lippmans Buch »Generations of Resistance«, Verlag Longman Cheshire, Melbourne.)